长江上游泥石流综合危险度区划

钟敦伦 谢 洪 韦方强 刘洪江 编著

上海科学技术出版社

图书在版编目（CIP）数据

长江上游泥石流综合危险度区划／钟敦伦等编著.
—上海：上海科学技术出版社，2010.9
ISBN 978-7-5478-0103-1

Ⅰ.①长… Ⅱ.①钟… Ⅲ.①长江流域—泥石流—危险
系数—区划 Ⅳ.①P642.23

中国版本图书馆CIP数据核字（2009）第208991号

上海世纪出版股份有限公司
上海科学技术出版社 出版、发行
（上海钦州南路71号 邮政编码200235）
新华书店上海发行所经销
浙江新华印刷技术有限公司印刷
开本 787×1092 1/16 印张：9
字数：186千字
2010年9月第1版 2010年9月第1次印刷
ISBN 978-7-5478-0103-1／P·3
定价：90.00元

前　言

长江是我国第一大河流,世界第三大河流,干流宜昌以上流域为长江上游流域,简称长江上游。长江上游流域面积约 $1.005\ 4\times10^6\ km^2$,占全流域的 55.8%;人口约 1.68 亿,占全流域的 37.5%;耕地约 $9.194\times10^6\ hm^2$,占全流域的 38.0%;牧地约 $2.234\times10^7\ hm^2$,占全流域的 71.5%;宜农、林、牧荒地约 $1.194\ 0\times10^7\ hm^2$,占全流域的 60.2%;水域约 $1.939\times10^6\ hm^2$,占全流域的 25.7%;水资源总量 $4.510\times10^{11}\ m^3$,人均占有量高于流域和全国平均水平;水能资源理论储量 $2.18\times10^8\ kW$,占全流域的 81.5%,可开发利用量约 $1.7\times10^8\ kW$,占全流域的 86.3%;钒、钛、锶、汞和芒硝分别占全国储量的 70% 至 90%,天然气占 60%,磷矿占 40%,硫铁矿占 25%,铁、镁、铅及石棉各占 20%;由金沙江、雅砻江和岷江等流域的森林组成的西南林区是我国的第二大林区,不仅具有丰富的木材和林特产品资源,而且是长江上游和整个长江流域的绿色生态屏障,在抗御自然灾害侵袭,保护自然环境、国民经济建设和人民生命财产安全方面起着巨大的、无可替代的作用。长江上游广袤的原野、雄壮的山川、丰富的资源,不仅造就了九寨沟、黄龙、泸沽湖、长江三峡、峨眉山、青城山、贡嘎山、剑门关和龙门山地质公园、兴文地质公园与大熊猫栖息地等一大批广布于流域内、闻名于全世界的自然历史遗产和风景名胜区,而且在几十万、上百万年前就成为元谋人、资阳人等人类祖先的栖息地,并通过世代繁衍、不断壮大,创造了灿烂辉煌的人类历史文化和人类历史文化遗产,如三星堆、金沙遗址、都江堰、乐山大佛、大足石刻和僰人悬棺等。美丽、富饶,充满神奇而又独具魅力的长江上游,目前已成为全国和全世界人民旅游观光、休闲度假、科学考察和探索人类起源、文明与发展的热土和目的地,在长江流域,乃至全国的经济、文化和精神文明建设中,占有举足轻重的地位。

长江上游流域位于我国地势的第一级阶梯和第二级阶梯,以及由第一级阶梯向第二级阶梯和第二级阶梯向第三阶梯过渡的广大区域内。流域内地形变化急剧,山高谷深,坡陡流急;地层齐全,岩性多变,构造复杂,断裂发育;气候变化多端,气温较差大,既多大范围的强降水,又多中心小而强度大的局地降水。在这样的条件下发育起来的与流域环境基本相适应的生态系统,既具有丰富的多样性,又具有脆弱性。这样的环境及其生态系统,若能得到有效、合理的保护,便

1

可成为供人们旅游度假、休闲观光的风景名胜区和抗御长江上游，乃至整个长江流域自然灾害的绿色天然生态屏障；若一旦遭到破坏，便因很难自然修复而成为水土流失严重，不良地质作用发育，自然灾害、尤其是泥石流灾害活跃的劣地。

1949 年以来，流域内山区建设突飞猛进，在前几十年的开发建设中，由于对环境及其生态系统的重要性认识不足，保护不够，出现了陡坡耕作、毁林开荒、森林过伐、筑路和大型工程建设任意弃土、采矿（石）不设置或不合理设置排土场、选矿不设置或不合理设置尾矿库，以及水利设施设计标准过低、施工质量欠佳等不合理的人类经济活动，导致流域内本来就很脆弱的生态环境变得更加脆弱，许多昔日层峦叠嶂的青山变成童山秃岭，不少翠绿的草地逼近荒漠化，致使流域内水力侵蚀和重力侵蚀加重，山地灾害加剧，泥石流灾害频繁发生，日趋严重。这不仅给流域内经济建设和人民生命财产安全带来严重的威胁和危害，而且把大量泥沙输入中下游干流，淤塞河道，给整个长江流域的开发利用和干流两岸城镇与乡村的经济建设及人民生命财产安全造成严重的威胁与危害。可见，开展长江上游泥石流及其防治研究是一项十分迫切的任务，它不仅引起了长江上游各级政府和群众的高度重视，也引起了长江中、下游流域各级政府和人民群众的高度重视。长江上游泥石流危险度区划研究，就是在社会强烈需求的基础上，在长江水利委员会水土保持局的资助下进行的。

由于长江上游泥石流危险度区划工作具有重大意义，因此项目组十分重视，在系统分析和深入探索长江上游泥石流发育的环境背景条件、泥石流的活动历史与现状、泥石流的发展趋势、人类活动现状和社会经济发展水平的基础上，制定了进行长江上游流域泥石流综合危险度区划研究的技术路线和工作流程。

长江上游泥石流综合危险度区划研究工作有如下四个方面特点。

第一，综合研究与重点研究相结合。在收集大量文献和野外考察资料的基础上，对流域内泥石流的危害现状、形成环境、分布和分布规律、活动现状与特征，以及发展趋势等进行综合研究和重点探讨。

第二，区域总体研究与典型研究相结合，因素分析与相关分析相结合。长期研究结果证实，动力条件、物质条件和激发条件是形成泥石流的基本条件，因此控制泥石流形成的主要因素为地貌、地质、气温与降水等因素。这几个因素，各自又由多种次级因素构成，尤其是地貌和地质的构成因素不仅多，而且由于为非地带性因素，区域分异十分复杂，即使在一个小区域内也变化多端，因此要想在长江上游这样大的范围内取得各因素的详尽数据是困难的。鉴于此，项目组在流域内选择 56 个泥石流流域，详细量测其地貌、地质各因素值，并分别进行因素分析，根据分析结果建立综合评价数学模型，计算出典型流域的地质、地貌综合评价值，再分别用地质、地貌各因素值与综合评价值进行相关分析，挑选出与综合评价值相关性最好、综合能力和包容能力最强、在大范围内又能获取的因素作

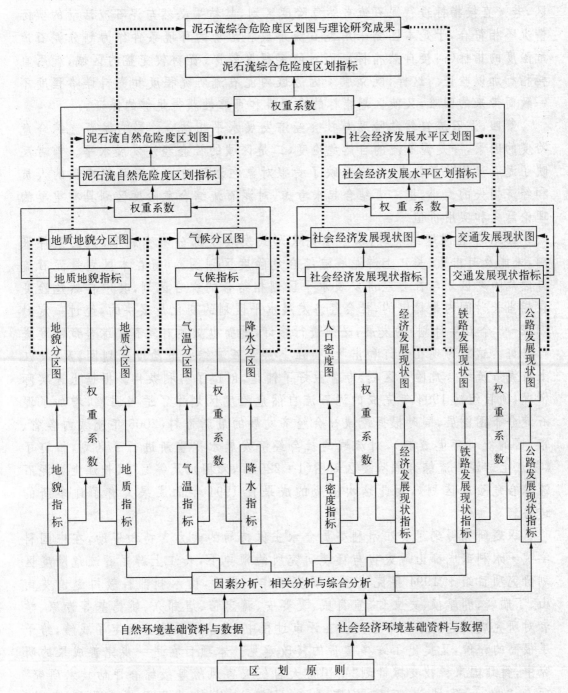

长江上游泥石流综合危险度区划的技术路线与工作流程

为综合评价的代表因素。这样既考虑了主导因素,又考虑了综合因素。

　　第三,间接自然指标与直接自然指标相结合。泥石流自然危险度区划的指标可分为两类:一类是直接指标,即泥石流作用的结果;一类是间接指标,即泥石流发育的环境条件。长江上游泥石流研究中存在着不少的资料短缺乃至空白区,若按直接指标进行泥石流自然危险度区划,其结果必然与泥石流活动的实际情况不相符合,于是本区划采用泥石流形成和活动的环境条件作为划分泥石流危险度的指标(间接自然指标),而对研究程度较深、资料较完整的区域,就用直接指标加以验证。这样,既克服了因流域内泥石流研究程度和资料详略程度不一致而带来的困难,又使区划指标的合理性和可靠性获得足够的保证。

第四,泥石流自然危险度与社会经济发展水平相结合。影响泥石流综合危险度的因素,一是泥石流的自然危险度,二是区域的社会经济发展水平。前者反映了泥石流的破坏能力,后者反映了受害对象在泥石流发生时可能遭受的人员和经济损失的大小,把二者结合起来考虑,对泥石流综合危险度区划具有重要的理论意义和实用价值。

1994年在课题结束时,以学术论文形式发表了部分研究成果,但因条件限制,未能及时出版《长江上游泥石流综合危险度区划图》。好在本区划是泥石流自然危险度区划与社会经济发展水平区划相结合的综合区划,其中自然危险度在相当长时间内是稳定的,社会经济发展水平区划的变化是很快的,经过一定时期(2～3个五年计划)的发展,必须进行修订,进而也必须对泥石流综合危险度进行修订。这就为现在修订和出版《长江上游泥石流综合危险度区划图》及《长江上游泥石流综合危险度区划》专著做好了铺垫,创造了有利条件。根据上述实际情况,项目组对1994年完成的泥石流自然危险度区划作了适当调整,增加了泥石流分布图图层,同时根据流域社会经济发展的最新资料(2005年流域内各省、市、区的统计年鉴资料),对流域的社会经济发展水平重新进行了区划,修订了《长江上游泥石流综合危险度区划图(1∶220万,彩图)》及编写了《长江上游泥石流综合危险度区划》,因此这次出版的成果较1994年的成果又有了许多新的进展。

课题研究得到了长江水利委员会水土保持局的大力支持和资助,在中国科学院·水利部成都山地灾害与环境研究所的领导下,长江上游泥石流危险度区划研究项目组于1994年完成项目研究工作。此后,由水利部科教司邀请艾南山、丁瑞麟、郭厚祯、史立仁、宣肖威、夏赛安、蒋忠信、唐邦兴、姚德基等专家、学者对研究成果进行了评审鉴定。在评审过程中,专家们既充分肯定了成绩,给予了很高的评价,又提出了许多宝贵的修改意见。本项目在进一步完善成果的研究中,得到国家科技支撑计划"中国重大自然灾害风险等级综合评估技术研究"项目"重大滑坡泥石流灾害综合风险评估技术"课题(课题编号:2008BAK50B04)支持。最后,在上海科学技术出版社的鼎力支持和资助下,项目组根据当年评审专家组的意见和科学技术与社会经济发展的最新动向,对区划图及相关研究成果做了相应的修订,并由上海科学技术出版社出版。在此,我们向上海科学技术出版社、长江水利委员会水土保持局、成果评审专家及相关项目和人员表示崇高的敬意和衷心的感谢!

　　本书包括《长江上游泥石流综合危险度区划图》及《长江上游泥石流综合危险度区划》专著两个部分。二者是一个统一的整体，前者是后者的具体表现，后者对前者作了充分的诠释。《长江上游泥石流综合危险度区划图》由钟敦伦、谢洪、韦方强、刘洪江、韩用顺、丁明涛、佘涛、柳芬、高雪梅编制。《长江上游泥石流综合危险度区划》共分 5 章，各章作者如下。第 1 章：谢洪、佘涛、高雪梅；第 2 章：谢洪、佘涛、柳芬；第 3 章：韦方强、丁明涛；第 4 章：钟敦伦、谢洪、韦方强、刘洪江、韩用顺、柳芬、高雪梅；第 5 章 1、2 节：刘洪江，3 节：韩用顺、刘洪江，4 节：韩用顺，5 节：谢洪；社会经济资料的采集与整理、插图制作、打字：柳芬、高雪梅。

　　在项目执行过程中，一直得到中国科学院资源与环境科学技术局、水利部科教司的大力扶持和领导；在野外考察工作中得到有关省（市、区）、市（地、州）、县（市、区）科技领导部门和水利、水保部门的大力支持和协助，在此深表谢忱！

　　由于受水平所限，成果中尚有一定不足和不尽如人意的地方，错误和遗漏在所难免，敬请批评指正。

编著者
2010 年 6 月

目　　录

长江上游泥石流综合危险度区划图

说　明

第1章　泥石流的危害与分布

长江发源于青藏高原的唐古拉山脉北坡山麓,自西向东横切青藏高原、横断山脉、四川盆地和巫山,到达宜昌后进入中、下游平原,于上海注入东海,全长超过 6 300 km。

长江干流在湖北宜昌以上称为上游,长 4 500 km,占全江长度的 71%;流域面积 $1.005\,4 \times 10^6$ km²,占总面积的 55.8%;上游流域涉及青海、四川、云南、贵州、甘肃、陕西、湖北、西藏和重庆 9 个省(自治区、市)。在青海玉树的巴曲河口以上长江干流称通天河,巴曲河口以下至四川宜宾段的长江干流称金沙江,宜宾以下称长江。通天河以下长江上游水系较大的支流有乌江、嘉陵江、沱江、岷江、赤水河、横江、牛栏江、雅砻江等。

长江上游地区地貌类型复杂多样,不论干流还是支流的不少河段,多为高山峡谷,岭谷的相对高度可达 1 000~3 000 m;地质条件复杂,新构造运动活跃,活动断裂发育,地震频繁。加之处于季风气候区,雨量充沛而集中,年降雨量多在 600~1 000 mm,年降雨量的 70%~90%集中在 5~10 月。因此,长江上游复杂的地质地貌和水文气象条件的组合,十分有利于泥石流发育。而另一方面,上游地区长期的不合理人类经济活动,如森林过伐、毁林开荒、陡坡耕作、工程建设和采矿的不合理弃渣等,则对生态环境造成强烈破坏,使区内不少地区生态环境变得更加脆弱,加剧了泥石流灾害的发生。

1.1　泥石流的危害

在长江上游,泥石流灾害危及人民生命财产和国民经济各个部门及国防设施的安全,每年都要造成数十至数百的人员伤亡和重大财产损失。据统计,1753 年以来,区内一场泥石流致死百人以上的灾害点已达 17 个(表 1.1)。1981 年,仅四川境内就有 50 个县 1 060 余条沟谷暴发泥石流。粗略估计,近 10 年来,每年因泥石流灾害造成的直接经济损失在 100 亿元以上。

1.1.1　危害城镇、村庄

长江上游以山地为主,尤其是横断山区,山高谷深,平坦地极少,城镇、村庄选址困难,一些城镇或村庄就直接建在泥石流堆积扇上。泥石流一旦暴发,它们便成为受危害的对象。调查统计显示,区内受泥石流危害和威胁的县级及以上城镇有近 60 个(表 1.2),9 个省区市内都有分布,但主要分布在四川、云南、青海、甘肃、重庆、贵州、湖北等省市境内,其中绝大部分遭受过泥石流的严重危害(图 1.1)。如四川省九寨沟县(原名南坪县)县城,处于泥石流活动频繁的地区,历史上曾因县城后山的关庙沟和轩福沟泥石流造成灾害,而迫使县城两度搬迁,但仍未摆脱泥石流对县城的危害,1956 年、1967 年、1973 年、1974 年、1978 年和 1984 年,相继遭受严重的泥石流灾害。其中 1984 年 7 月 18 日泥石流冲入城区,造成 25 人死亡,

图 1.1 四川省西昌市被泥石流毁坏的河堤以及河道遭泥石流淤积而被迫人工清淤

图 1.2 四川省汶川县茶园沟被 2003 年 8 月泥石流毁坏的房屋

毁坏部分学校、工厂及机关企、事业单位和大量居民房屋的严重灾害；泥石流还堵断主河白水江（嘉陵江上游支流），导致城区段白水江水位快速上涨，城区街道、房屋等大量被洪水所淹。再如 1991 年 8 月 6 日湖北省巴东县城遭泥石流袭击，伤亡 58 人，毁房 1 394 间，淤埋仓库 70 间，造成 43 家工厂停产、110 多家商店停业，直接经济损失 5 000 万元。2003 年 8 月 9 日，四川省汶川县茶园沟暴发泥石流，冲毁下庄村房屋 73 间，造成 1 人死亡、10 人失踪（图 1.2）。2007 年 6 月 6 日四川省宁南县披砂镇天久沟发生泥石流，导致 5 人死亡、2 人重伤，7 户农民的房屋被毁，天久小学围墙被冲垮，7 hm² 农田被冲毁，并导致当地公路交通中断。2007 年 7 月中旬，重庆城区多处遭受泥石流、滑坡、山洪的袭击，造成巨大损失。

据统计，1949 年以来，区内遭受过 2 次以上泥石流灾害的县级城镇多达 30 余个；而受泥石流危害的乡镇则多达数百个，村庄就更多（图 1.3）。据对四川省宜宾、屏山、雷波、金阳、宁南、会东、会理 7 个县的灾害调查统计，1950—1990 年间，泥石流造成财产损失超过 10

图 1.3 泥石流冲毁和淤埋村庄（左为四川省德昌县蒲坝村，右为四川省彭州市龙门山镇）

表 1.1　长江上游一场泥石流致死百人以上的灾害点统计

编号	灾害点名称	发生时间	死亡人数(人)
1	云南省巧家县白泥沟	1753	>1 000
2	四川省喜德县中沟	1885	120
3	四川省汶川县桃关沟	1890－06－27	>1 000
4	四川省西昌市东河	1891－07－05	>1 000
5	甘肃省武都区北峪河	1910	>400
6	四川省甘洛县秀水沟	1926－08－26	230
7	四川省旺苍县干河乡东风村	1947－08	>120
8	四川省喜德县红莫乡	1957－06－29	>100
9	四川省天全县脚基坪	1960－07	>200
10	四川省越西县银河沟	1968－06－13	120
11	四川省冕宁县盐井沟	1970－05－26	104
12	四川省南江县旭光乡齐坪村	1974－09－17	>160
13	四川省雅安市陆王沟、干溪沟	1979－11－02	164
14	四川省甘洛县利子依达沟	1981－07－09	>360
15	云南省东川因民黑山沟	1984－05－27	120
16	四川省华蓥市溪口镇	1989－07－10	221
17	四川省美姑县乐约乡则租	1997－06－05	151

表 1.2　长江上游受泥石流危害或威胁的县级以上城镇

所在省(市)	省级政府驻地城镇	市(地、州)级政府驻地城镇	县(市、区)级政府驻地
四川省		攀枝花、雅安、西昌、马尔康、康定	炉霍、巴塘、泸定、丹巴、德格、得荣、道孚、乡城、稻城、白玉、汶川、茂县、九寨沟(原南坪)、金川、松潘、小金、黑水、理县、德昌、宁南、喜德、普格、会理、昭觉、宝兴、石棉、汉源、北川(曲山镇)、高县
云南省			东川、巧家、彝良、永胜、元谋
甘肃省		武都	文县、宕昌、两当、礼县、康县、徽县、舟曲、迭部
青海省		玉树	
重庆市	重庆		武隆、奉节、城口
湖北省			巴东

万元或死亡人数超过 5 人的重大灾害点达 52 个,死亡 171 人,经济损失总额近 4 300 万元;

而财产损失小于 10 万元或死亡人数小于 5 人的灾害点不计其数,估计死亡总人数和经济损失总额远大于上列数字。

　　2008 年在汶川地震重灾区,汛期发生的泥石流不仅对震区的恢复重建造成巨大困难,还造成 417 人伤亡和失踪,导致一批已重建的基础设施被毁,并致使北川县擂鼓镇等地的临时安置点的板房被摧毁,迫使北川(图 1.4)、彭州(图 1.5)等县(市)的一些灾民安置点搬迁,进一步加重了灾情,使已逐渐恢复正常的生产生活秩序又一次次地被打乱。

图 1.4　四川省北川县老县城遭泥石流淤埋

图 1.5　泥石流危害居民点及摧毁的住房(四川省彭州市龙门山镇)

1.1.2　危害工厂、矿山

　　仅对川、滇、黔三省的初步统计,遭受过泥石流危害的大、中型矿山就达 20 余个。如 1984 年 5 月 27 日云南东川因民铜矿遭泥石流袭击,死亡 120 人,几乎矿区所有生活、生产

设施被毁,全矿停产、商店停业、中小学停课达半月,直接经济损失 1 100 万元;再如 1990 年 5 月 31 日四川会理益门煤矿遭泥石流危害,死亡 34 人,伤 29 人,矿山设施及选煤厂、焦炭厂和职工宿舍等大量被毁,直接经济损失 400 万元;1990 年 6 月贵州六枝煤矿泥石流,冲毁矿区生产设施,直接经济损失 1 800 万元以上;2007 年 8 月 20 日,四川省会东铅锌矿老虎岩尾矿库所在地和平沟暴发泥石流,造成尾矿坝溃坝(图 1.6),会东铅锌矿损失巨大。

图 1.6　四川会东铅锌矿尾矿库因泥石流而溃决

1.1.3　危害交通

　　区内的成(都)昆(明)线、宝(鸡)成(都)线和东川支线等铁路,以泥石流灾害严重而闻名全国。成昆铁路沿线有泥石流沟 511 条,1970—2002 年间,泥石流致使 19 个车站遭淤埋、3 列列车被颠覆、2 座铁路桥被冲毁,370 余人死亡(图 1.7)。宝成铁路在区内长 627 km,沿线分布着 159 条泥石流沟,1981 年夏季 134 处暴发泥石流,7 个车站遭泥石流淤埋,铁路中断 69 天。东川铁路支线南段约 50 km 内有泥石流沟 86 条,自 1964 年通车以来,几乎年年遭受泥石流危

图 1.7　泥石流淤埋成昆铁路蒲坝车站(1995 年)

害;1985 年 7 月大白泥沟、小白泥沟、蒋家沟等多条沟谷同时暴发泥石流,冲毁和淤埋铁路桥 6 座,淤塞铁路隧道 4 座,冲毁路基、涵洞多处,昆明至东川铁路因此中断达半年之久。

长江上游的山区公路,每年雨季都因泥石流灾害而发生断道现象,一些路段甚至整个雨季都无法通行,严重制约当地经济发展(图 1.8)。1989 年 6 月 16 日,四川省理县哈尔木沟泥石流冲毁公路,使甘(肃)(四)川公路理县—汶川段断道 1 个月(图 1.9);1999 年 6 月 16 日,四川省松潘县龙潭堡泥石流,除冲毁村庄,造成 24 人伤亡外,还淤埋九(寨沟)环线公路、堵断岷江,引起江水上涨,淹没公路长度大于400 m,使大量过往车辆和人员被长时间堵在山中。2006 年 7 月 15 日四川省盐源县

图 1.8　泥石流淤塞公路桥孔,危及桥梁安全(四川西昌)

发生泥石流,造成 8 人死亡、8 人失踪,西昌通往盐源的公路被泥石流冲毁,交通中断 42 小时。2008 年"5·12"汶川特大地震以后,汶川县映秀镇牛圈沟泥石流频繁活动,2008 年汛期导致沟口都(江堰)汶(川)公路(国道 317 线之一部分)交通中断的较大规模的泥石流就发生了 11 次(图 1.10),引起断道堵车,严重地影响了抗震救灾工作的开展。

图 1.9　四川省理县哈尔木沟泥石流多次中断甘川公路、危害村寨农田

图 1.10　四川省汶川县映秀牛圈沟泥石流淤埋公路,中断交通

泥石流将泥沙石块输入主河,对已有航道构成危害,并阻碍新航道的开通。长江上游干流——金沙江,在屏山县新市镇以上至今不能通航,主要原因就是泥石流、滑坡形成的险滩众多。

1.1.4　危害农业

泥石流冲毁或淤埋耕地,毁坏庄稼和水渠、提灌站、塘坝等农灌或蓄水设施的灾害年年大量发生。如 1980 年 8 月 24 日云南省巧家县水碾河暴发泥石流,淤埋农田 171 hm²,损失即将收割的稻谷 800 t、甘蔗 2 000 t;1989 年 5 月 6 日该沟再次暴发泥石流,淤埋甘蔗地和稻田 134 hm²,沟道中下游各种水利设施全遭破坏,灾害波及 17 个村、4 000 多人,直接经济损

失 159 万元。再如甘肃武都北峪河 1984 年 8 月 3 日和 1987 年 5 月 22 日两次泥石流灾害，共冲毁耕地 647 hm²（图 1.11）。

图 1.11　泥石流淤埋农田(云南寻甸)　　　图 1.12 泥石流淤埋房屋和农田(四川省汶川县雁门沟)

1.1.5　危及人类生存条件

长江上游山区山高坡陡，耕地有限，一些耕地遭泥石流毁坏后，当地农民无地可耕，从而失去生存环境(图 1.12)。如 1981 年 7～8 月，云南省巧家县老树沟多次发生泥石流，冲埋农田 24 hm²，无法复耕，14 户农民被迫搬迁。

1.1.6　危害水利水电工程

我国可开发利用水能资源的 45% 集中在长江上游，泥石流对水能的开发利用造成严重危害或威胁。二滩电站库区雅砻江两岸有泥石流沟 146 条，长江三峡水利工程库区范围内有泥石流沟 271 条，泥石流活动造成水库泥沙淤积，减小库容和发电调节能力。如大渡河下游的龚嘴水电站，1971—1991 年间入库泥沙平均为 35×10^6 t/a，但 1989 年却因燕子沟等大渡河支流泥石流强烈活动，使当年入库的泥沙量达 10^8 t。大量泥沙入库，直接影响水电站使用寿命。泥石流直接毁坏小水电站的例子则不胜枚举(图 1.13)。此外，泥石流还对水电工程建设施工人员的生命造成危害，如 2007 年 8 月 11 日，大渡河支流田湾河(四川石棉

图 1.13　被泥石流冲毁的水电站(四川泸定,陈晓清摄)

境内)在建的大发水电站遭泥石流袭击,造成11名施工人员死亡、1人失踪、3人受伤的重大灾害。

1.1.7 危害江河、恶化环境

泥石流搬运大量泥沙石块堆积于主河,抬高河床,增大洪水危害,恶化自然环境(图1.14)。云南小江流域是长江上游泥石流极强烈活动区之一,小江中下游吊嘎—江口段长89 km,发育有泥石流堆积扇78个;一些处于泥石流活跃期的沟谷,沟口堆积扇发展迅速,如蒋家沟泥石流堆积扇面积达2.6 km²,堆积方量7.4×10⁷ m³。小江年最大输沙量仅1.11×10⁷ t,而泥石流每年输入小江的泥沙却达(5~6)×10⁷ t,泥石流入河泥沙量远远大于小江的输沙量,导致其中下游河床上涨,1957—1981年的24年间,马脖子河床断面淤高4.5 m。河床淤积抬高还致使河滩展宽,主流游荡不定,雨季洪水泛滥,沿岸的村庄(图1.15)、耕地及公路、铁路屡遭危害;旱季则两岸沙石裸露,风沙肆虐,干旱严重。

图1.14 四川省汶川县磨子沟泥石流堵塞岷江　　**图1.15** 岷江被泥石流堵河成湖导致村庄被淹(四川省汶川县银杏乡)

1.2 泥石流的分布与分布规律

长江上游泥石流分布广泛,各省(市、区)境内都有泥石流发育。长江上游横跨我国三大地貌阶梯中地形高差最大的第一级和第二级阶梯,根据大的地貌单元进一步从西向东大致可以分为青藏高原腹地、横断山区、四川盆地、大娄山—巫山4个区。青藏高原腹地主要为高平原及起伏和缓的丘状高原,除深切河谷地带外,泥石流基本不发育;横断山区主要为深切割的高山、极高山区,泥石流最为发育;四川盆地以丘陵地貌为主,地形相对高度不大,泥石流发育一般;大娄山—巫山山区河流切割较深,以中山、低山地貌为主,泥石流发育程度仅次于横断山区。

1.2.1 泥石流的分布

1. 水源条件与泥石流分布

从形成泥石流的水源条件来讲,长江上游既发育有降雨型泥石流,又发育有冰川型泥石流,以降雨型泥石流为主。降雨型泥石流中,又以暴雨型泥石流为主,普遍分布于上游的广大山区。冰川型泥石流分布范围极小,仅在青藏高原及其边缘的极高山和高山区分布,其冰川类型主要为季风型海洋性冰川,如贡嘎山海拔 7 556 m,主峰为冰川源地,周围发育有现代冰川 74 条,冰川以下沟道发育的泥石流往往为由冰雪融水引起的冰川泥石流,也有部分为冰川-暴雨混合型泥石流。

2. 泥石流在各省(市、区)的分布

长江上游涉及的青、藏、甘、陕、川、滇、黔、渝、鄂 9 个省(市、自治区)境内都有泥石流分布。其中以四川省的泥石流沟最多,仅已查明并编目的就有 3 100 条,分布密度达 0.63 条/(100 km²),泥石流沟谷总面积 4.55×10⁴ km²,占全省总面积的 9.1%。四川省 21 个市(州)中,除成都平原和四川盆地中部地区(内江市、自贡市、南充市、遂宁市、眉山市的 31 个县、市、区)无泥石流活动外,其余 16 个处于川西山地及盆周山地和川东平行岭谷区的各市(州)的 150 个县(市、区)中,91 个有泥石流分布,仅 1981 年夏季就有 50 个县 1 060 余条泥石流沟暴发了泥石流。再如重庆市已查明并编目的泥石流沟有 307 条,涉及云阳、北碚、开县、巫溪、巫山、奉节、城口、丰都、武隆、彭水、黔江、酉阳、秀山、石柱、大足等 15 个县(区),分布密度 0.37 条/(100 km²),泥石流沟谷总面积 0.16×10⁴ km²,占全市总面积的 1.9%。云南省属长江上游流域的昆明市的东川、安宁、呈贡、晋宁、富民、嵩明、禄劝、寻甸等,曲靖市的马龙、会泽等,昭通市的昭阳、鲁甸、巧家、盐津、大关、永善、绥江、镇雄、宜良、威信、水富等,丽江市的永胜、华坪、玉龙、宁蒗等,楚雄彝族自治州的楚雄、牟定、南华、姚安、大姚、永仁、元谋、武定等,大理白族自治州的祥云、宾川、鹤庆等,迪庆藏族自治州的香格里拉和德钦(部分)等 38 个县(市、区)都有泥石流分布,其中华坪以下的金沙江干流和支流泥石流分布密度大、活跃度高,灾害十分严重。贵州省泥石流主要分布在遵义市赤水,毕节地区毕节,六盘水市的六枝特区、水城县和盘县等县(市、区)。西藏自治区属长江流域的昌都地区的江达、贡觉、芒康等 3 个县境内均有泥石流分布。青海省属长江流域的玉树藏族自治州的玉树县、称多县,在通天河中下游高山深谷区有泥石流零星分布。甘肃省天水市的长江流域部分(秦城区和北道区的部分)、甘南藏族自治州属长江流域的迭部、舟曲、碌曲等县和陇南市武都、康县、文县、徽县、两当、西和、成县、宕昌、礼县等县(区)以及定西地区岷县的部分,均有较密集的泥石流分布,其中舟曲、武都、文县等地泥石流分布最为密集。陕西省属长江上游流域的宝鸡市凤县、汉中市略阳县和部分属之的宁强县、镇巴县等县(区)均有泥石流分布,其中凤县、略阳两县的泥石流灾害最为严重。湖北省泥石流主要分布在恩施土家族苗族自治州巴东、宜昌市秭归等县。

3. 各水系泥石流的分布

根据已有资料统计,长江上游及主要支流已查明的泥石流沟分布状况如下:金沙江巴曲河口至奔子栏段(行政区划属青海省玉树藏族自治州,西藏自治区昌都地区,云南省迪庆藏族自治州,四川省甘孜藏族自治州等),分布有泥石流沟 300 余条;金沙江下游(属云南省大理白族自治州、楚雄彝族自治州、昭通市,四川省攀枝花市、凉山彝族自治州、宜宾市等)分布有泥石流沟约 1 450 条;金沙江支流龙川江中下游(属云南省楚雄彝族自治州)100 余条,小江流域(属云南省昆明市、昭通市等)146 条;雅砻江流域(属四川省甘孜藏族自治州、凉山彝族自治州、攀枝花市等)有泥石流沟 746 条,其中鲜水河流域 110 条,安宁河流域 357 条,雅砻江干流二滩电站水库库区两侧 164 条,其余干流和支流 115 条;岷江流域(属四川省阿坝藏族羌族自治州、甘孜藏族自治州、雅安市、乐山市、成都市、宜宾市等)有泥石流沟 1 247

条,其中大渡河流域 846 条,岷江上游及青衣江流域 401 条;嘉陵江流域(属甘肃省陇南市,陕西省汉中市、宝鸡市,四川省广元市、南充市、绵阳市、德阳市、达州市、重庆市等)有泥石流沟 3 084 条,其中白龙江流域 1 547 条,西汉水流域 932 条,嘉陵江干流及其他支流 605 条;沱江流域(属四川省成都市、德阳市等)有泥石流沟 46 条;乌江流域(属贵州省遵义市,重庆市等)有泥石流沟 45 条;长江三峡库区干、支流两岸(属重庆市,湖北省宜昌市、恩施土家族苗族自治州等)有 271 条,其中支流 172 条。整个上游共计有泥石流沟(坡)约 7 290 条。

4. 铁路沿线泥石流的分布

成(都)昆(明)铁路沿线有泥石流沟(坡)511 条(处),其中四川境内有 368 条(处);宝(鸡)成(都)铁路在长江流域部分的沿线有泥石流沟(坡)159 条(处),东川铁路支线有泥石流沟 86 条,其他铁路线上泥石流分布较少。

1.2.2　泥石流的分布规律

1. 集中分布在两个地貌过渡带上

长江上游跨越我国岭谷相对高度变化最大的两个地貌过渡带。

(1) 第一级地貌阶梯(青藏高原,海拔≥4 000 m)与第二级地貌阶梯(云贵高原与黄土高原,海拔 1 000~2 000 m;四川盆地,海拔 300~700 m)的过渡带,这一带已查明的泥石流沟数,占长江上游已查明的泥石流沟总数的 86.5%;在行政区划上主要包括四川省甘孜藏族自治州、阿坝藏族羌族自治州、凉山彝族自治州、广元市、雅安市、乐山市、攀枝花市等,甘肃省陇南市,西藏自治区昌都地区,陕西省汉中市,云南省迪庆藏族自治州、丽江地区、楚雄彝族自治州、昆明市东川区、昭通市等,其中滇东北的东川和昭通、川西的甘孜和阿坝及川南的凉山、陇南的武都等地,泥石流活动都极为强烈,每年都有泥石流灾害发生,曾多次发生大范围严重泥石流灾害,是长江上游泥石流危险性最大的区域。

(2) 第二级地貌阶梯与第三级地貌阶梯(巫山以东,海拔<500 m)的过渡带,只发育降雨型泥石流(其中主要是暴雨型泥石流),已查明的泥石流沟条数,占长江上游已查明的泥石流沟总数的 13.5%;在行政区划上主要包括四川省华蓥市、广安市、宜宾市、巴中市、达州市、万源市,贵州省毕节地区、六盘水市、遵义市,重庆市万州区、黔江区,湖北省宜昌、巴东、秭归、神农架等地,多次发生过严重泥石流灾害,为长江上游泥石流危险性较大的区域。

此外,第一过渡带无论是绝对高度,还是相对高度,均大于第二过渡带,地形雨也明显多于第二带,其泥石流的形成条件较后者更充分,泥石流活动频率和规模均大于后者,受泥石流危害和威胁的城镇及交通干线主要集中在第一带过渡上。

2. 密集分布在大型断裂带和地震带内

从板块构造上讲,长江上游流域紧邻印度板块与欧亚板块碰撞带;就大地构造而言,长江上游流域处于扬子准地台与秦岭地槽褶皱系、松潘甘孜地槽褶皱系和三江地槽褶皱系等的交接部位,地质构造作用十分强烈,深大断裂发育。这使得高山耸立、河流深切、岩层破碎和山体边坡丧失稳定性,直接为泥石流发育提供了能量和松散碎屑物质条件。上列第一级地貌阶梯上的金沙江巴曲河口—奔子栏段,安宁河、鲜水河、龙川江、则木河、小江、白龙江、岷江上游等河流,系沿大断裂或深大断裂带发育,而这些断裂带又多为地震带,导致泥石流沟分布集中,如金沙江巴曲河口—奔子栏段有泥石流沟 300 余条,安宁河干流有泥石流沟 212 条,鲜水河两岸有泥石流沟 99 条,小江两岸有泥石流沟 146 条,其中尤其是小江中下游,泥石流沟分布密度大(达 1.2 条/km),暴发频率高(如蒋家沟,平均每年暴发泥石流 10～12 场)。

长江上游的主要地震带有:天水—武都—文县—川西北地震带、甘孜—康定地震带、理塘地震带、安宁河地震带、马边地震带、滇东北地震带、中甸—剑川地震带等。前述的江河几乎都在这些地震带内,发育了大量泥石流。尤其是 2008 年 5 月 12 日汶川特大地震发生后,处于川西北地震带的龙门山区和邛崃山区,因松散碎屑物质大增,在 2008 年和 2009 年普遍出现了强烈的泥石流活动现象,尤其是 2008 年 9 月 20～26 日,受区域性暴雨天气过程的激发,在这个区域内的阿坝藏族羌族自治州和绵阳市、成都市、德阳市的山区,出现了群发性泥石流灾害,使地震灾区再受重创。

3. 主要分布在小流域中

泥石流主要出现在小流域中。据统计,四川境内成昆铁路沿线可求出流域面积的 366 条泥石流沟中,流域面积不超过 4 km² 的占 72.7%;金沙江下游四川省宁南、会理等 6 个县的 346 条泥石流沟中,流域面积小于 10 km² 的占 67.3%;长江三峡库区的 271 条泥石流沟中,流域面积小于 5 km² 的占 70.1%;宝成铁路沿线的 168 条泥石流沟中,流域面积小于 2 km² 的占 74%。

4. 泥石流分布呈非地带性

长江上游南北间的纬度相差 11°22′,地形上岭谷相对高度大者可达 2 500～3 000 m,甚至更大,山地气候的水平地带性和垂直地带性皆显著,但泥石流发育不受水平地带性和垂直地带性的控制,各地只要具备泥石流形成的基本条件,都有泥石流分布,即泥石流的分布不呈地带性,而呈非地带性。

第2章　泥石流的形成条件

长江上游地域辽阔,地质、地貌及水文气象等自然条件复杂,为泥石流形成提供了充足的动力条件、松散固体物质和水源条件,促使泥石流发育,灾害严重。同时,各种自然资源十分丰富,人类在开发利用自然资源和进行山区建设的过程中,没能处理好人与自然的关系,也直接或间接地促进了泥石流发育。

2.1　动　力　条　件

泥石流是一种重力地貌过程或动力地质过程,其发育需要有充足的动力条件。长江上游形成泥石流的动力,主要来源于地貌高差提供的势能并借助陡峻的地形势能迅速转化为动能,以及暴雨径流的动能。

2.1.1　地貌

长江上游自西向东跨越了青藏高原、云贵高原、横断山系、陇南山地、秦巴山地、四川盆周山地、四川盆地、渝东—鄂西山地等几个大的构造地貌单元,地形总的趋势是西部高、东部低。其处于我国三级地貌台阶的第一级阶梯和第二级阶梯及第一级阶梯与第二级阶梯的过渡带、第二级阶梯与第三极阶梯的过渡带。由于地形高程度变化急剧,其岭谷相对高度大,地势险峻。

处于西部的第一阶梯为平均海拔在 4 000 m 以上的青藏高原,地势高耸。处于中部的第二阶梯为云贵高原(海拔 1 000～2 000 m)和四川盆地(海拔一般 300～700 m)等。位于第一级阶梯和第二级阶梯之间的是由一系列近南北走向排列的山脉组成的横断山区,如宁静山(芒康山)、云岭、沙鲁里山、大雪山、邛崃山等,其山岭海拔多在 4 000～5 000 m,为高山区和极高山区,仅在四川西部的大雪山,沿着山脉的主脊线,就排列着 45 座海拔超过 6 000 m 的山峰,岭谷高差多在 1 000～2 500 m,一些甚至达 3 000 m 以上,因而山高谷深,地形陡峭。例如,大雪山主峰贡嘎山海拔 7 556 m,其东坡直线距离仅 29 km 的大渡河水面高程约 1 150 m,相对高度超过 6 400 m;再如,据对横断山东缘的金沙江下游四川省会理、会东、宁南、金阳、雷波、屏山、宜宾等 7 县境内山峰的统计,海拔超过 3 000 m 的山峰多达 1 801 座,超过 4 000 m 的山峰 3 座,平均 10.21 km² 范围有一座 3 000 m 以上的山峰,而穿过这一区域的金沙江水面高程仅为 960～270 m,地面起伏之大,由此可见一斑。此外,区内高度大于 5 000 m 的山峰多为雪峰,雪峰周围往往发育有现代冰川,如贡嘎山、雀儿山(海拔 6 188 m)、格聂峰(6 204 m)、玉龙雪山(5 596 m)、四姑娘山(6 250 m)、雪宝顶(5 588 m)等,在贡嘎山周围就有 74 条冰川发育。东部为第二级阶梯与第三级阶梯的过渡带,属渝东—鄂西中山区,山岭海拔 1 000～2 500 m,但这一区段长江天然水位仅百余米,三峡大坝蓄水最高水位也不过 175 m,在葛洲坝以下水位低至仅 50 余 m,而岭谷高差一般可达 500～1 000 m,地势仍然十分险峻,著名的长江三峡为其陡峻地形的典型代表。

在新构造运动期间,长江上游山区以区域性断块抬升为主,导致流水下切侵蚀作用剧烈,形成深山峡谷,尤其是在上列的两个地貌过渡带上,河谷多为幽深的侵蚀峡谷,著名的有金沙江中游、下游峡谷,大渡河中游、下游峡谷,雅砻江中游、下游峡谷,岷江上游峡谷,乌江中下游峡谷,长江三峡等。受干流区域侵蚀基准面的控制,上列河流等的支流也相应强烈下切,形成数量众多的深切峡谷,呈现山高坡陡流急的地貌景观,以致泥石流、崩塌、滑坡等重力地貌现象发育。尤其是造就了孕育泥石流的流域,使其具有沟床陡急的特征。据对上述金沙江下游四川境内会理等 7 县的 345 条泥石流沟、四川境内成(都)昆(明)铁路沿线 353 条泥石流沟(不含未量算沟床比降的 14 条沟)、云南小江流域(金沙江右岸支流)140 条泥石流沟、雅砻江二滩水电站工程库区 146 条泥石流沟、四川阿坝藏族羌族自治州(岷江上游、大渡河、嘉陵江流域)的 82 条泥石流沟、长江三峡库区 271 条泥石流沟的沟床纵坡统计,沟床平均比降以大于 20％的为主,占总沟数的 45％～81.7％,而沟床平均比降小于 10％的沟,只占总数的 7.3％～13.0％(表 2.1),充分显示出长江上游山区地形普遍陡峻的特征。

表 2.1　长江上游部分区域泥石流沟床平均比降统计

区域与泥石流沟		沟床平均比降(％)			合　计
		>20	20～10	<10	
金沙江下游四川境内会理等 7 县	泥石流沟数(条)	199	111	35	345
	不同沟床比降的沟占总数的比例(％)	57.7	32.2	10.1	100
四川境内成昆铁路沿线	泥石流沟数(条)	207	100	46	353
	不同沟床比降的沟占总数的比例(％)	58.6	28.3	13.0	99.9
云南小江流域	泥石流沟数(条)	63	61	16	140
	不同沟床比降的沟占总数的比例(％)	45.0	43.6	11.4	100
长江三峡工程库区	泥石流沟数(条)	123	122	26	271
	不同沟床比降的沟占总数的比例(％)	45.4	45.0	9.6	100
雅砻江二滩水电站工程库区	泥石流沟数(条)	91	46	9	146
	不同沟床比降的沟占总数的比例(％)	62.3	31.5	6.2	100
四川阿坝藏族羌族自治州	泥石流沟数(条)	67	9	69	82
	不同沟床比降的沟占总数的比例(％)	81.7	11.0	7.3	100

上列各种数据充分显示,长江上游拥有巨大的地形相对高度,并且发育的支沟也坡陡流急。前者为泥石流发育提供了巨大的势能,后者为松散碎屑物质的势能转化为动能提供了有利条件。因此,泥石流发育的地貌条件充分。

2.1.2　暴雨

长江上游为强烈泥石流发育区,气候上主要为季风气候区,夏季暴雨较多,故也是我国暴雨型泥石流的主要分布区。对暴雨型泥石流而言,暴雨径流不仅是泥石流形成的水源条件,而且也是启动松散固体物质形成泥石流的动力条件。

受大气环流和地形的影响,长江上游大致形成有两种气候类型:西部高原高山冬干夏雨气候和东部湿润气候;除江源地带(主要指青海玉树以上)年降水量＜500 mm 以外,其余区域降水充沛(少数干旱河谷区除外),一般年降水量 500～1 000 mm,甚至更大。西部青藏高原和横断山区降水时间相当集中,干湿季分明,多年平均降水量 500～800 mm,降水主要集中在夏半年(5～10 月),其降水量可占全年降水量 80%～90%。东部地区年平均降水量一般在 1 000 mm 左右或以上,但受地形和季风气候的影响,还形成了多个暴雨中心区,如四川境内著名的三个暴雨区——青衣江暴雨区,岷江上中游、沱江与涪江上游的鹿头山暴雨区,嘉陵江、渠江上游的大巴山暴雨区,其多年平均年降水量达 1 200～1 800 mm;青衣江暴雨区内的雅安、天全一带,一些年份的降水量甚至高达 2 000 mm 以上。其年内降水仍然主要集中在夏季,大部分地区的降水量可占全年的 60%～70%。

在高山区、中高山区及河谷深切区,由于山高谷深,地形相对高度大,导致地貌对降水的刺激和增幅作用加强,使降水增大。如岷江上游的茂县县城海拔 1 500 余 m,位于干旱河谷区,多年平均降水量仅 490.7 mm,而在岷江左岸支流大沟海拔 1 800 m 地带,年降水量可达 885.1 mm。从前述分析可知,长江上游的降水主要集中在夏半年,由于降水时间集中,往往降水的强度很大,在前面述及的三个暴雨中心区,年最大 24 小时暴雨均值可达 120～160 mm,还常出现日雨量 300～400 mm 的特大暴雨。在长江上游的多数县(市、区)都有日降水量≥50 mm 的暴雨记录,以金沙江下游地区的四川会理、云南昭通等 18 县为例,历年一日最大降水量 74.8～221.4 mm,历年平均暴雨日数 0.5～3.8 日(表 2.2)。强大的暴雨径流使长江上游山区成为泥石流多发区。

长江上游山区除受东南季风影响之外,还受西南季风影响,水汽来源复杂,加上特殊的地貌因素和水汽输送条件,往往形成中心小、强度大的暴雨、大暴雨和特大暴雨。

在夏季,由于降雨集中,并且多出现强度大的短历时局地暴雨,常常激发泥石流。尤其是在山地的迎风坡,暖湿气流向上抬升而形成高强度的地形雨,导致泥石流发生。

表 2.2　金沙江下游各县(市)一日最大降水量和暴雨统计资料

省　名	气象站名	历年一日最大降水量(mm)	日降水量≥50 mm 的日数
四川省	会　理	172.0	2.5
	会　东	105.5	3.8
	宁　南	106.3	2.3
	金　阳	74.8	2.9
	雷　波	130.4	1.6
	屏　山	165.0	0.8
	宜　宾	218.8	1.1

（续表）

省 名	气象站名	历年一日最大降水量(mm)	日降水量≥50 mm 的日数
	昭 通	93.2	0.5
	鲁 甸	137.4	1.1
	巧 家	109.9	1.0
	盐 津	199.2	3.3
	大 关	145.8	1.9
云南省	永 善	108.9	1.0
	绥 江	122.3	2.8
	镇 雄	153.4	1.1
	彝 良	147.2	1.4
	威 信	122.2	1.5
	水 富	221.4	缺

此外,在上游的极高山区现代冰川发育,其位置海拔高,冰雪融水的势能大,转化为动能后冲刷力强,夏季冰雪消融强烈,融水量大而动力足,为冰川型泥石流发育提供了动力和水源,如贡嘎山周围就发育了 16 条冰川泥石流沟。

2.2 松散固体物质条件

泥石流形成所需的松散固体物质,其来源主要与地质因素有关。地质构造发育的强弱、地层岩性的新老与软硬,都直接关系到松散固体物质供给的多寡。

2.2.1 地质构造

在大地构造上,长江上游横跨我国西部的地槽区和东部的地台区,跨越了地槽区的松潘—甘孜褶皱系、三江褶皱系、秦岭褶皱系和地台区的扬子准地台。地质历史上早震旦世的澄江运动、晚震旦世—志留纪的加里东运动、泥盆纪—早二叠世的华力西(海西)运动、晚二叠世—三叠纪的印支运动、侏罗纪—白垩纪的燕山运动和新生代以来的喜马拉雅运动等,都在区内留下了深深的烙印,南北向构造、北东向构造、北西向构造、东西向构造等不同方向的构造和弧形构造等都有发育,并有后期构造运动对前期构造的穿插与改造,导致区内断裂、褶皱众多,地质构造十分复杂。新构造运动期间,青藏高原及其边缘地带为强烈抬升区,地质构造运动的差异性活动明显,并以间歇性抬升为主,导致夷平面等层状地貌发育,同时还有水平位移,并形成了一系列错断地貌。

区域性深大断裂发育是长江上游地质构造的一个重要特征,其构造线方向以北西向、北东向和南北向(或近南北向)为主。深大断裂的形成,是岩石遭受地质构造运动应力强烈挤压作用而破坏的结果,其挤压破坏往往形成一系列深大断裂带。主要的北西向大断裂带有白龙江断裂带、甘孜—玉树断裂带、鲜水河断裂带、则木河断裂带等,主要的北东向大断裂带有龙门山断裂带、玉农溪断裂带等,主要的南北向(或近南北向)大断裂带有金沙江断裂带、甘孜—理塘断裂带、大渡河断裂带、汉源—甘洛—昭觉断裂带、安宁河断裂带、元谋—绿汁江断裂带、小江断裂带等。深大断裂带的存在,使其影响范围内的岩体的完整性遭到严重破坏,其中的多数断裂在第四纪有活动,有的至今仍在活动,继续加剧着对岩体的破坏。金沙江、大渡河、安宁河、则木河、小江等许多河流都沿深大断裂带发育。这些深大断裂带由数条断裂组成,不仅深度大,而且宽度大,影响的范围也大。如著名的龙门山断裂带由龙门山后山断裂、主中央断裂和主边界断裂 3 条大断裂组成,宽度达 70 km,延伸长度大于 500 km。再如小江断裂带,主断裂挤压破碎带的宽度一般在 1 000 m 以上,宽度最大处可达 7 000 m,破碎带内破裂岩、糜棱岩等动力变质岩十分发育,岩石极为破碎。总之,深大断裂的破碎带宽度大,达几十米至数千米,影响带宽度更是达到数千米至数十千米,沿断裂带岩石遭强烈破坏,形成大量的松散固体物质,源源不断地提供给泥石流活动。一些泥石流沟就是直接沿着断裂发育的,如四川省冕宁县一场泥石流曾导致 104 人死亡的盐井沟等。同时,崩塌、滑坡也往往沿断裂带密集分布、活动频繁,从而为泥石流发育提供了丰富的松散固体物质。

2.2.2　地层岩性

长江上游地层出露齐全,从前震旦系到第四系都有,几乎各种类型的岩石都有,岩性十分复杂。一般地讲,元古界、古生界的岩石多数比较坚硬,而中生界的多数岩石较软弱,新生界的几乎全为松散堆积体。岩石的性质影响着遭受破坏的难易程度,进而与泥石流的形成有着紧密联系。元古界、古生界的岩性主要有片麻岩、片岩、板岩、千枚岩、白云岩、石灰岩、石英岩、花岗岩、闪长岩、玄武岩、火山碎屑岩、泥岩、页岩、砂岩等,中生界、新生界的岩性以紫红色砂岩、粉砂岩、泥岩、页岩等为主。早元古界的岩石已经普遍变质,岩石中板状、千枚状、片状等变质构造发育,致使岩性变软弱,沿片理极易遭受侵蚀,易于风化剥落。晚元古界和古生界中的岩石虽然多数比较坚硬,但在后期地质构造运动的破坏下,各种构造结构面发育,沿结构面容易发生崩塌和落石,如花岗岩、石灰岩等硬质岩石出露区的山坡缓坡或坡脚常有崩积物发育;同时,结构面发育导致岩体破碎,抗风化侵蚀能力大大降低,特别是其中夹有的泥岩、页岩等软弱夹层,更易受到破坏,在有软弱夹层的出露区,常常形成顺层滑坡和崩塌,堆积于沟道中的崩塌、滑坡体便成为泥石流的松散固体物质补给来源。中生界由于时代较新,成岩作用较差,胶结不坚固,且普遍泥质或云母质含量较高,结构较为疏松,岩石的强度低,易于风化和被水软化,因而风化剥蚀强烈,为泥石流形成提供的松散固体物质丰富。新生界很少有固结,以松散堆积体为主,一遭侵蚀便直接补给泥石流。另外,长江上游山区岩层软硬相间组合的情况也很常见,尤其是在中生界,差异风化十分强烈。在岩层下软上硬的情况下,下伏软弱的泥岩、页岩等岩层抵抗外力侵蚀的能力差,不断风化剥落,形成上覆的砂岩、砾岩、碳酸盐岩等坚硬岩层悬空的状态,最后沿构造裂隙或重力卸荷裂隙发生崩塌,堆积于沟床上的崩积物便成为泥石流中粗大块石的来源。以四川境内成昆铁路为例,沿线有 147 条沟的泥石流,不同程度得到这类岩层提供的松散固体物质,其中完全或主要接受这类岩层提供松散固体物质的沟有 88 条,占沿线泥石流沟总数的 24%。

2.2.3　地震

长江上游的西部为青藏高原,青藏高原是印度板块楔入欧亚板块碰撞所引起的大面积构造变形——强烈隆起的结果,这种碰撞作用还在持续当中,导致其附近地应力作用集中、强度大。受其作用力的影响,青藏高原及其周围发育了大量活动断层,因此成为强烈地震高发区。前面述及的深大断裂几乎都是活动断层,在晚更新世以来都有过活动,并形成了断陷盆地,著名的如沿安宁河断裂发育的安宁河盆地、沿鲜水河断裂发育的炉霍—道孚间一系列盆地(包括朱倭盆地、邦达盆地、虾拉沱盆地、道孚盆地、慧远寺盆地等);再如,沿小江断裂发育了一系列断陷盆地,由南向北主要有清水海、甸沙、功山、金源、阿旺、乌龙、大路边、新村、拖车、干海子、白雾街等,绵延上百公里。活动断裂、断陷盆地的发育与地震活动关系密切,其分布区往往地震活跃、强震不断。初步统计,有历史记录以来长江上游仅7级以上的强烈地震就发生过27次,震中烈度达Ⅸ—Ⅺ度(表2.3);而7级以下的地震次数众多,难以全面统计。仅2008年5月12日汶川8级地震发生后,截止到2009年9月19日,汶川8级地震余震区的余震超过59 000次,其中4.0~4.9级258次,5.0~5.9级37次,6.0级以上8次,最大震级为6.4级。

表2.3 长江上游7级以上历史地震统计表

序 号	发生地点	发 生 时 间	地震震级	震中烈度
1	四川西昌	公元前814年4月	7	Ⅸ
2	四川雷波马湖	1216年3月24日	7	Ⅸ
3	云南永胜、大姚	1515年6月27日	7.75	Ⅹ
4	四川西昌北	1536年3月19日	7.5	Ⅹ
5	甘肃天水南	1654年7月21日	8	Ⅺ
6	四川叠溪	1713年9月4日	7	Ⅸ
7	四川康定	1725年8月1日	7	Ⅸ
8	云南东川	1733年8月2日	7.75	Ⅹ
9	四川康定、泸定磨西间	1786年6月1日	7.75	>Ⅹ
10	四川炉霍	1816年12月8日	7.5	Ⅹ
11	云南嵩明杨林	1833年9月6日	8	>Ⅹ
12	四川西昌	1850年9月12日	7.5	Ⅹ
13	四川巴塘	1870年4月11日	7.25	Ⅹ
14	甘肃武都	1879年7月1日	8	Ⅺ
15	四川道孚	1893年8月29日	7	Ⅸ
16	四川石渠洛须	1896年3月	7	Ⅸ
17	四川道孚	1904年8月30日	7	Ⅸ
18	四川炉霍、道孚	1923年3月24日	7.3	Ⅹ
19	四川叠溪	1933年8月25日	7.5	Ⅹ
20	四川理塘	1948年5月25日	7.3	Ⅹ
21	四川康定折多塘	1955年4月14日	7.5	Ⅹ
22	四川炉霍	1973年2月6日	7.6	Ⅹ
23	云南昭通	1974年5月11日	7.1	Ⅸ
24	四川松潘、平武	1976年8月16日	7.2	Ⅸ
25	四川松潘、平武	1976年8月23日	7.2	Ⅷ
26	云南丽江	1996年2月3日	7	Ⅸ
27	四川汶川	2008年5月12日	8	Ⅺ

地震破坏了岩体的完整性,降低了岩石的强度,破坏山坡的稳定性,并直接激发崩塌、滑坡、落石等次生山地灾害发生,直接和间接地为泥石流形成提供了极为丰富的松散固体物质,在有水源供给的条件下甚至直接激发泥石流。尤其是强烈地震及其余震对山体岩石的剧烈破坏和持续反复破坏,更加严重地降低了岩石的强度、破坏了山坡的应力平衡,极大地增加了沟道和坡面的松散固体物质,增强了形成泥石流的条件,促进了泥石流的发育。强烈地震激发的崩塌、滑坡有的还堵断河(沟)道,形成堰塞湖,如 1933 年叠溪地震滑坡在岷江河道形成 3 个堰塞湖,至今还有 2 个存在;又如 2008 年 5 月 12 日汶川特大地震在龙门山区和邛崃山区引起数以万计的崩塌、滑坡,崩积体和滑坡体堵塞河(沟)道,也形成大量堰塞湖,据 2008 年 5 月 19 日的地震灾区航拍照片判读,堰塞湖数量达 132 个。故长江上游强烈而频繁的地震活动,是泥石流发育的强大促进因素。

由上面的分析可以看出,长江上游山区的自然环境条件十分有利于泥石流的发育,因此泥石流从古至今一直十分活跃,灾害严重。

2.3　人类经济活动与泥石流发育

随着人类对长江上游山区的开发强度不断增大,强烈的人类经济活动已经对自然环境产生了严重影响,也直接影响到泥石流等山地灾害的形成条件。在这种情况下,出现了人为泥石流这一特殊现象。所谓人为泥石流是由于人类经济活动改变了泥石流的形成条件,人为的增强了形成泥石流的某些因素,例如增加了水源、松散固体物质等,直接促进了泥石流的发生。

2.3.1　工程弃渣引发泥石流

人类经济活动引发泥石流的方式主要有开矿弃渣,修建铁路、公路弃渣,采石弃渣,兴修水利水电工程弃渣等致使沟道内松散固体物质大增,使泥石流形成的条件更加充分,促使泥石流活动。这类现象在长江上游比较多见。

长江上游地质构造复杂,构造运动强烈,也孕育了丰富的矿藏资源。在开发矿产的过程中若没有采取必要的防护工程措施,就会引起矿山泥石流。例如四川省冕宁县盐井沟 1970 年 5 月 26 日泥石流,就是一场典型的矿山泥石流,这场泥石流夺去了 104 人的生命。其原因主要在于开矿产生的大量废弃土石方堆积在盐井沟内,使沟道内短时间积累了大量松散固体物质,在遭遇强大的暴雨后这些物质便被启动形成泥石流。类似的还有 1990 年 5 月 31 日四川省会理县炭山沟采煤弃渣引起的泥石流(死亡和失踪 34 人、29 人受伤),1990 年 7 月四川省甘洛县内则沟开采铅锌矿弃渣引起的泥石流(死亡 34 人、18 人受伤),2006 年 7 月 14 日四川省盐源县平川镇因铁矿弃渣引起的泥石流(死亡 16 人)。此外,四川省什邡市、石棉县、华蓥市、宁南县、会理县、会东县、攀枝花市、贵州省六盘水市等地都曾有矿山泥石流灾害发生。修建铁路、公路弃渣,采石弃渣,兴修水利水电工程等弃渣引发的泥石流,也都与矿山泥石流类似,不再详述。

2.3.2　水利工程失事引发泥石流

山区水利工程由于设计标准低或施工质量不高等原因失事,使水源突然大增引发泥石流的灾害也不少。例如,1973 年成昆铁路湾丘车站沟上游水库溃决形成泥石流淤埋铁路;1981 年四川省苍溪县一水库失事形成溃坝泥石流;1982 年 7 月四川省宣汉县白坪塘因水库失事形成溃坝型泥石流,造成 29 人死亡;1984 年和 1985 年成昆铁路德昌境内五里牌山坡的引水渠连续失事,水流冲刷山坡形成山坡型泥石流,造成行进的列车被颠覆;1985 年 8 月 14 日,云南省绥江县烂泥槽水库因暴雨而溃决,形成溃决型泥石流……

2.3.3　森林集中过伐、毁林开荒、陡坡耕作加剧泥石流发生

过去相当长一段时间,长江上游山区森林集中过伐、毁林开荒和陡坡耕作现象普遍,对森林植被破坏严重,导致了森林生态系统的破坏。其结果是使山坡表层失去了植被的保护,降低了坡面土体的稳定性,恶化了水文状况,缩短了暴雨径流的汇流时间,相对增大了暴雨径流的侵蚀能力,加剧了水土流失,也相应增大了形成泥石流的松散固体物质和水源。

据资料,岷江上游森林资源极为丰富,是四川省的主要林区,行政区划上属理县、汶川、松潘、黑水、茂县 5 县,在元朝时森林覆盖率为 50% 左右,20 世纪 50 年代初期为 35%,由于 1950 年以后大规模集中采伐,使森林覆盖率锐减,到 20 世纪 70 年代末降至 18.8%,使山地环境严重退化,泥石流活动加剧,仅 1981 年四川特大洪灾中,理县、汶川所属的杂谷脑河(岷江上游一级支流)就发生泥石流 100 多处。

毁林开荒和陡坡耕作,不仅使地表失去天然被覆,而且使地表疏松,易于被侵蚀。如四川省喜德县东沟 25° 的陡坡耕地,一次暴雨造成土壤侵蚀深度达 5～10 mm,50 年一遇暴雨时的土壤侵蚀深度大于 30 mm,最大为 80 mm。这些被暴雨侵蚀的土壤成为喜德东沟泥石流的松散固体物质来源之一,增强了泥石流的活动性,甚至可以直接形成山坡型泥石流。1981 年四川省广元背篼垭和邓家沟也暴发了此类泥石流。

据 1981 年对四川境内嘉陵江及沱江流域的泥石流调查,解放前区内没有人为泥石流活动,随着山区建设的迅速发展,人类活动不断加剧,已暴发了 19 处人为泥石流。因此,长江上游人为因素对泥石流发生发展的促进作用不容忽视。

第3章 泥石流综合危险度 区划的原则和指标

区划一般可分为两类,即区域区划和类型区划。区域区划注重综合性,有一套严格的区划体系,既不允许有独立于本区的飞地存在,也不允许它区的地域侵入本区之内,它虽然重视区域分异的结果,但更强调区域分异的原因;类型区划注重一致性,有一套严密的相似体系,只要有相似的现状,不管其分布状态,都可划入同一级类型区,因此同一级类型区,可以是由若干个不相连的区域构成的,它虽然也重视区域分异的原因,但更强调区域分异的结果。

在实际工作中,综合区划通常采用区域区划,单项区划一般采用类型区划。泥石流综合危险度区划属单项区划,以采用类型区划为宜。泥石流综合危险度区划就在于把泥石流的属性和泥石流活动的环境背景条件,以及对国民经济建设和人民生命财产安全的威胁和危害具有共性的区域划入同一级类型区,把不具共性的区域划入不同的类型区,从而根据各区不同的环境背景条件和泥石流的属性、活动状况,以及对国民经济建设和人民生命财产安全的威胁与危害状况,合理地进行经济建设布局和提出切实可行的泥石流防治方案,以达到促进国民经济建设高速发展和减小灾害损失的目的。

3.1 泥石流综合危险度区划的原则

要使泥石流综合危险度区划符合或者基本符合泥石流活动历史,尤其是符合泥石流现状的客观实际,就必须要有正确的区划原则和区划指标(参数),只有这样才能提出正确的区划方案,做出正确的分区。

泥石流综合危险度区划的原则是进行泥石流综合危险度区划的指导思想和准则,只有指导思想是准确的或基本准确的,才能保证区划的指标和区划的方法是正确的或基本正确的,因此必须给予高度重视。下面就泥石流综合危险度区划的原则进行讨论。

3.1.1 相对一致性原则

相对一致性,是指划分出的危险区内部,各要素要保持相对的一致。这里考虑的相对一致性主要有以下几个方面。

1. 自然危险度区划要求的相对一致性

(1) 泥石流发生条件的相对一致性,是指泥石流发生的能量条件、物质条件和激发条件的相对一致性。

(2) 泥石流体的相对一致性,主要是指泥石流的流体性质、物质成分和机械组成的相对一致性。

(3) 泥石流活动特征的相对一致性,是指泥石流的暴发规模、频率、活动强度、潜在危害和威胁能力的相对一致性。

(4) 泥石流防治难易程度的相对一致性,主要是指泥石流预测预报、生物防治措施、工程防治措施和社会防治措施难易程度的相对一致性。

泥石流发生条件、流体属性和活动特征的相对一致性,实质上是孕育泥石流发生发展的环境背景条件的相对一致性。可归纳为下列几个方面:地形条件的相对一致性;地质条件的相对一致性;气温条件的相对一致性;降水条件的相对一致性。

只要上述条件是相对一致的,那么形成泥石流的能量条件、物质条件、泥石流体的属性和活动特征也是相对一致的或者基本近似的。

2. 社会经济发展水平区划要求的相对一致性

社会经济发展水平区划要求的相对一致性,包括以下几个方面:

(1) 人口密度的相对一致性;

(2) 经济发展现状的相对一致性:单位面积(km^2)国内生产总值的相对一致性,第二产业产值占国内生产总值比例的相对一致性;

(3) 铁路发展现状的相对一致性;

(4) 公路发展现状的相对一致性:高等级公路发展现状的相对一致性,国道省道发展现状的相对一致性,县道乡道发展现状的相对一致性。

3.1.2 定量指标与定性指标相结合的原则

定量指标与定性指标相结合的原则,是指初级指标一律采用定量指标,初级指标通过综合分析、整理,不断概括、升华,形成中级、高级和最高指标时,其既具有初级指标的定量特性,又具有综合指标的定性特性。这样的指标,既保证了指标的可靠性和合理性,又保证了指标的辩证性和灵活性。

3.1.3 主导因素原则

主导因素原则,是指在分析各因素的作用时,要分清主次、突出重点,抓住主要因素进行区划的原则。

3.1.4 综合分析原则

综合分析原则,是指在采用相对一致性、定量指标与定性指标相结合和主导因素等原则进行区划的基础上,在具体确定分区界线时,应对界线附近的条件做综合分析,然后根据分析结果确定分区界线的原则。只有在这样的原则指导下划出的分区界线,才会符合或基本符合泥石流活动的实际状况。

3.2 泥石流综合危险度区划的指标

泥石流综合危险度区划是由泥石流自然危险度区划和社会经济水平区划耦合而成的,因此确定泥石流综合危险度区划的指标,实际上就是要分别确定泥石流自然危险度区划的指标和社会经济水平区划的指标。由于区划的指标合理与否,直接影响到泥石流自然危险度区划和社会经济水平区划的准确性和可靠性,进而影响到泥石流综合危险度区划的准确性和可靠性。因此在进行泥石流综合危险度区划时,必须深入研究泥石流自然危险度和社会经济水平区划的指标。

3.2.1　泥石流自然危险度区划的指标

泥石流自然危险度区划的指标可分为两类:一类是直接自然指标,另一类是间接自然指标。

1. 泥石流自然危险度区划的直接指标

泥石流自然危险度区划的直接指标很多,主要可归纳为下列几种:

(1) 泥石流沟谷的总密度,即统计单元的泥石流沟总条数/统计单元的总面积。

(2) 各种规模泥石流沟的密度,即统计单元内各种规模的泥石流沟条数(分别)/统计单元的总面积;又如统计单元内最大一次固体物质冲出量不小于 5×10^5 m³ 的泥石流沟密度,最大一次冲出量不小于 2×10^5 m³ 的泥石流沟密度。

(3) 具有某一性质的泥石流沟的密度,即统计单元内各种性质的泥石流沟的条数(分别)/统计单元的总面积。如统计单元内黏性泥石流沟的密度,过渡性泥石流沟的密度,稀性泥石流沟的密度。

(4) 具有各种危害程度的泥石流沟的密度,即统计单元内各种危害程度的泥石流沟条数(分别)/统计单元的总面积。如统计单元内危害严重的泥石流沟的密度,危害中等的泥石流沟的密度。

(5) 预测预报和治理难易程度不同的泥石流沟的密度,即统计单元内各类预测预报和治理难易程度不同的泥石流沟条数(分别)/统计单元的总面积。如统计单元内预测预报难度极大的泥石流沟密度,预测预报难度中等的泥石流沟密度,预测预报难度一般的泥石流沟密度;治理难度大的泥石流沟密度,治理难度中等的泥石流沟密度,治理难度一般的泥石流沟密度等。

2. 泥石流自然危险度区划的间接指标

泥石流自然危险度区划的间接指标,是通过分析孕育泥石流发生发展的环境背景条件获得的。大量的野外考察、资料分析和防治实践证明,孕育泥石流发生发展的环境背景条件相同或近似,那么泥石流的分布密度、活动强度和流体性质也大体相同或近似,这就为利用间接指标进行泥石流危险度区划提供了理论依据。归纳起来间接指标可分为地貌指标、地质指标、气温指标和降水指标。由于每一个指标都涉及很多因素,这些因素的综合作用,构成了其指标对泥石流活动的贡献。构成指标的因素不同,其综合作用就不同,指标对泥石流的贡献也不同。因此在具体分析指标时,必须对构成指标的因素的综合作用进行分析,从而评估指标对泥石流活动的贡献。目前,能用于分析评价各要素综合作用的方法很多,其中比较适用的一种为因素分析法。通过因素分析,评价每一个指标对泥石流活动的贡献,并据此进行指标分级。

(1) 因素分析法

设有来自某个总体的 N 个样本,每个样本测得 P 个指标数据,则共有 NP 个数据。这 P 个指标间往往相互影响,关系非常复杂,很难根据某一个指标或某几个指标确定样本综合指标的优劣,为此选用因素分析法建立一个较合理的数学模型,根据这个模型计算结果,对样本做出综合评价。

以 N 个样本的每一指标所测得的数据为列,以每个样本的 P 个指标所测得的数据为行构成原信息矩阵 A,即

$$A = \begin{bmatrix} a_{11} & a_{12} & \cdots & a_{1p} \\ a_{21} & a_{22} & \cdots & a_{2p} \\ \cdots & \cdots & \cdots & \cdots \\ a_{N1} & a_{N2} & \cdots & a_{Np} \end{bmatrix} \qquad (3.1)$$

为了消除量纲间的差别,对原始矩阵中的数据实行标准化处理,使量纲间具有可比性,

$$x_{ij} = a_{ij} - \bar{a}_j / s_j \quad (j = 1, 2, \cdots, p; ix = 1, 2, \cdots, N)$$

式中: $\bar{a}_j = \sum_{i=1}^{N} a_{ij}/N$; $\bar{s}_j = \sum_{i=1}^{N} (a_i - \bar{a}_j)^2$ $\qquad (3.2)$

据此得标准矩阵

$$X = \begin{bmatrix} x_{11} & x_{12} & \cdots & x_{1p} \\ x_{21} & x_{22} & \cdots & x_{2p} \\ \cdots & \cdots & \cdots & \cdots \\ x_{N1} & x_{N2} & \cdots & x_{Np} \end{bmatrix} \qquad (3.3)$$

记 X 的相关矩阵为 R,则

$$R = \begin{bmatrix} r_{11} & r_{12} & \cdots & r_{1p} \\ r_{21} & r_{22} & \cdots & r_{2p} \\ \cdots & \cdots & \cdots & \cdots \\ r_{N1} & r_{N2} & \cdots & r_{Np} \end{bmatrix} \qquad (3.4)$$

式中: $r_{ij} = \sum_{k=1}^{N} (x_{ki} - \bar{x}_i)(x_{kj} - \bar{x}_j) \bigg/ \sqrt{\sum_{k=1}^{N} (x_{ki} - \bar{x}_i)^2 \sum_{k=1}^{N} (x_{kj} - \bar{x}_j)^2}$

$$(k = 1, 2, \cdots, N; i, j = 1, 2, \cdots, p) \qquad (3.5)$$

因为 R 是对称非负定的,故 R 的特征值非负,设 R 的特征值从大到小排列为 $\lambda_1 > \lambda_2 > \cdots > \lambda_p$, 相应的特征向量

$$l_i = (l_{i1}, l_{i2}, \cdots, l_{ip}), (i = 1, 2, \cdots, p) \qquad (3.6)$$

设 P 维指标向量

$$x_i = (x_{i1}, x_{i2}, \cdots, x_{ip}), (i = 1, 2, \cdots, p) \qquad (3.7)$$

用 R 的特征向量可得 $x_{i1}, x_{i2}, \cdots, x_{ip}$ 的一组线性组合函数

$$\begin{cases} y_{i1} = l_{11}x_{i1} + l_{12}x_{i2} + \cdots + l_{1p}x_{ip} \\ y_{i2} = l_{i1}x_{i1} + l_{22}x_{i2} + \cdots + l_{2p}x_{ip} \\ \cdots \\ y_{ip} = l_{p1}x_{i1} + l_{p2}x_{i2} + \cdots + l_{pp}x_{ip} \end{cases} \quad (i = 1, 2, \cdots, N) \qquad (3.8)$$

因为 R 的特征值反映了指标方差的大小,而指标方差的大小是反映指标变化的,它越大,表明它概括指标 x_{i1},x_{i2},$\cdots$,x_{ip} 的能力越强。显然,线性组合函数

$$y_{i1} = l_{11}x_{i1} + l_{12}x_{i2} + \cdots + l_{1p}x_{ip} \tag{3.9}$$

概括各种信息的能力最强,式(3.9)就是指标各因素综合评价的数学模型,y_{i1} 即是样本的综合评价值。

(2) 地貌指标

地貌指标是衡量泥石流活动具有的能量条件或潜在能量条件的重要指标。地貌的构成要素是十分复杂的,它涉及泥石流流域的流域面积、主沟长度、沟床比降、山坡坡度、相对高度和相对切割程度等。要想在大范围内准确获得地貌指标,不仅是非常困难的,也是没有必要的。为了简化这一指标,将四川境内 56 个泥石流流域的上述地貌要素值加以因素分析,求出地貌综合评价值,再用相对高度与之作相关分析。当取 $N=27$ 时,得相关系数 $r=0.92$,在显著度 $\alpha=0.001$ 水平下,相关系数临界值 $r_a=0.60$,$r>r_a$,相关性良好。由此说明,相对高度完全可以近似地代替一个区域的地形条件。

(3) 地质指标

地质指标是衡量泥石流活动所具有的物质条件或潜在物质条件(松散碎屑物质量的多少、物质组成和渗透条件)的重要指标。地质指标也是相当复杂的,它涉及的因素有:地层、岩性、断层、构造和新构造运动与地震等。欲想在人范围内获得准确的地质指标,同样不但是困难的,也是没有必要的。为了简化这一指标,对前述的 56 个泥石流流域的地质指标的众多因素值加以因素分析,求出地质指标综合评价值,再用断层长度与地层系数的积与之作相关分析。仍取 $N=27$ 时,得相关系数 $r=0.70$,在 $\alpha=0.001$ 水平下,$r_a=0.60$,$r>r_a$,相关性良好。由此说明用断层长度与地层系数的积完全可以近似地代表一个区域的地质综合评价值。

(4) 气温指标

气温指标是衡量泥石流活动所具有的物质条件或潜在物质条件的一个次重要指标,因为它对岩体风化有重要作用。气温指标涉及的因素有:年平均气温、气温年较差、气温极端较差、气温日较差、气温围绕 0℃ 变化时间的长短和土壤冻结深度等。目前通过气象台(站)能收集到前三项的完整的因素值,而后三项不甚完整。因此取前三项因素值加以整理后,通过因素分析,求得各台(站)的气温综合评价值。

(5) 降水指标

降水不仅为泥石流活动提供动力和水源,而且还是雨水型泥石流的激发因素,因此降水指标是衡量泥石流活动的一个重要指标。降水指标涉及的因素有:年降水量,年降水日数,最大一日降水量,日降水量不小于 50 mm、不小于 100 mm、不小于 150 mm 的日数,以及降水变率等。用气象-水文台站的上述因素值,通过整理和因素分析,求出各台站的降水综合评价值。

(6) 两类自然指标的比较

在资料完整、系统、全面的条件下,采用直接自然指标进行泥石流自然危险度区划,可使分区结果与实际情况十分接近,使区划具有很高的精度,从而在国民经济建设和减灾防灾中发挥很大的作用。但当区划区域范围很大,并有大量无人区和经济待发展区时,区内泥石流

研究程度和研究水平往往很不一致,存在大量资料短缺区和空白区。在这样的地区,要想利用直接自然指标进行泥石流危险度区划,其结果必然是工作深度和研究水平高的地区,泥石流危险度就大,而资料短缺和无资料地区,泥石流危险度就小或无。这样的结果与泥石流活动的实际情况,当然是有极大出入的。

在区域研究程度和研究水平不平衡,存在大量资料短缺区和无资料地区的情况下,利用间接自然指标进行泥石流自然危险度区划是比较合理的。因为孕育泥石流发生发展的环境背景:地貌、地质、气温和降水等,一般是可以获取的,而且也是相对稳定和可靠的,同时,通过大量资料分析和实地考察证实,的确在环境背景条件相同或近似的地区,其泥石流活动也大体相同或近似,即具有大体相同或近似的泥石流分布密度、规模、性质和危害程度(能力),相同或近似的发展趋势、预测预报难易程度和防治对策。因此利用间接自然指标进行泥石流自然危险度区划,不仅能很好地反映泥石流自然危险度的实际状况,而且既克服了因区域研究不平衡而带来的困难,又弥补了因资料短缺或无资料而带来的不足。采用间接自然指标进行泥石流自然危险度区划存在数据多和工作量大的特点,对于全国性、洲际性和全球性的泥石流危险度区划,应有很大的支持力度才能完成。

3.2.2 社会经济水平区划的指标

社会经济水平区划指标,是社会经济发展水平区划或社会经济发展程度区划指标的简称。社会经济水平区划指标是既能衡量泥石流可能给区域造成的经济损失,又能衡量区域有无经济实力对泥石流采取防治措施的指标。社会经济水平区划指标涉及的因素众多,如人口、人口密度、人均收入、土地面积、资源与环境的承载能力、国内生产总值、第二产业产值占国内生产总值的比例、铁路长度、公路长度等。由于国家和各省(市、自治区、特别行政区)都通过统计年鉴发表当年各类社会经济数据,因此社会经济指标全部直接采用社会经济数据,通过整理和因素分析与综合分析来确定各类社会经济水平区划指标。这里采用的社会经济水平区划的初级指标有:人口密度指标、社会经济发展现状指标、铁路发展现状指标和公路发展现状指标等。

(1)人口密度指标

人口密度与资源环境承载能力、生产力发展水平和社会经济发展水平等联系密切,但自身又有相对的独立性。因此通过因素分析和综合分析,将其确定为社会经济水平区划指标的一个初级指标。

(2)经济发展现状指标

反映经济发展现状的因素很多,如区划区域的人均收入、国内生产总值、单位面积国内生产总值、第二产业和第三产业生产总值、第二产业产值占国内生产总值的比例等。通过因素分析和综合分析,确定将国内生产总值和第二产业生产总值占国内生产总值的比例两个因素综合作用的结果,作为社会经济水平区划指标的一个初级指标。

(3)铁路发展现状指标

铁路是交通运输的大动脉,通常铁路开通到哪里,哪里的经济就腾飞,它与空运和水运相比较,具有速度快、运距长、运量大的优势。因此通过因素分析和综合分析,确定将其作为社会经济水平区划指标的一个初级指标。

（4）公路发展现状指标

随着高等级公路和重载汽车的发展,公路在社会经济活动中的作用变得越来越重要,其不仅在短途运输上显示出它的无比优越性,而且在长途运输中也渐露头角,成为长途运输的新贵,无论在人员交流方面,还是在货物流通方面,都起着重要作用。因此公路也和铁路一样,通过因素分析和综合分析,确定将其作为社会经济水平区划指标的一个初级指标。

第4章 区划的指标分级与分区

尽管科技工作者对长江上游泥石流做了大量的调查研究工作,但由于其区域面积很大,自然条件复杂,泥石流数量众多,分布广泛,因此区域研究仍很不平衡,存在不少资料空缺区。鉴于此,采用间接指标作为泥石流自然危险度区划的指标,但在研究程度较高的区域,用直接指标对自然危险度区划结果进行验证;同时,以直接社会经济指标作为社会经济水平区划的指标。在上述两区划的基础上,根据自然危险度区划指标和社会经济水平区划指标,确定泥石流综合危险度区划指标,并根据此指标进行泥石流综合危险度区划的分区。

4.1 自然危险度区划的指标分级与分区

泥石流形成的因素,主要有地貌、地质、气候、水文、土壤、植被等,其中地貌、地质、气候等因素为主导因素,因为在自然状态下,水文、土壤、植被等因素都是在一定的地貌、地质和气候因素的作用下形成的产物,因此主要采用地貌、地质和气候因素,作为自然危险度区划的指标因素。

4.1.1 自然危险度区划统计单元的划分与统计网络的形成

欲将区划区域内泥石流危险程度相同的地域划分到同一级危险区,危险程度不同的地域划分到不同的危险区,那么整个区划区域就必须划分为许多小区域,作为泥石流自然危险度评价的基本单元。这些基本单元既是进行泥石流自然危险度评价的基础,又是进行泥石流自然危险度分级归类与合并的统计网络的成员。在划分出统计单元的基础上,分别对每个统计单元进行泥石流危险程度评价,并按评价结果进行归类与合并,从而划分出不同级别的泥石流自然危险区。

泥石流自然危险度区划的统计单元,以多大面积为宜呢?这要视区划区域面积的大小、区划指标要素的具体状况和技术设备条件而定。

根据长江上游流域面积大、各指标要素变化多端和20世纪90年代的技术设备条件,当时选定的统计单元为纬度10′,经度15′所包围的范围,其面积从区划区域的南部到北部,由468.34 km² 变化到418.79 km²,平均为443.57 km²,面积相对差异率为±5.6%,因此统计单元的面积可视为等面积,其上的要素可视为等面积上的要素,从而具有良好的可比性。

根据统计结果,区划区域泥石流自然危险度区划的统计单元共有2 456个,其中完整的统计单元2 012个,不完整的统计单元444个。

4.1.2 自然危险度区划初级指标的分级与分区

根据泥石流形成和活动与区域环境各组成要素的关系,泥石流自然危险度的初级指标,应包括下列要素:地貌、地质、气温与降水构成的基础指标。下面分别进行讨论。

1. 地貌指标的分级与分区

通过前文因素分析和相关分析指出,地貌的相对高度(h)与其的综合评价参数(流域面积、沟床比降、主沟长度、山坡坡度等构成的评价参数)有良好的相关性;同时区划以面积基本相等的单元格为统计单元,其上的相对高度应视为等面积区域上的相对高度,其不仅可以充分代表单元格的其他地貌要素,而且各单元格之间具有良好的可比性,因此直接采用相对高度为地貌指标。

地貌指标是衡量一个区域泥石流活动能量大小(分异)的标准。一般说来,在面积相等的条件下,相对高度越大,泥石流活动的能量越大。

根据长江上游相对高度分布的实际状况及其与泥石流活动的关系,将其划分为 5 级,作为评价各统计单元地貌条件的指标(表 4.1),并根据评价结果编制长江上游泥石流自然危险度区划地貌分区图(图 4.1)。

表 4.1　长江上游泥石流自然危险度区划地貌指标分级表

指 标 分 级	a_1	a_2	a_3	a_4	a_5	
					a_{5-1}	a_{5-2} **
分级标准 [相对高度(h),m]	≥3 000	3 000~2 000	2 000~1 000	1 000~500	500~300[(1)] 500~200[(2)]	<300[(1)] <200[(2)]
各级指标赋值	5(a_1') *	4(a_2')	3(a_3')	2(a_4')	1(a_{5-1}')	0(a_{5-2}') **

注:a_1——利于泥石流极强烈活动的地貌指标,a_2——利于泥石流强烈活动的地貌指标,a_3——利于泥石流中等活动的地貌指标,a_4——利于泥石流一般活动的地貌指标,a_{5-1}——利于泥石流微弱活动的地貌指标,a_{5-2}——不利于泥石流活动的地貌指标;(1) 适用于青藏高原,(2) 适用于其余地区;* 括号内为指标赋值代号(下同);** 由于 a_{5-2} 不利于泥石流活动,因此 a_{5-2}' 赋值为 0。

2. 地质指标的分级与分区

如前文所述,断层长度和地层系数之积(s)与地质综合评价参数有良好的相关性,其不仅能充分反映各统计单元地质条件的基本概况,也具有突出的可比性,因此直接采用断层长度与地层系数之积作为地质指标。

地质指标是衡量一个区域泥石流活动的松散固相物质多寡、物质组成成分和自然属性分异的标准。一般说来,其值越大,泥石流活动的松散固相物质条件越好、规模越大,出现的泥石流类型越多。

根据长江上游断层长度与地层系数之积的分布状况及其与泥石流活动的关系,将其划分为 5 级,作为评价各统计单元地质条件的指标(表 4.2),并根据评价结果编制长江上游泥石流自然危险度区划地质分区图(图 4.2)。

表 4.2　长江上游泥石流自然危险度区划地质指标分级表

指 标 分 级	b_1	b_2	b_3	b_4	b_5
分级标准 [断层长度与地层系数之积(s)]	≥0.25	0.25~0.20	0.20~0.15	0.15~0.10	<0.10
各级指标赋值	5(b_1')	4(b_2')	3(b_3')	2(b_4')	1(b_5')

注:b_1——利于泥石流极强烈活动的地质指标,b_2——利于泥石流强烈活动的地质指标,b_3——利于泥石流中等活动的地质指标,b_4——利于泥石流一般活动的地质指标,b_5——利于泥石流微弱活动的地质指标。

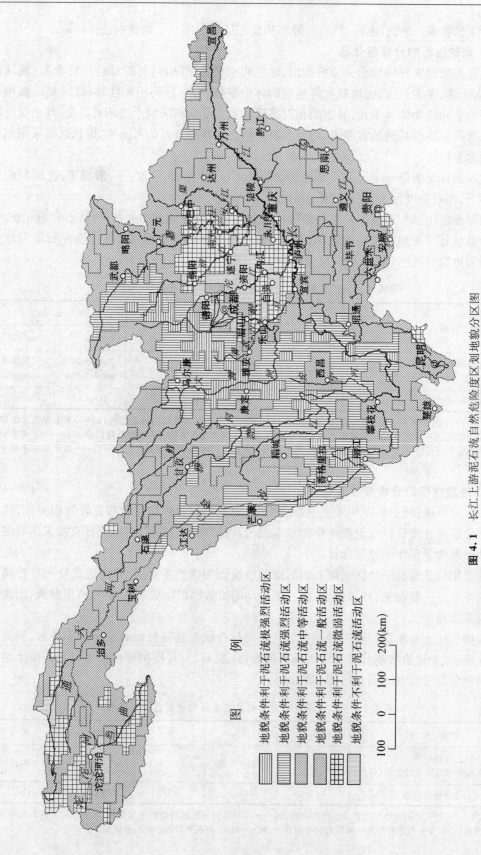

图 4.1 长江上游泥石流自然危险度区划地貌分区图

图 例

地貌条件利于泥石流极强烈活动区

地貌条件利于泥石流强烈活动区

地貌条件利于泥石流中等活动区

地貌条件利于泥石流一般活动区

地貌条件利于泥石流微弱活动区

地貌条件不利于泥石流活动区

100 0 100 200(km)

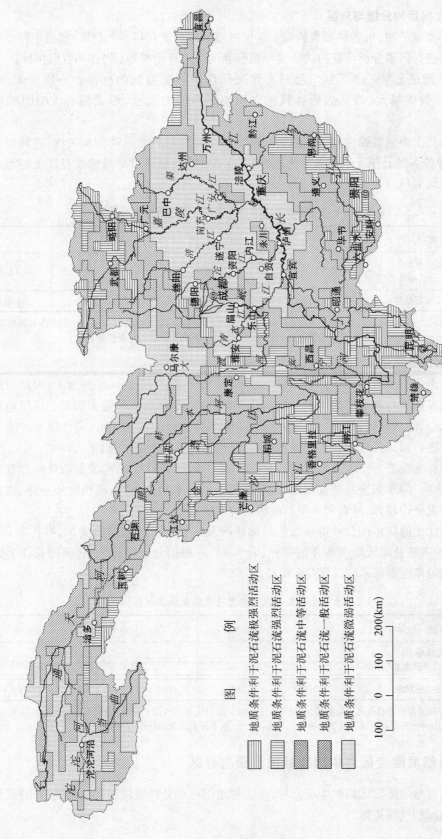

图 4.2　长江上游泥石流自然危险度区划地质分区图

图　例

地质条件十分利于泥石流极强烈活动区
地质条件十分利于泥石流强烈活动区
地质条件十分利于泥石流中等活动区
地质条件十分利于泥石流一般活动区
地质条件十分利于泥石流微弱活动区

100　0　100　200(km)

3. 气温指标的分级与分区

气温具有地带性,由多种要素构成。这里直接采用前文对年平均气温、气温年较差和气温极端较差进行因素分析所获得的衡量气温分异的综合评价参数(T)作为气温指标。

气温指标是衡量一个区域气温对岩体风化作用影响强弱的标准。一般说来,气温综合评价参数值越大,对区内岩体风化作用的影响能力越强,形成泥石流的固相物质越丰富。

根据长江上游气温综合评价参数的分布情况及其与泥石流活动的相关性,将其划分为5级,作为评价各统计单元气温条件的指标(表4.3),并根据评价结果编绘长江上游泥石流自然危险度区划气温分区图(图4.3)。

表 4.3 长江上游泥石流自然危险度区划气温指标分级表

指 标 分 级	c_1	c_2	c_3	c_4	c_5
分级标准 [气温综合评价参数值(T)]	≥24.0	24.0~20.0	20.0~16.0	16.0~12.0	<12.0
各级指标赋值	5(c_1')	4(c_2')	3(c_3')	2(c_4')	1(c_5')

注:c_1——利于泥石流极强烈活动的气温指标,c_2——利于泥石流强烈活动的气温指标,c_3——利于泥石流中等活动的气温指标,c_4——利于泥石流一般活动的气温指标,c_5——利于泥石流微弱活动的气温指标。

4. 降水指标的分级与分区

长江上游泥石流形成的水源虽然复杂多样,但以降水,尤其是以暴雨为主,因此用降水基本能代表区内泥石流形成的水源。降水具有地带性,而且由多种要素构成。这里也采用前文对降水量,降水日数,最大一日降水量,降水量≥50 mm、≥100 mm、≥150 mm 的日数和降水变率进行因素分析所获得的降水综合评价参数(q)作为降水指标。

降水指标是衡量一个地区形成泥石流的水动力条件、流体性质和激发条件的标准。一般说来,降水量、降水强度及其变化越大,形成泥石流的水动力条件、液相物质条件、流体性质变化和激发条件越好,越有利于泥石流活动的发生发展。

根据长江上游降水综合评价参数的具体状况及其与泥石流活动的关系,将其划分为5级,作为评价各统计单元降水条件的指标(表4.4),并根据分级评价结果,编绘长江上游泥石流自然危险度区划降水分区图(图4.4)。

表 4.4 长江上游泥石流自然危险度区划降水指标分级表

指 标 分 级	d_1	d_2	d_3	d_4	d_5
分级标准 [降水综合评价参数(q)]	≥32.0	32.0~24.0	24.0~16.0	16.0~8.0	<8.0
各级指标赋值	5(d_1')	4(d_2')	3(d_3')	2(d_4')	1(d_5')

注:d_1——利于泥石流极强烈活动的降水指标,d_2——利于泥石流强烈活动的降水指标,d_3——利于泥石流中等活动的降水指标,d_4——利于泥石流一般活动的降水指标,d_5——利于泥石流微弱活动的降水指标。

4.1.3 自然危险度区划中级指标的分级与分区

泥石流自然危险度区划的中级指标,是由初级指标经分析整理而形成的复合指标,包括地质地貌指标和气候指标。

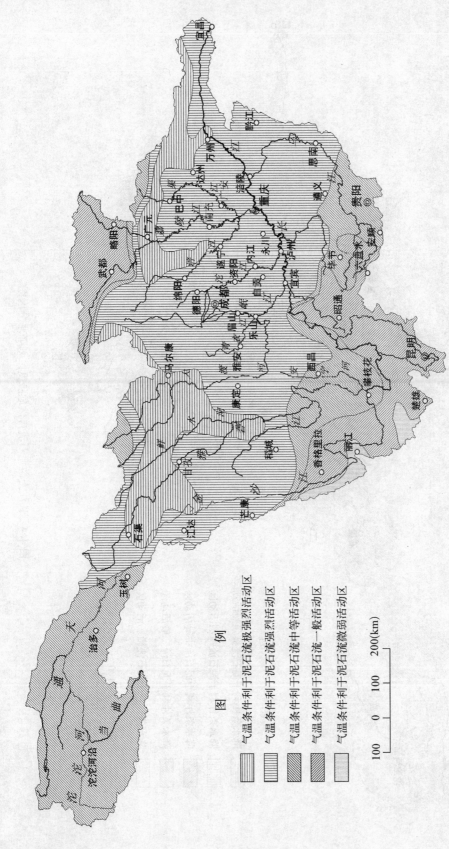

图 4.3　长江上游泥石流自然危险度区划气温分区图

图　例

气温条件有利于泥石流极强烈活动区

气温条件有利于泥石流强烈活动区

气温条件有利于泥石流中等活动区

气温条件有利于泥石流一般活动区

气温条件有利于泥石流微弱活动区

100　0　100　200(km)

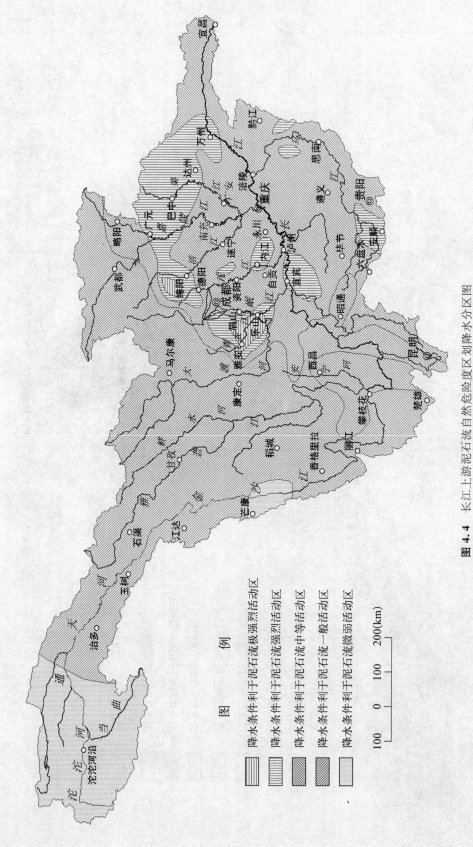

图 4.4 长江上游泥石流自然危险度区划降水分区图

图 例

降水条件有利于泥石流极强烈活动区

降水条件有利于泥石流强烈活动区

降水条件有利于泥石流中等活动区

降水条件有利于泥石流一般活动区

降水条件有利于泥石流微弱活动区

100   0   100   200(km)

1. 地质地貌指标的分级与分区

地质地貌指标是地质指标和地貌指标复合而成的中级指标。尽管地质指标和地貌指标都是缺一就不能形成泥石流的关键指标,但从二者在泥石流形成和活动中所起作用的重要程度来判断,还是有差异的。通过综合分析和实践检验证实,地貌的作用大于地质的作用,因此在复合过程中地貌指标的权重系数赋值 $0.7(\alpha_a = 0.7)$,地质指标的权重系数赋值 0.3 $(\alpha_b = 0.3)$,并以地貌指标的分级赋值(见表 4.1)与其权重系数值 (α_a) 之乘积为行,以地质指标分级赋值(见表 4.2)与其权重系数值 (α_b) 之乘积为列来列表,然后分别对相应的各项相加,便获得一系列衡量区划区域地质地貌条件分异的综合评价参数 (D),其值分布在 $0.30\sim5.00$ 之间(表 4.5)。

表 4.5　长江上游泥石流自然危险度区划地质地貌综合参数复合表

项　　目			地貌指标分级赋值与权重系数之乘积					
			$a_1' \cdot \alpha_a$	$a_2' \cdot \alpha_a$	$a_3' \cdot \alpha_a$	$a_4' \cdot \alpha_a$	$a_5' \cdot \alpha_a$	
							$a_{5-1}' \cdot \alpha_a$	$a_{5-2}' \cdot \alpha_a$
			3.50	2.80	2.10	1.40	0.70	0
地质指标分级赋值与权重系数之乘积	$b_1' \cdot \alpha_b$	1.50	5.00	4.30	3.60	2.90	2.20	1.50
	$b_2' \cdot \alpha_b$	1.20	4.70	4.00	3.30	2.60	1.90	1.20
	$b_3' \cdot \alpha_b$	0.90	4.40	3.70	3.00	2.30	1.60	0.90
	$b_4' \cdot \alpha_b$	0.60	4.10	3.40	2.70	2.00	1.30	0.60
	$b_5' \cdot \alpha_b$	0.30	3.80	3.10	2.40	1.70	1.00	0.30

根据长江上游地质地貌综合评价参数及其与泥石流形成和活动的关系,将其划分为 5 级,作为评价各统计单元地质地貌条件的指标(表 4.6),并根据评价结果,编绘长江上游泥石流自然危险度区划地质地貌分区图(图 4.5)。

表 4.6　长江上游泥石流自然危险度区划地质地貌指标分级表

指 标 分 级	A_1	A_2	A_3	A_4	A_5	
					A_{5-1}	A_{5-2}
分级标准(地质地貌综合评价参数)	>4.00	4.00~3.30	3.30~2.60	2.60~1.90	1.90~1.200	≤1.20
各级指标赋值	5(A_1')	4(A_2')	3(A_3')	2(A_4')	1(A_{5-1}')	0(A_{5-2}')*

注:A_1——利于泥石流极强烈活动的地质地貌指标,A_2——利于泥石流强烈活动的地质地貌指标,A_3——利于泥石流中等活动的地质地貌指标,A_4——利于泥石流一般活动的地质地貌指标,A_5——利于泥石流微弱活动的地质地貌指标(A_{5-1})与不利于泥石流活动的地质地貌指标(A_{5-2})。* 由于 A_{5-2} 不利于泥石流活动,因此 A_{5-2}' 赋值为 0。

2. 气候指标的分级与分区

气候指标是气温指标与降水指标复合而成的中级指标。虽然气温和降水两要素在泥石流形成和活动中都具有十分重要的作用,但从作用结果来分析,降水不仅为泥石流形成提供水动力条件和液相物质条件,而且还是泥石流形成的激发因素,其作用和重要程度超过气温,因此在复合过程中,通过层次分析、综合分析和实践检验,确定气温的权重系数赋值 $0.35(\alpha_c = 0.35)$,降水的权重系数赋值 $0.65(\alpha_d = 0.65)$,并以气温指标的分级赋值(表 4.3)

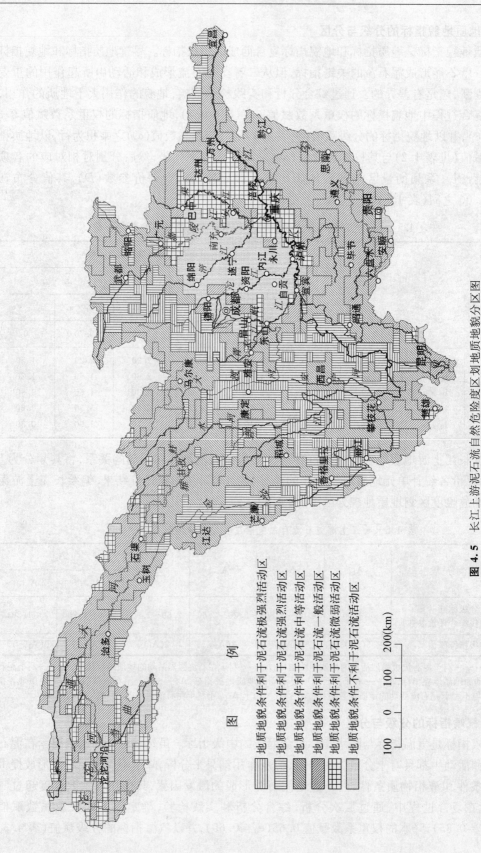

图 4.5 长江上游泥石流自然危险度区划地质地貌分区图

图 例

地质地貌条件有利于泥石流极强烈活动区

地质地貌条件有利于泥石流强烈活动区

地质地貌条件有利于泥石流中等活动区

地质地貌条件有利于泥石流一般活动区

地质地貌条件有利于泥石流微弱活动区

地质地貌条件不利于泥石流活动区

100   0   100   200(km)

与其权重系数值(α_c)之乘积为行,以降水指标的分级赋值(表 4.4)与其权重系数值(α_d)之乘积为列,然后对相对应的各项相加,便获得一系列衡量区划区域气候条件分异的综合评价参数值(Q),其值分布在 5.00~1.00 之间(表 4.7)。

表 4.7　长江上游泥石流自然危险度区划气候综合评价参数复合表

项　目			气温指标分级赋值与权重系数之乘积				
			$c_1' \cdot \alpha_c$	$c_2' \cdot \alpha_c$	$c_3' \cdot \alpha_c$	$c_4' \cdot \alpha_c$	$c_5' \cdot \alpha_c$
			1.75	1.40	1.05	0.70	0.35
降水指标分级赋值与权重系数之乘积	$d_1' \cdot \alpha_d$	3.25	5.00	4.65	4.30	3.95	3.60
	$d_2' \cdot \alpha_d$	2.60	4.35	4.00	3.65	3.30	2.95
	$d_3' \cdot \alpha_d$	1.95	3.70	3.35	3.00	2.65	2.30
	$d_4' \cdot \alpha_d$	1.30	3.05	2.70	2.35	2.00	1.65
	$d_5' \cdot \alpha_d$	0.65	2.40	2.05	1.70	1.35	1.00

根据长江上游气候综合评价参数的状态及其与泥石流活动之间的关系,将其划分为 5 级,作为评价各统计单元气候条件的指标(表 4.8),并根据评价结果,编绘长江上游泥石流自然危险度区划气候分区图(图 4.6)。

表 4.8　长江上游泥石流自然危险度区划气候指标分级表

指标分级	B_1	B_2	B_3	B_4	B_5
分级标准 [气候综合评价参数(Q)]	>3.95	3.95~3.30	3.30~2.65	2.65~2.00	≤2.00
各级指标赋值	5(B_1')	4(B_2')	3(B_3')	2(B_4')	1(B_5')

注:B_1——利于泥石流极强烈活动的气候指标,B_2——利于泥石流强烈活动的气候指标,B_3——利于泥石流中等活动的气候指标,B_4——利于泥石流一般活动的气候指标,B_5——利于泥石流微弱活动的气候指标。

4.1.4　自然危险度区划高级指标的分级与分区

自然危险度区划的高级指标,实际上就是自然危险度区划的分区指标,是区划区域自然危险度分区的标准。其是由决定泥石流形成、活动的能量(能量大小和能量转化)条件和物质(固相物质和液相物质)条件的两个中级指标,即地质地貌指标和气候指标复合而成的,是二级复合指标。虽然这两个中级指标在泥石流形成和活动中都起着不可替代的作用,但它们的作用还是有明显差别的。这是因为地质地貌指标是泥石流形成、活动所必需的能量和固相物质量的主要提供者,其作用要大于气候指标的作用,因此在将二者综合为自然危险度的高级指标时,应在权重的分配上加以充分体现。通过层次分析、综合分析和研究区泥石流活动状况的实际检验,确定地质地貌指标的权重系数为 0.7($\alpha_A = 0.7$),气候指标的权重系数为 0.3($\alpha_B = 0.3$);并以地质地貌指标的分级赋值(表 4.6)乘以权重系数值(0.7)为行,以气候指标的分级赋值(表 4.8)乘以权重系数值(0.3)为列来列表,分别对表中相对应的各项相加,便获得衡量区划区域泥石流自然危险度分异的综合评价参数值(Z),其值分布在 5.00~0.30 之间(表 4.9)。

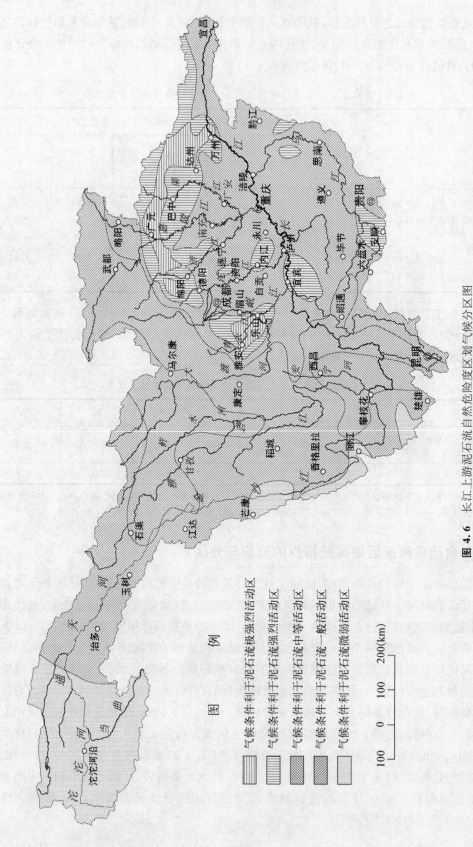

图 4.6 长江上游泥石流自然危险度区划气候分区图

图 例

气候条件有利于泥石流极强烈活动区

气候条件有利于泥石流强烈活动区

气候条件有利于泥石流中等活动区

气候条件有利于泥石流一般活动区

气候条件有利于泥石流微弱活动区

100   0   100   200(km)

表 4.9　长江上游泥石流自然危险度区划综合评价参数复合表

项　　目			地质地貌指标赋值与权重系数之乘积					
			$A_1' \cdot \alpha_A$	$A_2' \cdot \alpha_A$	$A_3' \cdot \alpha_A$	$A_4' \cdot \alpha_A$	$A_5' \cdot \alpha_A$	
							$A_{5-1} \cdot \alpha_{A'}$	$A_{5-2} \cdot \alpha_{A'}$
			3.50	2.80	2.10	1.40	0.70	0
气候指标 分级赋值 与权重系 数之乘积	$B_1' \cdot \alpha_B$	1.5	5.00	4.30	3.60	2.90	2.20	1.50
	$B_2' \cdot \alpha_B$	1.2	4.70	4.00	3.30	2.60	1.90	1.20
	$B_3' \cdot \alpha_B$	0.9	4.40	3.70	3.00	2.30	1.60	0.90
	$B_4' \cdot \alpha_B$	0.6	4.10	3.40	2.70	2.00	1.30	0.60
	$B_5' \cdot \alpha_B$	0.3	3.80	3.10	2.40	1.70	1.00	0.30

　　根据长江上游泥石流自然危险度区划综合评价参数值与泥石流形成和活动的关系,将其划分为 5 级,作为评价各统计单元自然危险度的指标(表 4.10),并根据评价结果编绘长江上游泥石流自然危险度区划图(图 4.7)。

表 4.10　长江上游泥石流自然危险度区划指标分级表

指标分级	1_1	1_2	1_3	1_4	1_5	
					1_{5-1}	1_{5-2}
分级标准 [自然危险度区划综合评价参数(Z)]	>4.00	4.00~3.30	3.30~2.60	2.60~1.90	1.90~1.20	≤1.20
分级指标赋值	$5(1_1')$	$4(1_2')$	$3(1_3')$	$2(1_4')$	$1(1_{5-1}')$	$0(1_{5-2}')$

　　注:1_1——利于泥石流极强烈活动的自然危险度指标,1_2——利于泥石流强烈活动的自然危险度指标,1_3——利于泥石流中等活动的自然危险度指标,1_4——利于泥石流一般活动的自然危险度指标,1_5——利于泥石流微弱活动的自然危险度指标(1_{5-1})与不利于泥石流活动的自然危险度指标(1_{5-2})。

4.1.5　自然危险度区划结果

　　根据泥石流自然危险度区划指标,长江上游流域被划分为五个不同级别的泥石流自然危险区:泥石流高度自然危险区(1_1)、泥石流次高度自然危险区(1_2)、泥石流中度自然危险区(1_3)、泥石流轻度自然危险区(1_4)、泥石流微度自然危险区(1_{5-1})与基本无泥石流自然危险区(1_{5-2})(图 4.7)。

1. 泥石流高度自然危险区(1_1)

　　泥石流高度自然危险区是指泥石流自然危险程度最高的地区。该区总面积约 55 958.9 km²,占长江上游流域面积的 5.6%,含 23 个小区,分布在金沙江流域四川省凉山彝族自治州的 11 个县、甘孜藏族自治州的 4 个县,云南省昭通市的 6 个县、昆明市的 2 个县(区)、丽江市的 2 个县和迪庆藏族自治州的 2 个县;岷江、沱江流域阿坝藏族羌族自治州的 4 个县、雅安市的 2 个县、德阳市的 2 个县、乐山市的 1 个县和成都市的 4 个县(市);嘉陵江流域四川省广元市的 2 个区、阿坝藏族羌族自治州的 1 个县、绵阳市的 3 个县,甘肃省陇南市和甘南藏族自治州的各 1 个县;其他流域(长江干流两岸及其中小河流域,下同)重庆市的开县等地。区内分布有县级行政中心 9 个。

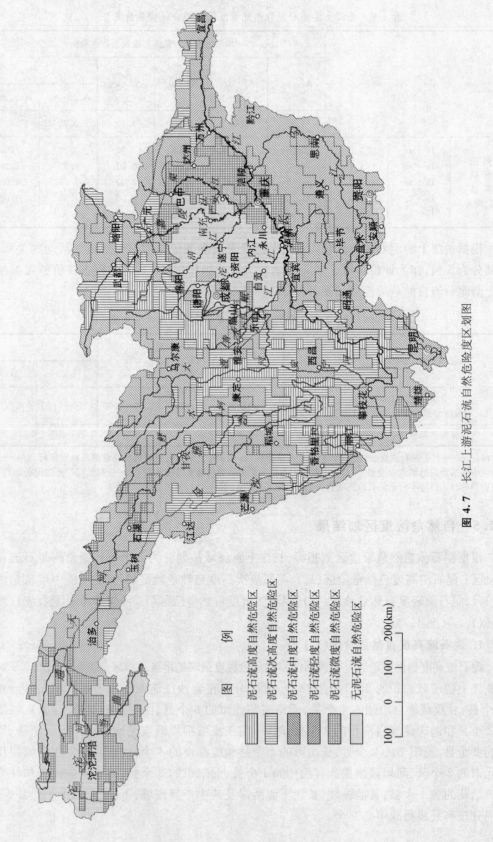

图 4.7　长江上游泥石流自然危险度区划图

图　例

泥石流高度自然危险区
泥石流次高度自然危险区
泥石流中度自然危险区
泥石流轻度自然危险区
泥石流微度自然危险区
无泥石流自然危险区

100　　0　　100　　200(km)

2. 泥石流次高度自然危险区(1_2)

泥石流次高度自然危险区是指泥石流的自然危险程度仅次于高度自然危险区的地区。该区总面积 168 572.8 km²,占流域总面积的 16.7%,含 54 个小区,分别分布在金沙江流域四川省凉山彝族自治州的 12 个县、甘孜藏族自治州的 12 个县、宜宾市和攀枝花市的各 1 个县,云南省昭通市的 7 个县、昆明市的 4 个县、大理白族自治州的 2 个县、丽江市的 5 个县(区)和迪庆藏族自治州的 4 个县,西藏昌都地区的 3 个县,青海省玉树地区的 4 个县和贵州省毕节地区的 1 个县;岷江、沱江流域四川省乐山市的 5 个县(市、区)、雅安市的 5 个县、阿坝藏族羌族自治州的 6 个县、甘孜藏族自治州的 2 个县、成都市的 2 个县;嘉陵江流域四川省广元市的 5 个县(区)、绵阳市的 3 个县、达州市的 1 个市(县)和阿坝藏族羌族自治州的 1 个县,甘肃省陇南市的 6 个县、陕西省汉中市和宝鸡市的各 1 个县;乌江流域贵州省毕节地区的 3 个县;其他流域湖北省宜昌市的 4 个县(区)、恩施土家族苗族自治州的 1 个县、神农架林区,重庆市的巫山、开县等地。区内分布有市(地、州)级行政中心 4 个(重庆市辖县、区按县级行政区统计),县级行政中心 46 个。

3. 泥石流中度自然危险区(1_3)

泥石流中度自然危险区是泥石流自然危险程度处于中等状态的地区。该区总面积 337 609.3 km²,占流域面积的 33.6%,含 47 个小区,分别分布在金沙江流域四川省凉山彝族自治州的 11 个县(市)、甘孜藏族自治州的 16 个县、攀枝花市的 4 个县(区)和宜宾市的 1 个县,云南省昭通市的 8 个县(区)、昆明市的 6 个县(区)、楚雄彝族自治州的 7 个县、丽江市的 5 个县(区)、大理白族自治州的 3 个县、迪庆藏族自治州的 2 个县和曲靖市的 2 个县,西藏自治区昌都地区的 3 个县,青海省玉树藏族自治州的 4 个县;岷江、沱江流域四川省乐山市的 5 个县(市、区)、雅安市的 6 个县(区)、成都市的 2 个县(市)、阿坝藏族羌族自治州的 9 个县,青海省果洛藏族自治州的 2 个县;嘉陵江流域四川省绵阳市的 3 个县(市)、广元市的 5 个县(区)、达州市的 2 个县、巴中市的 2 个县、广安市的 3 个县(市)和阿坝藏族羌族自治州的 1 个县,甘肃省陇南市的 10 个县(区)、天水市的 2 个区,陕西省汉中市的 5 个县,重庆市的城口、北碚、合川等县(市、区),乌江流域重庆市的涪陵、武隆、南川、彭水、黔江、酉阳、秀山等县(区),贵州省同仁地区的 4 个县、遵义市的 7 个县(区)、贵阳市的 6 个县(市、区)、毕节地区的 5 个县、六盘水市的 1 个县、黔东南苗族侗族自治州的 2 个县和黔南布依族苗族自治州的 2 个县;其他流域四川省宜宾市的 3 个县、广安市的 1 个县,云南省昭通地区的 2 个县,贵州省遵义市的 2 个县,重庆市的石柱、丰都、忠县、梁平、开县,万州、云阳、奉节、巫山、巫溪等县(区),湖北省宜昌市的 7 个县(区)、恩施土家族苗族自治州的 4 个县(市)及神农架林区。区内分布有市(地、州)级行政中心 8 个,县(市、区)级行政中心 84 个。

4. 泥石流轻度自然危险区(1_4)

泥石流轻度自然危险区是指泥石流危险程度较轻的地区。该区总面积 204 288.2 km²,占流域面积的 20.3%,含 76 个小区,分布在金沙江流域宜宾市的 2 个县和甘孜藏族自治州的 11 个县,云南省昭通市的 3 个县、昆明市的 8 个县(市、区)、楚雄彝族自治州的 9 个县(市)、大理白族自治州的 3 个县、丽江市的 2 个县和迪庆藏族自治州的 1 个县,西藏自治区昌都地区的 2 个县,青海省果洛藏族自治州的 1 个县,玉树藏族自治州的 4 个县及格尔木市;岷江、沱江流域四川省宜宾市的 1 个区、乐山市的 5 个县(区)、眉山市的 2 个县、雅安市的 5 个县,成都市的 6 个县(市、区)、德阳市的 3 个县(市)和阿坝藏族羌族自治州的 9 个县,青海省果洛藏族自治州的 2 个县;嘉陵江流域四川省广元市的 3 个县(区)、巴中市的 3 个县(区)、达州市的 4 个县(区),甘肃省陇南市的 5 个县、天水市的 1 个区,陕西省汉中市的 1 个县,重庆市的大足、双桥、合川、北碚等县(区);乌江流域重庆市的涪陵、武隆、彭水、黔江、酉阳、秀山、南川等县(区),贵州省铜仁地区的 4 个县、遵义市的 9 个县、贵阳市的 5 个县(市、区)、黔东南苗族侗族自治州的 1 个县、黔南布依族苗族自治州的 3 个县、安顺市的 3 个县、六盘水市的 3 个县(区)、毕节地区的 6 个县(市),云南省昭通市的 2 个县;其他流域四川省宜宾市的 7 个县、泸州市的 2 个县,云南省昭通市的 2 个县,贵州省遵义市的 4 个县,湖北省宜昌市的 2 个县、恩施土家族苗族自治州的 1 个县,重庆市的綦江、万盛、忠县、石柱、万州、永川、开县、云阳、奉节、巫山等县(区)。区内分布有省级行政中心 1 个、市(地、州)级行政中心 6 个、县(市、区)级行政中心 73 个。

5. 泥石流微度与基本无自然危险区(1_5)

泥石流微度与基本无自然危险区,是指受泥石流威胁和危害微小的地区和基本不受泥石流威胁和危害的地区。该区总面积约 238 971.0 km^2,占流域面积的 23.8%,含 2 个亚区,60 个小区。下面分别对 2 个亚区进行讨论。

(1) 泥石流微度自然危险区(1_{5-1})

泥石流微度自然危险区总面积 103 239.7 km^2,占流域面积的 10.3%,含 47 个小区,分布在金沙江流域四川省甘孜藏族自治州的 2 个县,云南省曲靖市的 1 个县、大理白族自治州的 1 个县、楚雄彝族自治州的 3 个县,青海省果洛藏族自治州的 3 个县、玉树藏族自治州的 3 个县和格尔木市;岷江、沱江流域宜宾市的 1 个县、乐山市的 4 个县(区)、眉山市的 2 个县、成都市的 1 个县;嘉陵江流域四川省广安市的 2 个县(区)、南充市的 4 个县(区)、巴中市的 2 个县、达州市的 1 个县、广元市的 3 个县(区)、绵阳市的 4 个县;乌江流域贵州省贵阳市的 3 个区;其他流域四川省宜宾市的 2 个县(区)、泸州市的 3 个县(区)、广安市的 1 个县和达州市的 2 个县,重庆市的江津、綦江、巴南、南岸、大渡口、南川、长寿、垫江、忠县、梁平、开县等县(区),贵州省遵义市的 1 个县。区内分布有省(市、区)级行政中心 2 个、市(地、州)级行政中心 5 个、县(市、区)级行政中心 40 个。

(2) 泥石流基本无自然危险区(1_{5-2})

泥石流基本无自然危险区,总面积 135 731.3 km^2,占流域面积的 13.5%,含 13 个小区,主要分布在金沙江流域四川省甘孜州的 1 个县,云南省昆明市和曲靖市的各 1 个县,青海省玉树藏族自治州的 3 个县和格尔木市;岷江、沱江流域四川省宜宾市的 3 个县(区)、德阳市的 3 个县(市、区)、成都市的 19 个县(市、区)、资阳市的 4 个县(市、区)、内江市的 5 个县(区)、泸州市的 3 个县(区),重庆市的荣昌、大足、双桥等县(区);嘉陵江流域四川省绵阳市的 8 个县(市、区)、德阳市的 2 个县、遂宁市的 5 个县(区)、南充市的 9 个县(区)、广元市的 2 个县,重庆市的铜梁、潼南、合川等县(区);乌江流域安顺市的 3 个县;其他流域四川省宜宾市的 3 个县、泸州市的 2 个县,重庆市的江津、永川等市(区)。区内分布有省级行政中心 1 个、市(地、州)级行政中心 11 个、县(市、区)级行政中心 77 个。

4.2 社会经济水平区划的指标分级与分区

社会经济水平区划指标是指人口密度,单位面积国内(地区,下同)生产总值、第二产业产值占国内生产总值的比例,单位面积铁路长度和单位面积公路长度指标及其以此为基础形成的各类指标。这些指标基本能反映区划区域的社会经济水平的现状和区域分异性。

4.2.1　社会经济水平区划统计单元的划分与统计网络的形成

人类的社会经济活动往往是以行政区域为单元,并根据其所处环境条件的特点而展开的。行政区往往分为多个级别,不同级别的行政区所辖区域的范围和职能不尽相同。根据长江上游区域范围大,行政区级别多,其中县级行政区的社会经济活动在整个流域具有十分重要的作用和资料完整、可靠等特点,确定以建制县(市、区)为统计单元。这些建制县(市、区)既是进行资料统计、整理、分析的基础,又是构成统计网络的成员。据统计,长江上游包括 370 个建制县(市、区),其中 273 个完整的县(市、区),97 个不完整的县(市、区)。

4.2.2　社会经济水平区划初级指标的分级与分区

前文已述,一个区域的社会经济水平,主要体现在人口密度、国内生产总值、第二产业产值占国内生产总值的比例、铁路发展现状、公路发展现状等方面,因此衡量社会经济水平的初级指标,应为由上述因素构成的指标或由上述因素通过整理分析而获得的指标。

1. 人口密度指标的分级与分区

人口密度是指每平方公里的人口数量,其与各统计区域的环境条件和社会经济发展现状密切相关,也就是说人口密度越大的区域,其环境条件越好,社会经济发展程度越高。可见,人口密度指标不但是一个衡量区域环境优劣的标准,更是一个衡量区域社会经济发展现状的重要指标。

在获得长江上游人口密度和各统计单元(县)人口密度后,用各统计单元的人口密度除以长江上游的人口密度进行标准化,求出各统计单元的标准化人口密度(br)。据统计,长江上游的标准化人口密度分布在 0.012~189.102 之间。

根据长江上游各统计单元标准化人口密度与区域社会经济水平的关系,将其划分为 5 级,作为评价各统计单元人口密度的指标(表 4.11),并根据评价结果编绘长江上游社会经济水平区划人口密度分区图(图 4.8)。

表 4.11　长江上游社会经济水平区划人口密度指标分级表

指 标 分 级	e_1	e_2	e_3	e_4	e_5
分级标准 [标准化人口密度(br)]	>3.20	3.20~1.60	1.60~0.80	0.80~0.20	≤0.20
各级指标赋值	5(e_1')	4(e_2')	3(e_3')	2(e_4')	1(e_5')

注:e_1——高度发展的人口密度指标,e_2——次高度发展的人口密度指标,e_3——中度发展的人口密度指标,e_4——一般发展的人口密度指标,e_5——待发展的人口密度指标。

2. 经济发展现状指标的分级与分区

反映经济发展现状的因素很多,这里选择两个主要因素:国内生产总值和第二产业产值占国内生产总值的比例来表达。这对于经济区划而言,可能很不完善,但对泥石流综合危险度区划而言,已经足够了。这是因为国内生产总值反映了区域的生产总量,在区域面积、人口相当或近似的条件下,其总量越大,经济发展水平越高;第二产业产值占国内生产总值

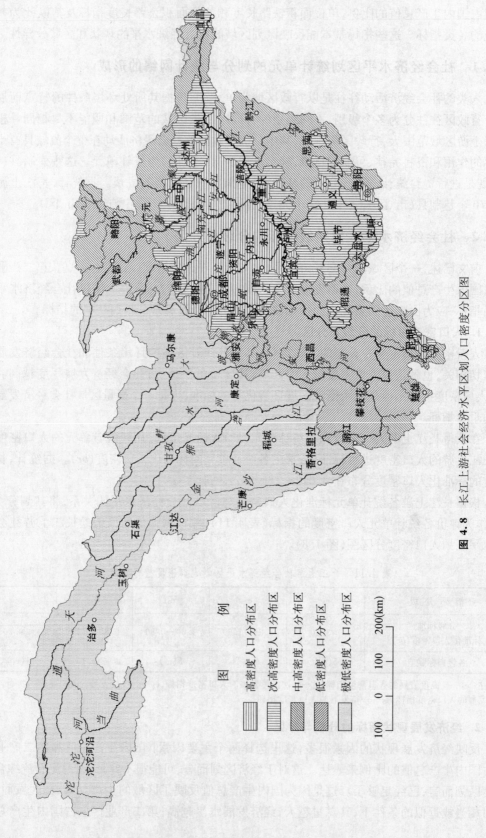

图 4.8　长江上游社会经济水平区划人口密度分区图

图　例

高密度人口分布区

次高密度人口分布区

中高密度人口分布区

低密度人口分布区

极低密度人口分布区

200(km)

100

0

100

的比例反映了区域的工业和建筑业的发展情况,在经济总量相当的条件下,第二产业产值所占比例越大,该区域的工业化程度越高。鉴于此,选择二者作为反映区域经济发展现状的因素。

在分别统计长江上游各统计单元(县)的单位面积(km^2)国内生产总值和第二产业产值占国内生产总值比例的基础上,前者除以长江上游的单位面积(km^2)国内生产总值,后者除以长江上游单位面积(km^2)第二产业产值占国内生产总值的比例值进行标准化,求出各统计单元单位面积(km^2)标准化的国内生产总值和标准化的第二产业产值占国内生产总值的比例值。通过因素分析和综合分析,确定国内生产总值的权重系数为 0.55($\alpha_{fa}=0.55$),第二产业产值占国内生产总值的比例的权重系数为 0.45($\alpha_{fb}=0.45$),并用各统计单元标准化的国内生产总值乘以权重系数 α_{fa},第二产业产值占国内生产总值的比例值乘以权重系数 α_{fb},然后分别对各对应项相加,便求出一系列衡量区划区域各统计单元经济发展现状的综合评价参数值(jf),其值分布在 0.06~420.19 之间。

根据长江上游经济发展现状综合评价参数值与区域经济发展现状的关系,将其划分为 5 级,作为评价各统计单元经济发展现状的指标(表 4.12),并根据评价结果编绘长江上游社会经济水平区划经济发展现状分区图(图 4.9)。

表 4.12　长江上游社会经济水平区划经济发展现状指标分级表

指 标 分 级	f_1	f_2	f_3	f_4	f_5
分级标准 [经济发展现状综合评价参数值(jf)]	>2.50	2.50~1.40	1.40~0.70	0.70~0.25	≤0.25
各级指标赋值	5(f_1')	4(f_2')	3(f_3')	2(f_4')	1(f_5')

注:f_1——经济现状高度发展指标,f_2——经济现状次高度发展指标,f_3——经济现状中等发展指标,f_4——经济现状一般发展指标,f_5——经济现状待发展指标。

3. 铁路发展现状指标的分级与分区

铁路是交通运输的大动脉。从实际状况来看,铁路开通到哪里,哪里的社会经济就腾飞。可见,铁路与社会经济发展水平有着极其密切的联系,是衡量一个区域社会经济发展水平的重要初级指标之一。

长江上游多数区域位于崇山峻岭之中,山高谷深、坡陡流急,铁路建设困难甚多,数量较少,因此其作用显得尤为突出。在获得各统计单元(县)单位面积(km^2)的铁路长度后,除以长江上游流域单位面积的铁路长度进行标准化,求出各统计单元的标准化铁路长度(tb),其值分布在 0~715.85 之间。

根据长江上游标准化铁路长度与社会经济发展水平的关系,将其划分为 5 级,作为评价各统计单元铁路发展现状的指标(表 4.13),并根据评价结果编绘长江上游社会经济水平区划铁路发展现状分区图(图 4.10)。

表 4.13　长江上游社会经济发展水平区划铁路发展现状指标分级表

指 标 分 级	g_1	g_2	g_3	g_4	g_5
分级标准 [单位面积标准化铁路长度(tb)]	>5.0	5.0~3.0	3.0~1.0	1.0~0	0
各级指标赋值	5(g_1')	4(g_2')	3(g_3')	2(g_4')	1(g_5')

注:g_1——铁路现状高度发展指标,g_2——铁路现状次高度发展指标,g_3——铁路现状中等发展指标,g_4——铁路现状一般发展指标,g_5——铁路现状待发展指标。

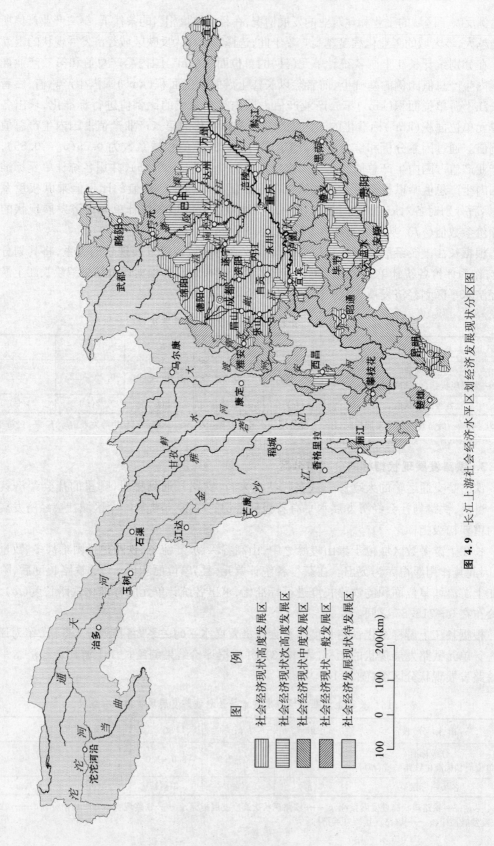

图例

社会经济现状高度发展区

社会经济现状次高度发展区

社会经济现状中度发展区

社会经济现状一般发展区

社会经济发展现状待发展区

100   0   100   200(km)

图 4.9   长江上游社会经济水平区划经济发展现状分区图

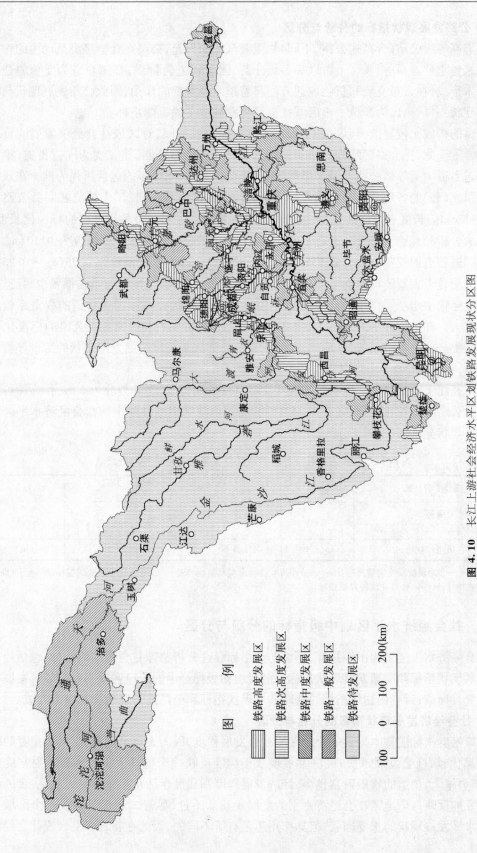

图 4.10　长江上游社会经济水平区划铁路发展现状分区图

图　例

铁路高度发展区

铁路次高度发展区

铁路中度发展区

铁路一般发展区

铁路待发展区

100　0　100　200(km)

4. 公路发展现状指标的分级与分区

随着高等级公路(含高速公路,下同)和重载汽车的兴起,公路在社会经济活动中的作用变得越来越重要。目前,长江上游以高等级公路、国道省道为骨干,县道乡道为支脉的公路网已基本形成,在人员交流和货物流通方面起着越来越重要的作用,因此公路发展现状与铁路发展现状一样,也成为衡量一个区域社会经济发展水平的重要指标。

公路的构成比较复杂,其等级不同,车流量和运力就不同,对区域社会经济发展的贡献也不同。鉴于此,把公路归纳为三种类别:第一类为高等级公路,第二类为国道省道,第三类为县道乡道。高等级公路以通车里程为准,其余公路以 2005 年的运营里程为准。在获得各统计单元(县)的各类公路单位面积(km^2)的长度后,分别除以长江上游流域同类公路单位面积(km^2)的长度进行标准化,求出各统计单元单位面积(km^2)各类公路的标准化长度。通过因素分析和综合分析后,进行权重分配,确定高等级公路的权重系数为 0.40($\alpha_{ga}=$ 0.40),国道省道的权重系数为 0.35($\alpha_{gb}=0.35$),县道乡道的权重系数为 0.25($\alpha_{gc}=0.25$)。这样的分配是考虑到流域内许多统计单元没有高等级公路,甚至国道省道都很稀少,县道乡道在本地运输中起主导作用的具体情况作出的,否则高等级公路和国道省道的权重系数还应适当加大。在上述分析的基础上,将各统计单元单位面积(km^2)的各类公路的标准化长度乘以同类公路的权重系数,然后相加,便获得一系列区划区域公路发展现状的综合评价参数值(qb),其值分布在 0.03~465.06 之间。

根据长江上游公路发展现状对区域社会经济发展的贡献,将其划分为 5 级,作为评价各统计单元公路发展现状的指标(表 4.14),并根据评价结果编绘长江上游社会经济水平区划公路发展现状分区图(图 4.11)。

表 4.14　长江上游社会经济水平区划公路发展现状指标分级表

指 标 分 级	h_1	h_2	h_3	h_4	h_5
分级标准 [单位面积标准化公路长度(qb)]	>3.0	3.00~1.50	1.50~0.85	0.85~0.40	≤0.40
各级指标赋值	5(h_1')	4(h_2')	3(h_3')	2(h_4')	1(h_5')

注:h_1——公路现状高度发展指标,h_2——公路现状次高度发展指标,h_3——公路现状中度发展指标,h_4——公路现状一般发展指标,h_5——公路现状待发展指标。

4.2.3　社会经济水平区划中级指标的分级与分区

社会经济水平区划的中级指标,是由初级指标经过分析整理复合而成的指标,包括社会经济发展现状指标和交通发展现状指标。前者由初级指标中的人口密度指标和经济发展现状指标复合而成;后者由初级指标的铁路发展现状指标和公路发展现状指标复合而成。

1. 社会经济发展现状指标的分级与分区

人口密度指标能基本反映一个地区的社会发展程度,因为人口密度越大,人类生存的环境条件越优越,社会发展越快;经济发展现状指标能反映一个地区人类创造物质财富的能力,其能力越大,创造的物质财富越多,经济发展程度和居民生活水平越高。可见,二者的结合能较好地反映一个地区社会经济水平的发展现状。不过,尽管二者都是构成一个区域社会经济水平发展现状的重要因素,但其作用还是有所不同的,因此在将二者复合成社会经济

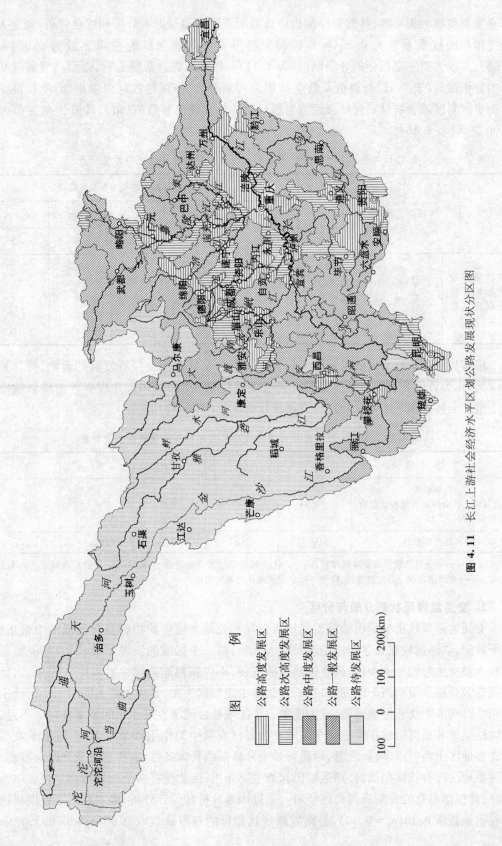

图 4.11　长江上游社会经济水平区划公路发展现状分区图

图　例

公路高度发展区
公路次高度发展区
公路中度发展区
公路一般发展区
公路待发展区

100　0　100　200(km)

水平发展现状的指标时,其权重分配也应该有所不同。通过因素分析和综合分析,确定人口密度指标的权重系数为 $0.35(\alpha_e=0.35)$,经济发展现状指标的权重系数为 $0.65(\alpha_f=0.65)$,并以人口密度指标的分级赋值(表4.11)与权重系数之乘积为行,以经济发展现状指标的分级赋值(表4.12)与权重系数之乘积为列来列表,分别对各对应项相加,便获得一系列衡量区划区域各统计单元社会经济发展现状的综合评价参数值(sd),其值分布在 $5.00\sim1.00$ 之间(表4.15)。

表4.15　长江上游社会经济水平区划社会经济发展现状指标复合表

项　目		人口密度指标赋值与权重系数之乘积				
		$e_1'\cdot\alpha_e$	$e_2'\cdot\alpha_e$	$e_3'\cdot\alpha_e$	$e_4'\cdot\alpha_e$	$e_5'\cdot\alpha_e$
		1.75	1.40	1.05	0.70	0.35
经济发展现状指标赋值与权重系数之乘积	$f_1'\cdot\alpha_f$　3.25	5.00	4.65	4.30	3.95	3.60
	$f_2'\cdot\alpha_f$　2.60	4.35	4.00	3.65	3.30	2.95
	$f_3'\cdot\alpha_f$　1.95	3.70	3.35	3.00	2.65	2.30
	$f_4'\cdot\alpha_f$　1.30	3.05	2.70	2.35	2.00	1.65
	$f_5'\cdot\alpha_f$　0.65	2.40	2.05	1.70	1.35	1.00

根据长江上游社会经济发展现状综合评价参数及其对社会经济发展的贡献,将其划分为5级,作为评价各统计单元社会经济发展现状的指标(表4.16),并根据评价结果编绘长江上游社会经济水平区划社会经济发展现状分区图(图4.12)。

表4.16　长江上游社会经济水平区划社会经济发展现状指标分级表

指标分级	C_1	C_2	C_3	C_4	C_5
分级标准[统计单元社会经济发展现状综合参数值(sd)]	>3.95	3.95～3.30	3.30～2.65	2.65～2.00	≤2.00
各级指标赋值	5(C_1')	4(C_2')	3(C_3')	2(C_4')	1(C_5')

注:C_1——社会经济现状高度发展指标,C_2——社会经济现状次高度发展指标,C_3——社会经济现状中等发展指标,C_4——社会经济现状一般发展指标,C_5——社会经济现状待发展指标。

2. 交通发展现状的分级与分区

交通发展现状指标是由铁路发展现状指标和公路发展现状指标复合而成的中级指标。众所周知,铁路运输在长途运输中有着巨大优势,对一个区域的资源开发利用、经济贸易发展和人员交流起着重大作用;公路运输灵活方便,不仅在短途运输中有着巨大优势,而且随着高等级公路和重载汽车的发展,在长途运输中也渐露头角,显示出巨大的潜力。因此由铁路和公路构成的交通运输网络,成为衡量一个区域社会经济发展水平的重要指标。不过,尽管铁路运输和公路运输在促进一个区域社会经济发展中的作用都是巨大的,但由于长江上游许多地区山高谷深、坡陡流急,地质背景十分复杂的具体条件,铁路建设受到很大限制,致使许多地区没有铁路相通,公路运输仍起着主要作用,因此在将两个初级指标复合成中级指标时,其权重系数的分配应向公路倾斜。通过因素分析和综合分析,确定铁路发展现状指标的权重系数取 $0.40(\alpha_g=0.40)$,公路发展现状指标的权重系数取 $0.60(\alpha_h=0.60)$,并以铁

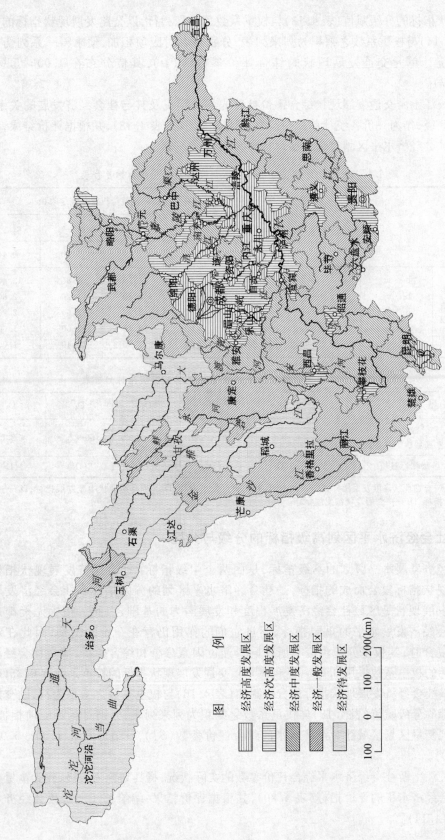

图 4.12 长江上游社会经济水平区划社会经济发展现状分区图

图　例

经济高度发展区

经济次高度发展区

经济中度发展区

经济一般发展区

经济待发展区

路发展现状指标的分级赋值(表 4.13)与权重系数之乘积为行,以公路发展现状指标的分级赋值(表 4.14)与权重系数之乘积为列来列表,分别对各对应项相加,便求得一系列衡量区划区域各统计单元交通发展现状的综合评价参数值(jt),其值分布在 1.00～5.00 之间(表 4.17)。

根据长江上游交通发展现状综合评价参数的具体状况及其与社会经济发展的关系,将其划分为 5 级,作为评价各统计单元交通发展现状的指标(表 4.18),并根据评价结果,编绘长江上游社会经济水平区划交通发展现状分区图(图 4.13)。

表 4.17　长江上游社会经济水平区划交通发展现状指标复合表

项　目		铁路发展现状指标赋值与权重系数之乘积				
		$g_1' \cdot \alpha_g$	$g_2' \cdot \alpha_g$	$g_3' \cdot \alpha_g$	$g_4' \cdot \alpha_g$	$g_5' \cdot \alpha_g$
		2.00	1.60	1.20	0.80	0.40
公路发展现状指标赋值与权重系数之乘积	$h_1' \cdot \alpha_h$　3.00	5.00	4.60	4.20	3.80	3.40
	$h_2' \cdot \alpha_h$　2.40	4.40	4.00	3.60	3.20	2.80
	$h_3' \cdot \alpha_h$　1.80	3.80	3.40	3.00	2.60	2.20
	$h_4' \cdot \alpha_h$　1.20	3.20	2.80	2.40	2.00	1.60
	$h_5' \cdot \alpha_h$　0.60	2.60	2.20	1.80	1.40	1.00

表 4.18　长江上游社会经济水平区划交通发展现状指标分级表

指标分级	D_1	D_2	D_3	D_4	D_5
分级标准 [社会经济发展现状综合参数值(jt)]	＞3.80	3.80～3.20	3.20～2.60	2.60～2.00	≤2.00
各级指标赋值	5(D_1')	4(D_2')	3(D_3')	2(D_4')	1(D_5')

注:D_1——交通现状高度发展指标,D_2——交通现状次高度发展指标,D_3——交通现状中度发展指标,D_4——交通现状一般发展指标,D_5——交通现状待发展指标。

4.2.4　社会经济水平区划高级指标的分级与分区

社会经济发展水平区划的高级指标,是由两个中级指标:社会经济发展现状指标和交通发展现状指标复合而成的指标,是社会经济水平区划的分区指标。社会经济发展现状和交通发展现状是区域社会经济发展程度和发展潜力的基础,因此二指标无疑都是评价区域社会经济发展水平的重要指标,不过它们的作用仍存在一定的差别,因此在对二指标进行复合时,其权重分配也应有所不同。通过因素分析和综合分析,确定社会经济发展现状指标的权重系数采用 0.65（$\alpha_C = 0.65$）,交通发展现状指标的权重系数取 0.35（$\alpha_D = 0.35$）,并以社会经济发展现状指标的分级赋值(表 4.16)与权重系数之乘积为行,以交通发展现状指标的分级赋值(表 4.18)与权重系数之乘积为列来列表,分别对各对应项相加,便求得一系列衡量区划区域社会经济水平的综合评价参数(SJ),其值分布在 1.00～5.00 之间(表 4.19)。

根据长江上游社会经济水平综合评价参数的实际状况,将其划分为 5 级,作为衡量各统计单元社会经济水平的评价指标(表 4.20),并根据评价结果,编绘长江上游社会经济水平区划图(图 4.14)。

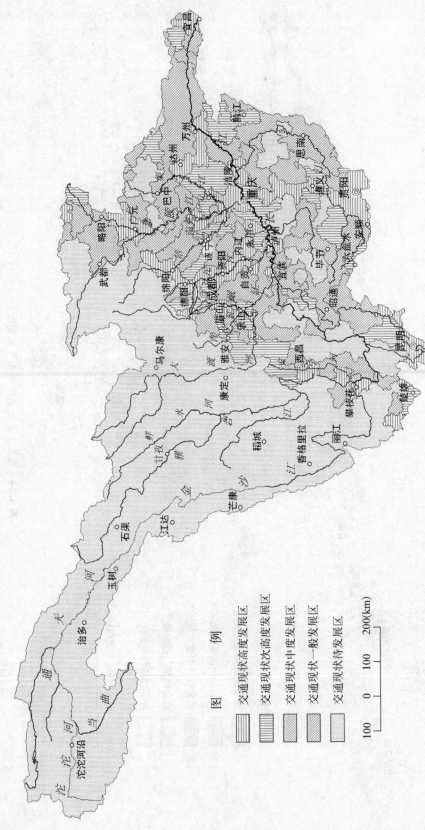

图 4.13　长江上游社会经济水平区划交通发展现状分区图

图
例

交通现状高度发展区

交通现状次高度发展区

交通现状中度发展区

交通现状一般发展区

交通现状待发展区

100　　0　　　100　　　200(km)

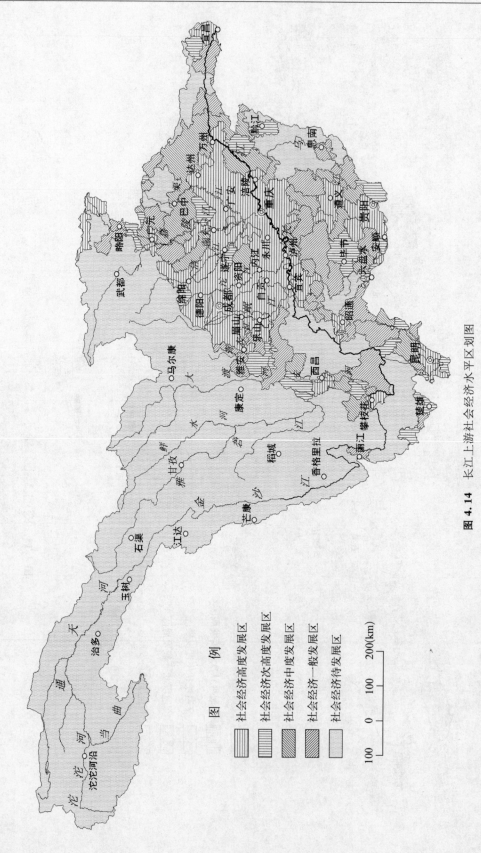

图 4.14 长江上游社会经济水平区划图

图　例

社会经济高度发展区

社会经济次高度发展区

社会经济中度发展区

社会经济一般发展区

社会经济待发展区

100　0　100　200(km)

表 4.19 长江上游社会经济发展水平区划指标复合表

项 目		社会经济发展现状分级赋值与权重系数之乘积				
		$C_1' \cdot \alpha_C$	$C_2' \cdot \alpha_C$	$C_3' \cdot \alpha_C$	$C_4' \cdot \alpha_C$	$C_5' \cdot \alpha_C$
		3.25	2.60	1.95	1.30	0.65
交通发展现状指标分级赋值与权重系数之乘积	$D_1' \cdot \alpha_D$ 1.75	5.00	4.35	3.70	3.05	2.40
	$D_2' \cdot \alpha_D$ 1.40	4.65	4.00	3.35	2.70	2.05
	$D_3' \cdot \alpha_D$ 1.05	4.30	3.65	3.00	2.35	1.70
	$D_4' \cdot \alpha_D$ 0.70	3.95	3.30	2.65	2.00	1.35
	$D_5' \cdot \alpha_D$ 0.35	3.60	2.95	2.30	1.65	1.00

表 4.20 长江上游社会经济发展水平区划指标分级表

指 标 分 级	z_1	z_2	z_3	z_4	z_5
分级标准 [社会经济发展水平区划综合评价参数值(SJ)]	>3.95	3.95~3.30	3.30~2.65	2.65~2.00	≤2.00
各级指标赋值	$5(z_1')$ *	$4(z_2')$	$3(z_3')$	$2(z_4')$	$1(z_5')$

注：z_1——高度发展的社会经济水平指标，z_2——次高度发展的社会经济水平指标，z_3——中度发展的社会经济水平指标，z_4——一般发展的社会经济水平指标，z_5——待发展的社会经济水平指标。

4.2.5 社会经济水平区划结果

根据社会经济水平区划指标，长江上游流域被划分为五个不同级别的社会经济水平区：社会经济水平高度发展区(z_1)，社会经济水平次高度发展区(z_2)，社会经济水平中度发展区(z_3)，社会经济水平一般发展区(z_4)和社会经济水平待发展区(z_5)。

1. 社会经济水平高度发展区(z_1)

社会经济水平高度发展区的总面积约 137 682.5 km²，占长江上游流域面积的 13.7%，含 12 个小区。该级区主要分布在金沙江流域四川省攀枝花市的 3 个区、凉山彝族自治州的 1 个县、云南省昆明市的 7 个县(市、区)、昭通市的 1 个县；岷江、沱江流域四川省德阳市的 4 个县(市、区)、成都市的 19 个县(市、区)、资阳市的 2 个县(市、区)、雅安市的 2 个县(区)、内江市的 4 个县(区)、乐山市的 5 个县(市、区)、自贡市的 5 个县(区)、宜宾市的 1 个区、泸州市的 3 个县(区)，重庆市的大足、荣昌等县；嘉陵江流域四川省德阳市的 2 个县、南充市的 4 个县(区)、资阳市的 1 个县、广元市的 1 个区、广安市的 3 个县、绵阳市的 3 个县(市、区)、遂宁市的 3 个县(区)、达州市的 4 个县(区)，陕西省宝鸡市的 1 个县，重庆市的潼南、合川、壁山、北碚、渝北、渝中、江北、沙坪坝等县(区)；乌江流域贵阳市的 9 个县(市、区)、六盘水市的 2 个区、安顺市的 2 个县(区)、遵义市的 3 个县(区)、毕节地区的 1 个县，重庆市的涪陵、南川等县(区)；其他流域四川省广安市的 1 个县、宜宾市的 1 个县、泸州市的 1 个县，重庆市的垫江、长寿、永川、江津、綦江、大渡口、九龙坡、梁平、万州、万盛、巴南、南岸等县(区)，湖北省宜昌市的 3 个区。区内分布有省(市、区)级行政中心 4 个，市(地、州)级行政中心 24 个，县(市、区)级行政中心 127 个。

2. 社会经济水平次高度发展区(2_2)

社会经济水平次高度发展区面积 78 773.8 km²,占流域面积的 7.8%,含 37 个小区。该级区主要分布在金沙江流域四川省宜宾市的 1 个县、凉山彝族自治州的 1 个县、攀枝花市的 1 个县,云南省楚雄彝族自治州的 2 个县(市)、昆明市的 2 个县(区)、大理白族自治州的 1 个县、曲靖市的 1 个县;岷江、沱江流域四川省眉山市的 2 个县、雅安市的 2 个县、乐山市的 3 个县(区)、内江市的 1 个县、自贡市的 1 个县,重庆市的双桥区;嘉陵江流域四川省广安市的 1 个县、达州市的 1 个县、遂宁市的 2 个县(区)、绵阳市的 2 个县、南充市的 2 个县,重庆市的铜梁县,陕西省汉中市的 2 个县、甘肃省天水市的 2 个区,乌江流域重庆市的黔江、秀山等县,贵州省毕节地区的 2 个县(市)、黔南布依族苗族自治州的 3 个县、六盘水市的 1 个县、安顺市的 1 个县;其他流域四川省宜宾市的 4 个县,重庆市的石柱县,湖北省宜昌市的 1 个县,贵州省遵义市的 1 个县。区内分布有市(地、州)级行政中心 2 个,县(市、区)级行政中心 40 个。

3. 社会经济水平中度发展区(2_3)

社会经济水平中度发展区面积 81 760.8 km²,占流域面积的 8.1%,含 22 个小区。该级区主要分在布金沙江流域四川省凉山彝族自治州的 1 个县、攀枝花市的 1 个县,云南省昆明市的 1 个县、曲靖市的 1 个县和昭通市的 1 个县;岷江、沱江流域四川省凉山彝族自治州的 1 个县;乌江流域贵州省贵阳市的 1 个县、毕节地区的 2 个县、安顺市的 1 个县、黔东南苗族侗族自治州的 1 个县、遵义市的 1 个县,重庆市的武隆县,湖北省恩施土家族苗族自治州的 1 个县;嘉陵江流域四川省绵阳市的 2 个县、巴中市的 2 个县(区)、南充市的 3 个县(市)、达州市的 2 个县、广元市的 3 个县(区)、资阳市的 1 个县,陕西省汉中市的 1 个县;其他流域四川省宜宾市的 2 个县、泸州市的 1 个县,贵州省遵义市的 1 个县,重庆市的忠县、开县、云阳、丰都等县。区内分布有地(市、州)级行政中心 1 个,县(市、区)级行政中心 32 个。

4. 社会经济水平一般发展区(2_4)

社会经济水平一般发展区面积 93 107.6 km²,占流域总面积的 9.3%,含 21 个小区。该级区主要分布在金沙江流域四川省凉山彝族自治州的 2 个县、云南省楚雄彝族自治州的 1 个县、昭通市的 3 个县、曲靖市的 2 个县、昆明市的 1 个县、丽江市的 1 个县;岷江、沱江流域四川省雅安市的 3 个县、眉山市的 1 个县、凉山彝族自治州的 1 个县、乐山市的 2 个县;嘉陵江流域四川省广元市的 2 个县,甘肃省陇南市的 1 个县,陕西省汉中市的 2 个县;乌江流域黔南布依族苗族自治州的 1 个县、毕节地区的 2 个县、黔东南苗族侗族自治州的 1 个县、遵义市的 3 个县(市)、铜仁地区的 1 个县,湖北省恩施土家族苗族自治州的 1 个市;其他流域四川省泸州市的 2 个县,云南省昭通市的 1 个县,贵州省遵义市的 2 个县,重庆市的奉节县,湖北省恩施土家族苗族自治州的 2 个县。区内分布有市(地、州)级行政中心 1 个,县级行政中心 35 个。

5. 社会经济水平待发展区(2_5)

社会经济水平待发展区面积 614 075.2 km²,占流域总面积的 61.1%,含 7 个小区。该级区主要分布在金沙江流域四川省凉山彝族自治州的 10 个县、甘孜藏族自治州的 14 个县、宜宾市的 1 个县,云南省迪庆藏族自治州的 3 个县、楚雄彝族自治州的 6 个县、昭通市的 4 个县、丽江市的 4 个县(区)、大理白族自治州的 3 个县、昆明市的 1 个县,西藏自治区昌都地区的 5 个县,青海省玉树藏族自治州的 5 个县、格尔木市的长江流域部分;岷江、沱江流域四川省阿坝藏族羌族自治州的 12 个县、甘孜藏族自治州的 4 个县、雅安市和乐山市的各 1 个县,青海省果洛藏族自治州的 3 个县;嘉陵江流域四川省德阳市的 2 个县、巴中市的 2 个县、阿坝藏族羌族自治州的 1 个县、广元市的 1 个县,甘肃省陇南市的 8 个县,甘南藏族自治州的 3 个县、定西市的 1 个县;乌江流域贵州省毕节地区的 1 个县、遵义市的 3 个县、黔南布依族苗族自治州的 1 个县、铜仁地区的 5 个县、黔东南苗族侗族自治州的 1 个县,重庆市的彭水和酉阳县,湖北省恩施土家族苗族自治州的 1 个县;其他流域重庆市的巫山、城口和巫溪等县,湖北省的神农架林区等地。区内分布有市(地、州)级行政中心 5 个,县(市、区)级行政中心 94 个。

4.3　泥石流综合危险度区划指标的分级与分区

泥石流综合危险度区划指标是该区划的最高指标,是泥石流综合危险度分区的准则。

4.3.1　综合危险度区划指标的分级

虽说泥石流自然危险度区划指标和社会经济发展水平区划指标都是评价泥石流可能造成危险及危险程度的重要指标,但它们的作用强度仍有所区别,这是因为泥石流自然危险度是造成泥石流危险及危险程度的基础,即如果没有泥石流存在,社会经济的质量和密度在高的地区,也不会有泥石流危险,这一点是不言自明的。鉴于此,在将二者复合为泥石流综合危险度区划指标时,其权重分配应向泥石流自然危险度指标倾斜。通过因素分析和综合分析,确定泥石流自然危险度区划指标的权重系数采用 0.7($\alpha_1 = 0.7$),社会经济水平指标的权重系数取 0.3($\alpha_2 = 0.3$),并以泥石流自然危险度区划指标的分级赋值(表 4.10)与权重系数之乘积为行,以经济发展水平区划指标的分级赋值(表 4.20)与权重系数之乘积为列来列表,然后分别对各对应的项相加,便求得一系列评价泥石流综合危险度区划的综合参数值(NZ),其值分布在 0.30~5.00 之间(表 4.21)。

表 4.21　长江上游泥石流综合危险度区划指标复合表

项　　目			泥石流自然危险度区划指标分级赋值与权重系数之乘积					
			$1_1' \cdot \alpha_1$	$1_2' \cdot \alpha_1$	$1_3' \cdot \alpha_1$	$1_4' \cdot \alpha_1$	$1_5' \cdot \alpha_1$	
							$1_{5-1}' \cdot \alpha_1$	$1_{5-2}' \cdot \alpha_1$
			3.50	2.80	2.10	1.40	0.7	0
社会经济水平指标分级赋值与权重系数之乘积	$2_1' \cdot \alpha_2$	1.50	5.00	4.30	3.60	2.90	2.20	1.50
	$2_2' \cdot \alpha_2$	1.20	4.70	4.00	3.30	2.60	1.90	1.20
	$2_3' \cdot \alpha_2$	0.90	4.40	3.70	3.00	2.30	1.60	0.90
	$2_4' \cdot \alpha_2$	0.60	4.10	3.40	2.70	2.00	1.30	0.60
	$2_5' \cdot \alpha_2$	0.30	3.80	3.10	2.40	1.70	1.00	0.30

根据长江上游泥石流综合危险度区划综合评价参数的实际状况,将其划分为 5 级,作为衡量各统计单元泥石流综合危险程度的综合评价标准(表 4.22)。

表4.22 长江上游泥石流综合危险度区划指标分级表

指标分级	Ⅰ	Ⅱ	Ⅲ	Ⅳ	Ⅴ	
					V_a	V_b
分级标准 [泥石流综合危险度区划综合评价参数(NZ)]	>4.00	4.00~3.30	3.30~2.70	2.70~2.20	2.20~1.30	≤1.30

注:Ⅰ——泥石流高度综合危险指标,Ⅱ——泥石流次高度综合危险指标,Ⅲ——泥石流中度综合危险指标,Ⅳ——泥石流轻度综合危险指标,Ⅴ——泥石流微度综合危险指标(V_a)与泥石流基本无综合危险指标(V_b)。

4.3.2 泥石流综合危险度区划的分区与分区结果

泥石流综合危险度分区,是编制泥石流综合危险度区划图的基础。泥石流综合危险度区划图不仅能直观、充分地反映泥石流的综合危险程度,还能直观、充分地反映泥石流的分布、分布密度、分布规律,泥石流的规模、强度、危害程度,泥石流的形成和活动与自然环境和社会经济条件的关系,以及泥石流防治的难易程度和应采取的防治措施与步骤等。可见泥石流综合危险度区划图是泥石流综合危险度区划的主要成果之一,它与研究泥石流综合危险度区划的区域泥石流分布、分布规律、泥石流综合危险度区划原理(含区划原则、类型、指标)、区划方法(指标分级、区划区域的危险度分区与区划图编制方法等)和分区结果与综述等专题研究的论著构成一个完整的体系,从多角度、全方位对区划区域的泥石流综合危险度做出深入分析和全面评价,因此在泥石流研究和防治中具有重要意义和指导作用。

(1) 泥石流综合危险度区划分区图的编制

遵照泥石流综合危险度区划原则和指标,对区划区域各统计单元进行泥石流综合危险度评价,并在评价结果的基础上,将危险等级与周边不同的碎块(面积≤100 km² 的小区域)合并到周边危险等级最相近的区域去,然后将危险等级相同并相连的区域作为独立区域勾绘出界线,并对界线的合理性进行评价,若发现有不合理或不尽合理的地方,则进行合理修正,从而最终完成长江上游泥石流综合危险度区划(分区)图的编制(见长江上游泥石流综合危险度区划图:1:220万,彩图,以后简称区划图)。

(2) 分区结果

根据长江上游泥石流综合危险度区划指标,将长江上游划分为5个不同级别的泥石流综合危险区。区划图显示,这5个不同级别的泥石流综合危险区是:Ⅰ——泥石流高度综合危险区,由4个小区(Ⅰ₁—Ⅰ₄)组成,面积共41 303.4 km²;Ⅱ——泥石流次高度综合危险区,由8个小区(Ⅱ₁—Ⅱ₈)组成,面积共107 214.5 km²;Ⅲ——泥石流中度综合危险区,由9个小区(Ⅲ₁—Ⅲ₉)组成,面积共238 133.1 km²;Ⅳ——泥石流轻度综合危险区,由13小区(Ⅳ₁—Ⅳ₁₃)组成,面积共274 570.6 km²;Ⅴ——泥石流微度综合危险区(V_a)与基本无综合危险区(V_b),其中:V_a由9个小区(V_{a1}—V_{a9})组成,面积共157 860.8 km²;V_b由3个小区(V_{b1}—V_{b3})组成,面积共186 317.7 km²。

关于各级泥石流综合危险区的具体情况,将在第5章中加以翔实的讨论。

第5章 分区综述

长江上游泥石流分为五级综合危险区：高度综合危险区（Ⅰ）、次高度综合危险区（Ⅱ）、中度综合危险区（Ⅲ）、轻度综合危险区（Ⅳ）、微度（V_a）与基本无综合危险区（V_b）。下面分别进行讨论。

5.1　长江上游泥石流高度综合危险区（Ⅰ）

长江上游泥石流高度综合危险度区（Ⅰ）由 4 个小区组成。下面就该级区的基本状况、形成因素和各小区的概况来作讨论。

5.1.1　基本状况

该级区在地貌上位于我国地势的第一级阶梯向第二级阶梯急剧过渡的地区，区内山高谷深，切割强烈，相对高度大，属典型的高山深谷地貌，这样的地貌类型为泥石流活动提供了巨大的能量和优越的能量转化条件；在地质上位于我国东部地壳较稳定的扬子准地台向西部地壳相对活跃的松潘—甘孜褶皱系和三江褶皱系过渡的地区，区内地层出露较全、岩性多变，软弱岩层常与坚硬岩层相间分布，或形成互层，构造运动活跃、断裂发育，因此岩体破碎、风化强烈，为泥石流活动提供了丰富的松散碎屑物质；在气候上位于我国东南季风气候区向西南季风气候区和青藏高原寒区过渡的地带，从北向南由受东南季风气候影响为主转向受西南季风气候影响为主，除干旱河谷外，其余地区降水丰富，有多个暴雨中心，即使是干旱河谷，在其两侧山坡的最大降水带内，仍具有十分充沛的降水，这些降水为泥石流的形成和活动提供了丰富的水体成分和水动力条件，这就是该级区为什么不仅在一般地区泥石流活动十分活跃，而且即使在干旱河谷地区泥石流也十分活跃的真正原因所在。

该级区总面积 41 303.4 km²，已查明的泥石流沟 1 094 条，分布密度达 2.65 条/100 km²，是长江上游泥石流最活跃的区域。该级区各小区的面积、泥石流自然危险度等级、社会经济水平等级、已查明的泥石流沟数量、所涉及的行政区和水系等见表 5.1。

表 5.1　泥石流高度综合危险区（Ⅰ）基本状况统计表

小区	涉及县（市、区）的名称	涉及水系	泥石流沟数量	县级及以上政府驻地名称	面积（km²）	自然危险度级别	社会经济发展水平级别
Ⅰ₁	四川省：攀枝花市的东城区、西城区、仁和区、盐边、米易，凉山彝族自治州的会理、德昌、盐源、西昌市、冕宁、喜德；云南省：楚雄彝族自治州的元谋	金沙江	553	攀枝花市及其东城区、西城区、仁和区、盐边、米易，凉山彝族自治州及西昌市、德昌，楚雄自治州的元谋	18 259.7	1_1、1_2、1_3	2_3、2_1、2_5、2_2、2_4

（续表）

小区	涉及县(市、区)的名称	涉及水系	泥石流沟数量	县级及以上政府驻地名称	面积（km²）	自然危险度级别	社会经济发展水平级别
I₂	四川省：甘孜藏族自治州的丹巴、道孚、康定、泸定、九龙，阿坝藏族羌族自治州的小金，凉山彝族自治州的甘洛、越西，雅安市的天全、石棉、汉源、荥经，乐山市的峨边、金口河区	大渡河	376	甘孜藏族自治州及康定、泸定、丹巴、甘洛、汉源、金口河区	16 682.0	1_1、1_2、1_3	2_2、2_4、2_3、2_5
I₃	云南省：昆明市的东川区，曲靖市的会泽	小江	70	东川区	2 552.2	1_2、1_1、1_3	2_5、2_5、2_2、2_3
I₄	四川省：成都市的彭州市、都江堰市、崇州市，绵阳市的什邡市、绵竹市、安县、北川	岷江上游、沱江上游、涪江上游	93	—	3 809.5	1_1、1_2、1_3	2_1、2_2、2_5
合计			1 092		41 303.4		

5.1.2　高度综合危险区的形成

该级区之所以成为泥石流高度综合危险区，主要取决于下列因素。

1. 自然因素

决定该级区成为泥石流高度综合危险区的自然因素，主要有下列几个方面：

（1）基本因素

基本因素主要包括地貌条件、地质条件、气温条件和降水条件。

地貌条件

该级区地貌指标为 a_1 级（统计单元相对高度 $h \geqslant 3\ 000$ m，利于泥石流极强烈活动）的分布面积，占该级区面积的 26.4%；为 a_2 级（$h = 2\ 000 \sim 3\ 000$ m，利于泥石流强烈活动）的分布面积，占 50.9%；为 a_3 级（$h = 1\ 000 \sim 2\ 000$ m，利于泥石流中等活动）的分布面积，占 21.6%；为 a_4 级（$h = 500 \sim 1\ 000$ m，利于泥石流一般活动）的分布面积，占 1.1%；缺失 a_5 级（a_5 级分为二个亚级：a_{5-1} 级，$h = 300 \sim 500$ m，适用于青藏高原，或 $h = 200 \sim 500$ m，适用于其他地区；a_{5-2}，$h < 300$ m，适用于青藏高原，或 $h < 200$ m，适用于其他地区）指标分布区。由上可见，该级区的地貌条件有利于泥石流极强烈活动和强烈活动，二者的分布区面积之和达 77.6%。

地质条件

该级区地质条件较为复杂，地质指标为 b_1 级（统计单元断层与地层系数之积 $S \geqslant 0.25$，利于泥石流极强烈活动）的分布面积，占该级区面积的 14.5%；为 b_2 级（$S = 0.20 \sim 0.25$，利于泥石流强烈活动）的分布面积，占 28.2%；为 b_3 级（$S = 0.15 \sim 0.20$，利于泥石流中等活动）的分布面积，占 19.7%；为 b_4 级（$S = 0.10 \sim 0.15$，利于泥石流一般活动）的分布面积，占 33.2%；为 b_5 级（$S < 0.10$，利于泥石流微弱活动）的分布面积，占 4.4%。由上可见，该级区地质条件利于泥石流极强烈和强烈活动的分布面积达 42.7%，加上利于泥石流中等活动的分布面积，共达 62.4%。

气温条件

该级区气温指标为 c_1 级(统计单元气温综合评价值 $T \geqslant 24.0$,利于泥石流极强烈活动)的分布面积,占该级区面积的 2.5%;为 c_2 级($T = 20.0 \sim 24.0$,利于泥石流强烈活动)的分布面积,占 47.3%;为 c_3 级($T = 16.0 \sim 20.0$,利于泥石流中等活动)的分布面积,占 40.1%;为 c_4 级($T = 12.0 \sim 16.0$,利于泥石流一般活动)的分布面积,占 10.1%;缺失 c_5 级($T < 12.0$,利于泥石流微弱活动)的分布面积。由上可见,该级区气温利于泥石流极强烈和强烈活动的分布面积达 50.6%,加上利于泥石流中等活动的分布面积,共达 89.2%。

降水条件

该级区降水指标为 d_1 级(统计单元降水综合评价值 $q \geqslant 32.0$,利于泥石流极强烈活动)的分布面积,占该级区面积的 0.8%;为 d_2 级($q = 24.0 \sim 32.0$,利于泥石流强烈活动)的分布面积,占 2.6%;为 d_3 级($q = 16.0 \sim 24.0$,利于泥石流中等活动)的分布面积,占 43.2%;为 d_4 级($q = 8.0 \sim 16.0$,利于泥石流一般活动)的分布面积,占 53.4%;缺失 d_5 级($q < 8.0$,利于泥石流微弱活动)的分布面积。由上可见,该级区降水条件有利于泥石流极强烈和强烈活动的分布面积较小,仅占该级区面积的 3.4%。这是由于除 I_4 区外,其余各小区的大部分区域分布在干热河谷区。干热河谷区的气象站一般分布在干热河谷内,而干热河谷区往往山高谷深,在最大降水带内,通常具有丰富的降水,加之利于泥石流中等活动的降水面积很大,说明该级区的降水仍然是有利于泥石流活动的。

(2) 复合条件

复合条件是由基本条件组合而成的高一级的条件,包括地质地貌条件和气候条件。

地质地貌条件

该级区的地质地貌指标为 A_1 级(统计单元地质地貌综合指数 $D \geqslant 4.00$,利于泥石流极强烈活动)的分布面积,占该级区面积的 34.2%;为 A_2 级($D = 3.40 \sim 4.00$,利于泥石流强烈活动)的分布面积,占 40.6%;为 A_3 级($D = 2.70 \sim 3.40$,利于泥石流中等活动)的分布面积,占 22.7%;为 A_4 级($D = 2.00 \sim 2.70$,利于泥石流一般活动)的分布面积,占 2.5%;缺失 A_5 级[$D = 1.31 \sim 2.00$,利于泥石流微弱活动(A_{5-1})与 $D < 1.30$,基本无泥石流活动(A_{5-2})]的分布面积。由上可见,该级区地质地貌条件利于泥石流极强烈活动和强烈活动的分布面积达 74.8%,加上利于泥石流中等活动的分布面积,共达 97.5%。

气候条件

该级区的气候指标为 B_1 级(统计单元的气候综合值 $Q \geqslant 4.00$,利于泥石流极强烈活动)的分布面积,占该级区面积的 0.7%;为 B_2 级($Q = 3.35 \sim 4.00$,利于泥石流强烈活动)的分布面积,占 2.6%;为 B_3 级($Q = 2.70 \sim 3.55$,利于泥石流中等活动)的分布面积,占 45.0%;为 B_4 级($Q = 2.05 \sim 2.70$,利于泥石流一般活动)的分布面积,占 51.7%;缺失 B_5 级($Q < 2.05$,利于泥石流微弱活动)的分布面积。前二者之和虽仅占 3.3%,但前三者之和却达到了 48.3%。

(3) 自然危险度条件

自然危险度是度量在自然状态下泥石流所具有的能量、规模、危害范围和危害程度的指标。

在该级区内,由于地质地貌条件极有利于泥石流活动,因此尽管气候条件对泥石流活动的贡献相对较小,仅对泥石流中等活动和一般活动有利,但二者耦合形成的泥石流自然危险度指标,仍对泥石流活动极为有利。这是因为地质地貌指标不仅极有利于泥石流活动,而且在合成中它的权重大,气候指标虽对泥石流活动的贡献较小,但在合成中它的权重较小所致。

在该级区内自然危险度为 1_1($Z \geqslant 4.01$,泥石流高度自然危险区)的分布面积,占该级区面积的 34.2%;为 1_2($Z = 3.31 \sim 4.00$,泥石流次高度自然危险区)的分布面积,占 41.2%;为 1_3($Z = 2.61 \sim 3.30$,泥石流中度自然危险区)的分布面积,占 22.1%;为 1_4($Z = 1.91 \sim 2.60$,泥石流轻度自然危险区)的分布面积,仅占 2.5%;缺失 1_5[$Z = 1.51 \sim 1.90$,泥石流微度自然危险区(1_{5-1}),与 $Z < 1.50$,基本无泥石流活动区(1_{5-2})]的分布面积。由上可见,该级区的自然危险度利于泥石流极强烈和强烈活动。

2. 社会经济因素

该级区面积虽然较小,但自然地理环境十分复杂,资源分布不均,开发建设难易程度差异甚大,因此社会经济发展很不平衡。

据社会经济水平分区结果,该级区社会经济水平属 2_1(统计单元社会经济水平综合评价指数 $SJ \geqslant 3.95$,社会经济高度发展区)的分布面积,占该级区面积的 19.1%;2_2($SJ = 3.30 \sim 3.95$,社会经济次高度发展区)的分布面积,占 20.6%;2_3($SJ = 2.65 \sim 3.30$,社会经济中度发展区)的分布面积,占 13.2%;2_4($SJ = 2.00 \sim 2.65$,社会经济一般发展区)的分布面积,占 17.4%;2_5($SJ < 2.00$,社会经济待发展区)的分布面积,占 29.7%。综上可见,该级区社会经济属高度发展区和次高度发展区的面积为 39.7%,加上中度发展区,其面积共占 52.9%,社会经济发展水平不太高。这是因为泥石流强烈活动区,在其尚未得到充分治理前,是不利于资源开发和经济建设造成的。

3. 自然因素和社会经济因素的耦合

通过上述分析,可以清楚看出该级区的地质、地貌、气温、降水条件,以及由它们组合而成的地质地貌条件和气候条件都十分有利于泥石流的形成和强烈活动,因此泥石流的自然危险度等级很高。区内社会经济发展水平虽有近一半区域较低,但这部分区域往往与泥石流高度或次高度自然危险区相结合,加之自然危险度的权重远超过社会经济发展水平的权重,因此二者耦合后,致使该级区成为泥石流高度综合危险区。

5.1.3 泥石流的活动特征

该级区在地貌上处于我国一、二级阶梯及一、二级阶梯和二、三级阶梯的过渡地区,在地质上处于两大板块的缝合部位,在气候上处于三大气候区的交绥地区,在生态上处于东部季风生物区系与青藏高原高寒生物区系的交替区,自然地理环境极其复杂。在这样的环境下发育的泥石流也具有自身的特征。

1. 泥石流类型齐全

该级区泥石流发育环境复杂,在不同的环境条件下发育了不同类型的泥石流。按水体成分来源分类,区内有降水类泥石流、冰雪融水类泥石流、溃决水类泥石流和地下水类泥石流;按固相物质组成成分分类,主要有泥石质泥石流,也有部分泥沙流、沙石流和少量泥流;按规模分类,有特大规模泥石流、大规模泥石流、中等规模泥石流和小规模泥石流;按泥石流发育的地貌条件分类,有山坡型泥石流、沟谷型泥石流和河谷型泥石流;按泥石流性质分类,有稀性泥石流、过渡性泥石流和黏性泥石流;按泥石流形成条件与人类活动的关系分类,有自然泥石流和人为泥石流等。

2. 泥石流分布广泛、危害严重

该级区泥石流分布广泛、暴发频繁、规模差异巨大、危害极其严重。据统计,该级区内已查明的泥石流沟多达 1 092 条,平均 2.7 条/100 km²。泥石流活动频繁,每年最少有十数条,最多有上百条,乃至数百条沟谷暴发泥石流。泥石流规模大小不等,规模小的,一次泥石流活动仅输出数十至数百立方米固相物质,如成昆铁路黄联关车站南的无名沟 31#;规模大的,一次可输出数十万立方米,乃至数百万立方米固相物质,如云南东川小江流域蒋家沟。泥石流危害严重,区内泥石流曾冲毁桥梁、颠覆列车、毁灭村庄、场镇和城市的一部分,乃至大部分。

3. 受地震影响强烈

由于该级区的 4 个小区均位于强烈地震带内,因此区内泥石流活动受地震影响强烈。区内地震对泥石流的影响,主要表现为强烈地震引发大量滑坡、崩塌、滚石,导致坡面岩土体变得破碎和松弛,并形成大量堰塞湖,这为泥石流的形成提供了极其丰富的松散碎屑物质,致使激发泥石流暴发的降水量降低,从而导致泥石流的暴发频率增高、规模和危害范围增大、危害程度加重。

4. 随着山区经济建设的迅速发展,泥石流的危害有不断增大的趋势

该级区随着国民经济建设的迅速发展,铁路、高等级公路和干线公路不断向区内伸入,并与乡村公路一道形成交通网络;同时电力线路和通讯线路也不断向区内扩展,形成强大的电力和通讯网络;加之该级区又是矿产资源和水电资源十分集中的地区,采矿工业和水电建设事业蓬勃发展,新的居民聚落和场镇不断建立。在这样的条件下,区内的经济质量和密度不断提高,居民的生活条件不断改善,因此泥石流的危害对象不断增多,危害范围和程度不断增大。

5.1.4 泥石流的发展趋势

泥石流的发展趋势,是进行泥石流防治的重要依据之一。下面就该级区的泥石流发展趋势来做讨论。

1. 泥石流形成的自然条件依然存在

该级区泥石流形成的地貌条件、地质条件和气候条件等基本条件依然存在,并将长期发挥作用,若仅在其作用下,泥石流将按照自身的发展规律有一个长期的活动过程。

2. 地震和暴雨因素将促使泥石流有韵律的发展

该级区各小区均为地震强烈活动区,在历史上都曾发生过强烈地震,其中 I_4 小区还在 2008 年 5 月 12 日发生过里氏 8 级、极震区烈度达 11 度的特大地震。强烈地震不仅给震区岩土体造成极大的破坏,为泥石流形成提供丰富的松散碎屑物质,而且地震具有周期性,在地震的强烈作用下,泥石流将随着地震的一次剧烈活动而进入活跃期,然后又随着地震进入平静期而逐渐进入间歇期。暴雨是一个具有周期性的气候要素,其周期性以频率形式表现出来,即同一频率的暴雨具有大体相同的量级和周期,不同频率的暴雨具有不同的量级和周期,因此在一个地区,相同频率和不同频率的暴雨组成的周期是十分复杂的。泥石流对相同频率和不同频率的暴雨组成的周期的响应,是在其作用下,形成规模、危害范围和危害程度相似或不等的泥石流。从时间长河来看,便是形成一系列由具有相同或不同等级的泥石流构成的螺旋式的循环周期。可见,区内的泥石流活动,在地震和暴雨的作用下,将有韵律的发生发展。

3. 人为因素对泥石流发展方向的影响具有显著的双向性

该级区拥有丰富的矿产资源、森林资源、水利资源、农业资源与农业气候资源等,过去在开发这些资源的过程中,对资源开发与环境,尤其对资源开发与生态环境的关系认识不足,出现了森林过伐、乱砍滥伐、毁林开荒、陡坡耕作、采矿(石)、筑路、工程建设任意排废和弃土等不合理的人类活动,导致环境,尤其导致生态环境的退化,致使岩土体破坏加速,水土流失加重,植被和土石体对雨水的截留、下渗及储蓄能力减弱,从而为泥石流活动提供了更为丰富的松散碎屑物质和更为强大的水动力条件,促进了泥石流的发生发展。目前,区内人类不合理的经济活动得到了较好的控制,经过一定时期,当人类不合理的经济活动留下的后果得到消除时,泥石流活动就能恢复到自然状态的水平上。若相关部门能根据国家和当地人民群众的实际需要,按照泥石流的活动规律对泥石流进行治理,那么泥石流的活动强度将进一步降低,即降低到自然状态的水平以下。可见,该区人为因素对泥石流发展方向的影响具有显著的双向性。

5.1.5 泥石流防治

泥石流防治是减少人员伤亡和财产损失的重要手段,在泥石流强烈活动区必须给予高度重视。

1. 防治现状

该级区在 20 世纪 60 年代,就结合重点工程建设和城镇保护等开展了泥石流的防治工作。在成(都)昆(明)铁路修建阶段,就对区内铁路沿线的重点泥石流沟开展了防治工作,如采用明洞通过泥石流堆积扇避开蒋家沟的泥石流危害;通过在泥石流堆积扇边缘走线和分散设桥,避开黑沙河泥石流的危害,但当时这一措施仍难以消除泥石流对铁路的危害,于是四川省政府将该沟的泥石流治理纳入基建工程项目,委托中国科学院水利部成都山地灾害与环境研究所(当时的中国科学院西南地理研究所)主管技术,会同铁路系统和当地政府对该流域泥石流进行综合治理,通过治理取得了显著的社会效益、经济效益和生态效益;同时,还采用生物与拦挡、排导、稳岸和护坡等工程相结合的措施,治理了昆明市东川区政府驻地新村镇,凉山彝族自治州及西昌市政府驻地西昌市和德昌县政府驻地德州镇,甘孜藏族自治州及康定县政府驻地炉城镇和泸定县政府驻地泸桥镇等危害城镇的泥石流沟谷,保护了这些城镇的安全;公交、水利、电力、通讯、农林等系统还结合自身的需要,开展了大量的泥石流防治工作。但由于对泥石流的认识有一个由低级到高级的发展过程,因此泥石流的防治理论和技术也有一个由不成熟到逐渐成熟的过程,过去的泥石流防治工程有的是成功的,有的是不太成功的,甚至有的是不成功的;有的是需要进一步巩固的,有的是还需要进一步完善的。随着社会经济的发展和对泥石流认识水平的提高,总体说来区内的泥石流防治获得了很大的发展,其中铁路泥石流防治,公路,尤其是高等级公路泥石流防治,城镇泥石流防治和农田泥石流防治等都获得了很大的发展,取得了显著的成效。

2. 防治意见

泥石流的防治不仅是一个系统工程,涉及因素众多,需要逐处加以分析,而且区域分异又特别显著,不同区域,甚至相同区域不同流域的分异都是十分显著的,限于篇幅,这里不详加讨论,下面仅就区内泥石流防治的一些共同问题提出建议。

(1) 加强泥石流的预防工作

控制人类不合理的经济活动

区内人类不合理的经济活动强烈,其不仅破坏生态和环境,导致环境退化,而且还通过改变泥石流的形成条件,为泥石流的形成和发展提供物质和能量,促进泥石流的发生发展,因此控制人类不合理的经济活动,不仅可保护环境,而且还可切断泥石流超自然发展的能力和途径。可见,控制不合理的人类活动在泥石流防治中占有不可替代、举足轻重的地位。

加强泥石流预测预报

泥石流预测预报是减轻泥石流灾害,尤其是减少人员伤亡的重要手段。目前,全国、省(市、区)、市(地、州、区)都在雨季发布地质灾害(含泥石流)预测预报信息,区内各县应充分利用上述平台加强泥石流预测预报,以防止和减轻泥石流灾害所造成的损失。

加强监测体系的建设

区内各级政府和相关部门,应在开展区域泥石流预测预报的基础上,对保护对象重要、危害严重的泥石流沟谷或区段,设立监测站(点)对泥石流活动进行监测。在此基础上,根据自身和当地气象系统多普勒雷达监测成果,结合中央、省(市、区)、市(地、州、区)气象局的预报成果,开展监测流域或区段的泥石流灾害预报,以保障保护对象的安全和减轻灾害造成的损失。

开展泥石流灾害保险

开展灾害保险,转移灾害损失,是目前国内外都在积极探索的灾害损失转移机制。通过深入探索,其基本结论就是应通过灾害保险,由社会来共同承担灾区灾民的损失。这样既可以增强灾区和非灾区社会经济的和谐发展,又可以增强灾民承受和抗击灾害的能力,也能减轻国家与各地方政府为抢险救灾和重建家园所承担的过重负担。区内各级政府和相关单位应积极寻求灾害保险之路,为转移灾区群众所受巨大损失作出贡献。

加强泥石流灾害的宣传普及工作

减轻泥石流灾害的方法是多种多样的,除了通过预测预报和防治减轻泥石流灾害的危害外,加强对区内干部和群众的泥石流灾害科学知识(包括泥石流的形成、危害、预防等)的宣传普及,让他们充分掌握预防泥石流的基本知识,无疑是减轻泥石流灾害损失的一种行之有效的办法。区内各级政府和相关部门应充分加强这一工作。

(2) 加强泥石流的治理工作

欲在一定区域内开展泥石流治理工作,必然要涉及区域的自然要素和社会经济要素等诸多方面的问题,因此是一个系统工程。泥石流的治理措施多种多样,主要包括生物措施、工程措施和社会措施,下面就区内泥石流的治理措施进行讨论。

根据流域的具体状况,可分别采用单项措施、多项措施和综合措施进行治理。

① 流域面积较小、地表破坏较轻的泥石流沟谷,可通过生物措施(林业措施,或林、农、牧相结合的大农业措施)进行治理。

② 流域面积较大、地表破坏较严重的泥石流沟谷,可采用生物措施(林、农、牧相结合的大农业措施)与为生物措施服务的小型工程措施相结合进行治理。

③ 流域面积较大或大、地表破坏严重的泥石流沟谷,应采用生物措施与工程措施相结合的措施进行治理。这里的生物措施是大农业措施,而工程措施包括为生物措施服务的小

型工程措施和独立或联合抗击泥石流危害的中、大型工程措施。

④ 流域面积大或很大、地表破坏严重或十分严重，工程治理费用庞大，国家或当地政府和群众财力不足，而暂时无法开展工程治理的泥石流沟谷分两种情况处理。若沟内没有重要的保护对象，可先上生物措施，通过生物治理，使地表植被逐渐得到恢复，环境逐渐得到改善，待财力充足时，再上工程措施进行综合治理。若沟内有重要保护对象，在实施生物措施的同时，应在沟内建设泥石流监测站，开展泥石流预测预报工作，以保护重要保护对象和工作人员的安全，待财力充实时，再上工程措施进行综合治理。

在泥石流的工程治理中，不仅治理泥石流的工程类型多样、结构复杂，组合形式多变，而且需要治理的泥石流沟谷分异显著、需求不同，因此根据不同的流域，合理地选择适合的工程类型、结构和组合形式就显得尤为重要。下面仅就区内泥石流治理的工程类型、结构及组合形式进行讨论。

① 以拦为主，拦排结合的组合形式。这种组合形式是通过拦挡设施(含重力式拦沙坝、拱坝、格栅坝和钢索坝等)将大部分泥石流物质，尤其是大颗粒物质拦挡在沟谷内。通过排导设施(排导槽、渡槽等)将经拦挡余下的泥石流物质排入主河。这种组合形式适合于沟床具有良好的拦挡条件、汇入的主河挟沙能力又有限的泥石流沟谷。

② 以排为主，排拦结合的组合形式。这种组合形式的拦挡设施，只拦挡泥石流体中的粗大物质，而大部分泥石流物质要通过排导设施排入主河。这种组合形式适合于沟床拦挡条件较差，排导条件较好，汇入的主河挟沙能力较强的泥石流沟谷。

③ 拦、排均衡的拦排组合形式。这种组合形式是通过拦挡设施将大概一半的泥石流物质拦挡在沟谷内，通过排导设施将剩余的大概一半的物质排入主河。这种组合形式适合于沟床拦挡条件较差，排导条件不好，汇入的主河挟沙能力又不强的泥石流沟谷。

④ 拦、排、稳、护相结合的组合形式。这种组合形式是通过挡土墙、抗滑桩、预应力锚固和护坡等措施，稳定沟岸和沟内滑坡，减少形成泥石流的松散碎屑物质量。通过拦挡措施，拦蓄部分泥石流物质；通过排导措施，将一部分泥石流物质排入主河。这一组合形式适合于流域破坏严重、主河挟沙能力有限的泥石流沟谷。

⑤ 拦、排、稳、护、调相结合的组合形式。这种组合形式中的拦排稳护与上一种的拦排稳护一致，不同的是增加了对洪水的处理。当泥石流沟谷上游清水区有良好或较好的建坝条件时，可修建水库，雨季末水库可蓄水，作为冬、春季的灌溉用水或生活用水，在雨季来临前将水库排空，仅拦蓄暴雨径流，以削减泥石流形成的水动力条件，减小泥石流的规模和危害；当泥石流沟谷上游清水区虽没有建坝条件，但有良好的分水条件时，可通过明渠或隧道将清水区的暴雨径流导出流域，以减少形成泥石流的水动力条件，从而控制泥石流的规模和危害。

泥石流防治的工程类型、结构和组合形式多种多样，这里不多作分析，重要的是要根据区内各流域的具体条件，并考虑与生物措施的协调配合来选择工程类型、结构及其组合方式，以获取治理的最佳效益。

加强泥石流治理的社会措施，包括两个方面。

第一，泥石流治理要切实考虑发展当地经济，充分调动当地群众治理泥石流的积极性。该级区为泥石流高度危险区，由于受自然地理环境和历史因素的影响，区内多为贫困区，因此在开展泥石流治理时，如果不考虑发展当地经济，是很难调动当地群众参与泥石流治理和保护泥石流治理成果的积极性的,因为在经济状况不富裕的条件下,他们必须去为生计忙活,不可能全心全意来关注泥石流治理。在泥石流治理时,若能考虑当地经济,促进当地经济发展,使当地群众能从泥石流治理工作中获得安全保障和经济实惠,那么当地群众将积极参与到泥石流治理和保护泥石流治理成果的工作中去,从而既为泥石流治理又为发展当地经济作出贡献。

第二,加强泥石流治理的行政管理措施。泥石流治理的行政管理措施,包括治理前的区域泥石流调查,重点治理沟谷的确定,有资质的勘察、设计单位的选择和审定,组织治理可行性论证和施工图审批,选择和确定有资质的施工单位、施工过程和竣工验收,以及竣工后的管理等工作。可见,泥石流的行政管理工作不仅贯穿整个泥石流治理的过程,而且涉及整个区域和治理流域的日常管理,是泥石流治理取得成功的基本保障措施,区内各级政府和相关部门必须给予高度重视。

5.1.6　小区概述

该级区包含 4 个小区:泥石流高度综合危险区第一小区(I_1)、第二小区(I_2)、第三小区(I_3)和第四小区(I_4)。下面分别对各小区进行讨论。

1. 第一小区(I_1)

该小区位于安宁河、雅砻江及金沙江下游(见区划图),包含四川省凉山彝族自治州的冕宁、西昌市、盐源、德昌、会理,攀枝花市的东区、西区、仁和区、米易、盐边;云南省楚雄彝族自治州的元谋等县(市、区)的全部、大部分、部分或小部分地区(表 5.1)。

该小区总面积 18 259.7 km²,区内自然地理环境对泥石流的形成和活动十分有利。

从泥石流形成的基本条件分析。据统计,区内地貌条件利于泥石流极强烈活动的分布面积占小区面积的 5.1%,利于泥石流强烈活动的分布面积占 50.0%,利于泥石流中等活动的分布面积占 42.4%,利于泥石流一般活动的分布面积占 2.5%;地质条件利于泥石流极强烈活动的分布面积占小区面积的 10.7%,利于泥石流强烈活动的分布面积占 28.2%,利于泥石流中等活动的分布面积占 30.0%,利于泥石流一般活动的分布面积占 29.8%,利于泥石流微弱活动的分布面积占 0.8%;气温条件利于泥石流强烈活动的分布面积占小区面积的 0.4%,利于泥石流中等活动的分布面积占 90.8%,利于泥石流一般活动的分布面积占 8.8%,既缺乏利于泥石流极强烈活动的气温条件,又缺乏仅利于泥石流微弱活动的气温条件;降水条件利于泥石流中等活动的分布面积占小区面积的 76.2%,利于泥石流一般活动的分布面积占 23.8%,既缺乏利于泥石流极强烈和强烈活动的降水条件,又缺乏仅利于泥石流微弱活动的降水条件。这里的降水统计分析结果,并不能全面反映区内降水的实际状况,关于这一点前文已作了讨论,这里不再赘述。

从泥石流形成的基本条件组合而成的地质地貌条件和气候条件进行讨论。据统计,区内地质地貌条件利于泥石流极强烈活动的分布面积占小区面积的 15.3%,利于泥石流强烈活动的分布面积占 40.1%,利于泥石流中等活动的分布面积占 41.3%,利于泥石流一般活动的分布面积占 3.3%;气候条件利于泥石流中等活动的分布面积占小区面积的 76.6%,利于泥石流一般活动的分布面积占 23.4%,既缺乏利于泥石流极强烈和强烈活动的气候条件,又缺乏仅利于泥石流微弱活动的气候条件。

从地质地貌条件和气候条件组合而成的自然危险度区划指标所划分的分区结果进行分

析。区内泥石流高度自然危险区的分布面积占小区面积的 15.3%,次高度自然危险区的分布面积占 40.1%,中度自然危险区的分布面积占 41.3%,轻度自然危险区的分布面积占 3.3%。

由上述分析可见,该小区的泥石流形成条件是极其充分的,是利于泥石流极强烈活动的,因此区内泥石流分布极其广泛,活动十分频繁。据统计,区内已查明的泥石流沟多达 553 条,平均 3.1 条/100 km²;每年都有数条、十数条,乃至数十条沟谷暴发泥石流;区内遭受泥石流危害的地级人民政府驻地有攀枝花市、西昌市,县级人民政府驻地有德昌县德州镇。

该小区社会经济水平属高度发展区的分布面积占小区面积的 26.6%,次高度发展区的分布面积占 19.4%,中度发展区的分布面积占 29.2%,一般发展区的分布面积占 2.1%,待发展区的分布面积占 23.7%。可见,其经济发展水平还是相对较高的。

该小区自然危险度等级高,社会经济发展水平等级也较高,是造成区内泥石流活动强烈、危害严重、人员伤亡和财产损失巨大的主要原因。

2. 第二小区(I_2)

该小区位于大渡河下游河谷地区,北起于丹巴与金川的交界处,南止于甘洛、峨边与美姑三县的交汇点(见区划图),包含四川省甘孜藏族自治州的丹巴、道孚、九龙、康定、泸定,阿坝藏族羌族自治州的小金,凉山彝族自治州的甘洛、越西,雅安市的汉源、石棉、天全、荥经,乐山市的峨边、金口河区等县(区)的全部、大部分、部分或小部分地区(表 5.1)。

该小区总面积 16 682.0 km²,自然地理环境十分有利于泥石流强烈活动。

从泥石流形成的基本条件来看,区内地貌条件利于泥石流极强烈活动的分布面积占小区面积的 51.7%,利于泥石流强烈活动的分布面积占 48.2%,利于泥石流中等活动的分布面积仅占 0.1%;地质条件利于泥石流极强烈活动的分布面积占小区面积的 11.5%,利于泥石流强烈活动的分布面积占 32.9%,利于泥石流中等活动的分布面积占 7.9%,利于泥石流一般活动的分布面积占 41.6%,利于泥石流微弱活动的面积占 6.1%;气温条件利于泥石流极强烈活动的分布面积占小区面积的 6.1%,利于泥石流强烈活动的分布面积占 93.9%;降水利于泥石流中等活动的分布面积占小区面积的 8.8%,利于泥石流一般活动的分布面积占 91.2%。由于区内气象站点分布特殊,上述降水统计结果不能从整体上反映区内降水的实际状况,关于这一点前文已有翔实分析,这里不再重复。

从基本条件组合而成的复合条件来看,区内地质地貌条件利于泥石流极强烈活动的分布面积占小区面积的 53.8%,利于泥石流强烈活动的分布面积占 40.7%,利于泥石流中等活动的分布面积占 5.5%;气候条件利于泥石流中等活动的分布面积占小区面积的 12.6%,利于泥石流一般活动的分布面积占 87.4%。

从自然危险度分区结果来看。区内泥石流高度自然危险区的分布面积占小区面积的 53.8%,次高度自然危险区的分布面积占 40.7%,中度自然危险区的分布面积占 5.5%。

该小区无论从泥石流形成的基本条件和复合条件来分析,还是从自然危险度分区结果来分析,都具备了泥石流极强烈活动的自然条件,因此泥石流活动十分活跃,危害极为严重。据统计,区内已查明的泥石流沟 376 条,分布密度平均达 2.3 条/100 km²,每年都有十数条、数十条沟谷暴发泥石流,除常给区内国民经济建设和人民生命财产造成巨大灾难外,还直接威胁和严重危害甘孜藏族自治州和康定县人民政府驻地炉城镇,以及石棉县、汉源县、泸定县和丹巴县人民政府驻地新棉镇、富林镇、炉桥镇和章谷镇的安全。

从社会经济水平分区结果来看,区内社会经济水平为次高度发展区的分布面积占小区面积的 15.1%,为中度发展区的分布面积占 0.6%,为一般发展区的分布面积占 37.1%,为待发展区的分布面积占 47.1%。

综上所述,区内社会经济发展水平虽然相对滞后,但自然危险度等级却特别高,加之自然危险度的权重远大于社会经济发展水平的权重,因此二者耦合后,该小区便成为泥石流高度综合危险区。

3. 第三小区(I_3)

该小区位于轿子雪山和大牯牛寨之间金沙江支流小江流域的中下游地带(见区划图),包括云南省昆明市东川区全部和会泽县部分地区(表 5.1)。

该小区总面积 2 552.2 km²,区内自然地理环境利于泥石流极强烈和强烈活动。

从泥石流形成和活动的基本条件分析。区内地貌条件利于泥石流极强烈活动的分布面积占小区面积的 21.3%,利于泥石流强烈活动的分布面积占 62.5%,利于泥石流中等活动的分布面积占 16.2%;地质条件利于泥石流极强烈活动的分布面积占小区面积的 31.3%,利于泥石流强烈活动的分布面积占 40.4%,利于泥石流中等活动的分布面积占 28.2%,利于泥石流一般活动的分布面积仅占 0.1%;气温条件 100% 的仅利于泥石流一般活动;降水条件利于泥石流中等活动的分布面积占小区面积的 4.1%,利于泥石流一般活动的分布面积占 95.9%。

从泥石流形成和活动的复合条件分析。区内地质地貌条件利于泥石流极强烈活动的分布面积占小区面积的 38.7%,利于泥石流强烈活动的分布面积占 45.6%,利于泥石流中等活动的分布面积占 15.7%;气候条件利于泥石流中等活动的分布面积占 4.4%,利于泥石流一般活动的分布面积占 95.6%。

从泥石流的自然危险度分区结果分析。区内泥石流高度自然危险区的分布面积占 38.7%,次高度自然危险区的分布面积占 45.6%,中度自然危险区的分布面积占 15.7%。

从自然因素分析来看,区内泥石流形成条件充分、分布广泛、活动频繁。据统计,区内已查明的泥石流沟 70 条,分布密度平均达 2.8 条/100 km²,每年都有数条至数十条沟谷暴发泥石流,给区内国民经济建设和人民生命财产安全造成巨大损失。区内受泥石流威胁和危害的县级人民政府驻地有昆明市东川区政府驻地新村镇。

从社会经济发展水平分析。区内社会经济为次高度发展区的分布面积占 74.5%,为中度发展区的分布面积占 1.1%,为一般发展区的分布面积占 23.5%,为待发展区的分布面积仅占 0.9%。可见,该小区的社会经济以次高度发展区为主,其经济水平是较高的。

通过上述分析可见,该小区的自然危险度等级高,经济发展水平也较高,这是区内泥石流综合危险度极高、危害极大的主要原因。

4. 第四小区(I_4)

该小区位于四川盆地西侧的盆周山区,与龙门山断裂带走向一致,西起崇州市与大邑县和汶川县的接壤点,东北止于茶坪河(见区划图),包括四川省成都市的崇州市、都江堰市、彭州市,德阳市的什邡市、绵竹市,绵阳市的安县和北川等县(市)的部分地区或小部分地区(表 5.1)。

该小区总面积 3 809.5 km²,区内自然地理环境十分有利于泥石流极强烈和强烈活动。

从泥石流形成的基本条件来分析。区内地貌条件利于泥石流极强烈活动的分布面积占小区面积的 20.9%,利于泥石流强烈活动的分布面积占 59.0%,利于泥石流中等活动的分布面积占 20.1%;地质条件利于泥石流极强烈活动的分布面积占小区面积的 33.4%,利于泥石流中等活动的分布面积占 15.6%,利于泥石流一般活动的分布面积占 34.0%,利于泥石流微弱活动的分布面积占 17.1%;气温条件利于泥石流强烈活动的分布面积占 100.0%;降水条件利于泥石流极强烈活动的分布面积占 8.2%,利于泥石流强烈活动的分布面积占 28.4%,利于泥石流中等活动的分布面积占 61.8%,利于泥石流一般活动的分布面积占 1.6%。

从泥石流形成的复合条件来分析。区内地质地貌条件利于泥石流极强烈活动的分布面积占小区面积的 35.1%,利于泥石流强烈活动的分布面积占 39.5%,利于泥石流中等活动的分布面积占 13.7%,利于泥石流一般活动的分布面积占 11.7%;气候条件利于泥石流极强烈活动的分布面积占小区面积的 7.4%,利于泥石流强烈活动的分布面积占 28.6%,利于泥石流中等活动的分布面积占 63.2%,利于泥石流一般活动的分布面积占 0.8%。

从泥石流自然危险度分区结果分析。区内泥石流高度自然危险区的分布面积占小区面积的 35.7%,次高度自然危险区的分布面积占 45.6%,中度自然危险区的分布面积占 6.9%,低度自然危险区的面积占 11.8%。

由上述可见,该小区泥石流形成条件充分,活动强烈。目前,已查明的泥石流沟 93 条,分布密度达 2.5 条/100 km²。由于该小区位于 2008 年 5 月 12 日汶川里氏 8 级特大地震极震区和强震区范围内,自然地理环境及其各组成要素都遭到了严重破坏,因而形成泥石流的条件更加充分,在今后数十年内,泥石流沟谷的数量、泥石流的活动范围和危害程度都将进一步增大。同时,由于区内经济发展水平高,一场规模相同的泥石流所造成的损失要比其他各小区造成的损失大,关于这一点人们应有足够的认识。

从社会经济水平分区分析。区内社会经济水平为高度发展区的分布面积占小区面积的 84.0%,次高度发展区的分布面积占 14.1%,待发展区的分布面积占 1.9%。

上述分析充分说明,该小区自然条件及其组合导致泥石流自然危险度等级很高,加之自然资源和人力资源丰富,社会经济水平也很高,二者的有机结合,致使区内泥石流活动十分活跃,危害极其严重,成为泥石流高度综合危险区。

5.2 长江上游泥石流次高度综合危险区(Ⅱ)

长江上游泥石流次高度综合危险区(Ⅱ)由 8 个小区组成,下面就该级区的基本情况和有关的泥石流问题进行讨论。

5.2.1 基本情况

该级区总面积 107 214.5 km²,已查明的泥石流沟 1 459 条,平均密度达 1.36 条/100 km²。其主体(Ⅱ₃—Ⅱ₇)仍分布在我国地貌、地质、气温和降水由第一级阶梯向第二级阶梯过渡的地带内,少部分(Ⅱ₁、Ⅱ₂)分布在青藏高原内的深切河谷地带,仅一个小区(Ⅱ₈)分布在川东平行岭谷的华蓥山地区(见区划图)。区内山高谷深,坡陡沟急;地层出露齐全,岩性多变,构造发育,新构造运动活跃,岩体破碎,风化强烈;气候复杂、垂直分异显著,气温时空变化很大,除干旱河谷外,其余地区降水丰富,即使在干旱河谷地区,其两岸山坡的最大降水带内降水仍十分丰富。在这样的自然环境条件下,泥石流活动十分活跃。关于该级区及其各小区的相关信息见表5.2。

表 5.2　泥石流次高度综合危险区(Ⅱ)基本情况统计表

小区	涉及县(市、区)的名称	涉及水系	泥石流沟数量	县级及以上政府驻地名称	面积 (km²)	自然危险度级别	社会经济水平级别
Ⅱ₁	四川省:甘孜藏族自治州的乡城、得荣;云南省:迪庆藏族自治州的德钦、香格里拉	金沙江	16	乡城、得荣	6 592.0	1_1、1_2、1_3	2_5
Ⅱ₂	云南省:迪庆藏族自治州的香格里拉,丽江市的玉龙纳西族自治县、宁蒗、永胜;四川省:凉山彝族自治州的木里	金沙江	—	—	6 038.0	1_1、1_2、1_3	2_5
Ⅱ₃	四川省:凉山彝族自治州的木里、盐源、冕宁、越西、喜德、昭觉、普格、会理、会东、宁南、金阳、雷波,甘孜藏族自治州的九龙、泸定、康定、丹巴,攀枝花市的盐边;云南省:昭通市的巧家、永善、绥江、会泽、鲁甸、水富、昭阳区,昆明市的禄劝	金沙江、雅砻江、大渡河	769	木里、盐源、冕宁、越西、喜德、普格、宁南、巧家、会理、会东、金阳、雷玻、屏山、永善、绥江	54 273.1	1_1、1_2、1_3、1_4	2_5、2_1、2_3、2_2
Ⅱ₄	四川省:雅安市的天全、荥经、芦山,雨城区	青衣江	69	雅安市及雨城区、天全、荥经	4 339.0	1_2、1_3、1_4	2_2、2_4、2_1
Ⅱ₅	四川省:雅安市的芦山,阿坝藏族羌族自治州的汶川、理县、黑水、茂县、北川、松潘、九寨沟,成都市的邛崃市、大邑,绵阳市的平武、江油、青川,广元市的朝天区、市中区、元坝区;甘肃省:陇南市的文县;陕西省:汉中市的宁强	岷江、涪江、嘉陵江	484	茂县、汶川、理县、九寨沟、平武、北川、广元市及朝天区、市中区、元坝区	30 956.6	I_1、I_2、1_3、1_4、1_5	2_5、2_1、2_3、2_4、2_2
Ⅱ₆	四川省:乐山市的峨眉山市、沙湾区、五通桥区、市中区、犍为	大渡河	17	沙湾区	1 767.6	1_2、1_3、1_5	2_1
Ⅱ₇	陕西省:宝鸡市的凤县	嘉陵江	89	凤县	2 441.0	1_2、1_3	2_1
Ⅱ₈	重庆市:江北区、渝北区、合川市;四川省:华蓥市、广安区、邻水	渠江、长江	15	邻水	807.2	1_3、1_4	2_1
合计			1 459		107 214.5		

5.2.2　次高度综合危险区的成因

该级区成为泥石流次高度综合危险区的主要原因,有下列几个方面。

1. 自然因素

制约该区成为泥石流次高度综合危险区的自然因素,包括基本因素、复合因素和由其构成的自然危险度因素等方面,下面分别进行讨论。

(1) 基本因素

该级区地貌指标为 a_1 级的分布面积占该级区面积的 20.7%,为 a_2 级的分布面积占 51.3%,为 a_3 级的分布面积占 26.6%,为 a_4 级的分布面积占 1.2%,为 a_5 级的分布面积仅占 0.2%。

该级区地质指标为 b_1 级的分布面积占该级区面积的 20.9%,为 b_2 级的分布面积占 15.8%,为 b_3 级的分布面积占 9.9%,为 b_4 级的分布面积占 35.9%,缺失 b_5 级指标的分布面积。

该级区气温指标为 C_1 级的分布面积占该级区面积的 5.8%,为 C_2 级的分布面积占 47.0%,为 C_3 级的分布面积占 26.8%,为 C_4 级的分布面积占 20.2%,为 C_5 级的分布面积占 0.2%。

该级区降水指标为 d_1 级的分布面积占该级区面积的 3.1%,d_2 级的分布面积占 7.5%,d_3 级的分布面积占 29.6%,d_4 级的分布面积占 58.0%,d_5 级的分布面积占 1.8%。

从基本条件分析,该级区除气温条件略优于 I 级区外,其余各主要条件都略逊于 I 级区。

(2) 复合因素

该级区地质地貌指标为 A_1 级的分布面积占该级区面积的 28.4%,为 A_2 级的分布面积占 43.5%,为 A_3 级的分布面积占 24.7%,为 A_4 级的分布面积占 3.0%,为 A_5 级的分布面积占 0.2%。前二者之和占 71.9%,前三者之和占 96.5%。

该级区气候指标为 B_1 级的分布面积占该级区面积的 0.7%,为 B_2 级的分布面积占 2.6%,为 B_3 级的分布面积占 45.0%,为 B_4 级的分布面积占 58.4%,为 B_5 级的分布面积占 1.9%。

(3) 自然危险度因素

在该级区内,自然危险度为 1_1 级的分布面积占该级区面积的 29.9%,为 1_2 级的分布面积占 49.0%,为 1_3 级的分布面积占 18.8%,为 1_4 级的分布面积占 2.1%,为 1_{5-1} 级的分布面积占 0.2%。

从自然危险度因素分析,该级区与 I 级区的差别主要体现在泥石流高度自然危险区(1_1)所占面积的比例上,前者(1_2级区)的分布面积仅占自身面积的 29.9%,而后者(1_1级区)的分布面积占自身分布面积的 34.2%。

2. 社会经济因素

从该级区社会经济水平来看,为 2_1 级的分布面积占该级区分布面积的 10.7%,为 2_2 级的分布面积占 4.6%,为 2_3 级的分布面积占 3.7%,为 2_4 级的分布面积占 9.7%,为 2_5 级的分布面积占 71.3%。

从社会经济发展水平分析,该级区社会经济水平较低,以待发展区为主。

3. 自然因素和社会经济因素的耦合

通过上述分析可见,该级区影响泥石流形成和活动的自然条件虽略逊于 I 级区,但仍有利于泥石流强烈活动和极强烈活动,因此自然危险度等级仍很高(以次高度自然危险区和高度自然危险区为主),但该级区社会经济发展水平较低(以待发展区为主),二者耦合后,致使其成为泥石流次高度综合危险区。区内 II_7 和 II_8 小区虽然经济发展程度相对很高(经济水平高度发展区),但两区的自然危险度又相对较低(以中度和次高度自然危险区为主),二者耦合后,仍为泥石流次高度综合危险区。

5.2.3 泥石流的活动特征

该级区的主体部分与 I 级区一样,地貌、地质、气候和生态等要素都位于过渡带内,因此泥石流活动也具有与 I 级区大体一致的特征,下面分别进行讨论。

1. 泥石流形成条件复杂、类型多样

该级区控制面积较大,约占长江上游面积的 10.5%,而且分为 8 个小区,各小区的条件分异显著。其中 II_1 小区和 II_2 小区位于横断山中段和北段的金沙江深切河谷内,陡峻的地形成为泥石流形成的控制条件;II_3—II_6 小区位于前述的过渡带内,自然地理环境的整体对泥石流的形成起控制作用;II_7 和 II_8 小区分别位于秦岭南坡与川东平行岭谷西部,除受自然地理环境整体的强烈作用外,还受人为因素的严重影响,因此自然因素和人为因素对泥石流的形成都起着重要作用。由于泥石流形成条件复杂,因此泥石流类型多种多样,I 级区具有的泥石流类型,该级区也都具有,这里不再赘述。

2. 泥石流沟谷众多、危害显著

该级区泥石流分布广泛,活动频繁,规模不等,危害严重。据调查和统计,区内已查明的泥石流沟多达 1 459 条,分布密度平均为 1.39 条/100 km²,仅次于 I 级区;区内泥石流活动频繁,虽然暴发泥石流的比例不如 I 级区大,但绝对数量往往比 I 级区多,因为该级区的面积为 I 级区的 2.6 倍;区内泥石流规模与 I 级区一样,有大规模的泥石流,也有小规模的泥石流;常给公路、航道、矿山、水电建设和农田、村庄,以及场镇和城市造成冲毁或淤埋的严重危害。

3. 受地震影响的程度分异明显

该级区分为 8 个小区:受地震影响强烈的有 II_3—II_6 小区,其中 II_5 小区在 2008 年 5 月 12 日汶川特大地震中地表遭受重创,形成了巨量的松散碎屑物质,这为今后数十年内的泥石流活动提供了极为有利的条件;受地震影响较强烈的有 II_1、II_2、II_7 和 II_8 小区,地震烈度区划为 6 至 7 度。

4. 泥石流的危害作用不断增强

该级区内矿产资源、水利资源、森林资源、农业和农业气候资源、生物资源等都极其丰富,是我国资源开发和经济建设的新增长点,因此经济的质量和密度将获得极大提高。在这样的条件下,泥石流的危害将不断增强,造成的损失将不断增大。

5.2.4 泥石流的发展趋势

泥石流的发展趋势,主要取决于其形成条件的状态变化,下面就该级区泥石流的发展趋势进行讨论。

1. 自然条件决定了泥石流将有一个长期的发展过程

该级区泥石流形成的自然条件及其组合形式依然存在,并将长期发挥作用,在其作用下,泥石流活动将按照其自身的活动规律,有一个长期的发展过程。

2. 地震和暴雨将促进泥石流有周期性的发展

该级区的 II_1—II_6 小区为强烈地震区或强烈地震影响区,地震不仅造成这些小区地表的强烈破坏,促进泥石流的强烈活动,而且地震具有准周期性,从而使泥石流活动也具有准周期性;II_7 和 II_8 小区受地震影响相对较小,因此地震带来的准周期性也相对较弱。该级区的泥石流主要为暴雨泥石流,暴雨也具有准周期性,某一频率的暴雨,往往大致以某一周期重复出现,暴雨的出现,不仅使松散碎屑物质获得强大的动力而形成泥石流,而且使泥石流也具暴雨带给它的周期性。可见,该级区 II_1—II_6 小区的泥石流,将在地震和暴雨的共同作用下,有周期性的发生发展;II_7 和 II_8 小区的泥石流,将在以暴雨为主、地震为辅的因素共同作用下,有周期性的发生发展。

3. 人为作用使泥石流的发展趋势具有双向性

该级区自然资源丰富,人类活动强烈,在人为因素强烈作用下,泥石流发展趋势的双向性显著。过去,由于对生态环境的重要作用认识不足,区内出现了森林过伐、乱砍滥伐、陡坡耕作、毁林毁草开荒、采矿采石任意排废、大型工程建设随意弃土等,导致环境,尤其是生态环境的退化,致使泥石流暴发频率增高、规模增大、危害加重,促进了泥石流的发生发展。泥石流灾害不断加重的沉痛教训,使人们逐渐认识到了生态环境的重要性,从而逐步自觉地按自然规律的要求开发资源和进行经济建设,致使泥石流的发展速率受到抑制。如果人们能审时度势,及时对泥石流加以治理,那么泥石流的活动水平将降低到自然状态的水平以下。

5.2.5 泥石流防治

该级区虽然均为泥石流次高度综合危险区,但它们的构成要件有显著分异。如 II_2 小区和 II_8 小区,前者由 1_1(泥石流高度自然危险度区)与 2_5(社会经济水平待发展区)耦合而成,后者由 1_3(泥石流中度自然危险度区)与 2_1(社会经济水平高度发展区)耦合而成。可见,它们的构成要件是有显著差异的,因此其防治也应有所不同。

1. 防治现状

该级区的泥石流防治引起了当地政府和相关部门的高度重视,因此泥石流防治获得了长足的发展。其现状可从下面三个方面进行分析。

(1) 泥石流预报

长江水利委员会水土保持局根据长江泥沙整治和当地政府与人民群众的需要,在该级区内建立了泥石流滑坡预警站,如会理、巧家、宁南和金阳等泥石流预警站,为泥石流的预防作出了应有的贡献。

(2) 避让搬迁

区内许多企业(包括工厂和矿山等)受到泥石流的严重危害,经论证其治理费用远高于搬迁费用,因此采取避让措施,将这些企业搬出泥石流危险区。这些企业搬出泥石流危险区后,不再遭受泥石流危害,因而获得了更大更好的发展。

(3) 泥石流治理

区内泥石流治理,主要围绕重大工程建设(如成昆铁路盐井沟、普歪沟等的治理)和县级及以上人民政府驻地(如四川省雅安市的干溪沟、陆王沟,喜德的东沟,云南巧家的烂泥沟、石灰窑沟,甘肃文县的关家沟等沟的治理)展开,并取得了显著的成效。

2. 防治意见

该级区的泥石流防治,与Ⅰ级区基本一致。

(1) 加强泥石流灾害的预防工作

区内加强泥石流灾害的预防工作,要着重考虑以下几个方面:一是控制不合理的人类经济活动,二是加强泥石流的预测预报,三是加强泥石流监测体系的建设,四是开展泥石流灾害保险,五是加强泥石流灾害的宣传普及。关于泥石流预防的具体措施,在本章第 1 节已有详尽分析,这里不再赘述。

(2) 加强泥石流灾害的治理工作

加强泥石流灾害的治理工作,要在深入研究和充分分析区内各泥石流流域的自然地理环境、社会经济条件和泥石流活动规律的基础上,注意以下几个方面:一是要合理地选择单项措施、多项措施或综合措施进行治理;二是要合理地选择适合的工程类型、结构及其组合形式进行治理;三是在泥石流灾害的治理过程中,一定要加强社会措施的力度。关于泥石流治理的具体措施,在本章第 1 节也有详尽讨论,这里不再作分析。

5.2.6 小区概述

该级区包含 8 个小区:泥石流次高度综合危险区第一小区(Ⅱ₁),第二小区(Ⅱ₂),…,第八小区(Ⅱ₈)。

1. 第一小区(Ⅱ₁)

该小区位于金沙江中上游谷地及其支流定曲流域(见区划图),包含四川省的得荣、乡城、巴塘,云南省的香格里拉、德钦等县的大部分地区和部分地区(表 5.2)。

该小区总面积 6 592.0 km²,自然条件对泥石流的形成和活动十分有利,但社会经济水平较低,泥石流危害对象相对较少。

从泥石流形成和活动的基本条件来分析,区内地貌条件利于泥石流极强烈活动的分布面积占小区面积的 20.5%,利于泥石流强烈活动的分布面积占 78.9%,利于泥石流中等活动的分布面积占 0.6%;地质条件利于泥石流极强烈活动的分布面积占小区面积的 33.9%,利于泥石流强烈活动的分布面积占 31.7%,利于泥石流中等活动的分布面积占 22.2%,利于泥石流一般活动的分布面积占 12.2%;气温条件利于泥石流强烈活动的分布面积占小区面积的 70.4%,利于泥石流中等活动的分布面积占 15.5%,利于泥石流一般活动的分布面积占 12.1%,利于泥石流微弱活动的分布面积占 2.0%;降水条件利于泥石流一般活动的分布面积占小区面积的 70.0%,利于泥石流微弱活动的分布面积占 30.0%;降水条件仅利于泥石流中等及以下活动的这一分布特征,只能代表区内的干热(暖)河谷地带,不能代表河谷两岸的山地地带,关于这一点前文已做过讨论。

从泥石流形成和活动的复合条件来分析,区内地质地貌条件利于泥石流极强烈活动的分布面积占小区面积的 46.8%,利于泥石流强烈活动的分布面积占 52.6%,利于泥石流中等活动的分布面积占 0.6%;气候条件仅利于泥石流一般活动和微弱活动,前者占小区面积的 68.7%,后者占 31.3%。

从泥石流自然危险度区划结果来分析,区内泥石流高度自然危险区的分布面积占小区面积的 19.9%,次高度自然危险区的分布面积占 75.0%,中度自然危险区的分布面积占 5.1%。

上述分析说明,该小区形成泥石流的基本条件及其组合十分有利于泥石流强烈活动和极强烈活动,因此泥石流自然危险度等级很高,以次高度和高度自然危险区为主。目前,区内已查明的泥石流沟为 16 条,分布密度为 0.24 条/100 km²。泥石流对得荣县城松麦镇和乡城县城桑披镇有严重或较严重的危害。

从社会经济水平分区结果来看,该小区社会经济水平较低,全部属于待发展区。

通过自然因素和社会经济因素的综合分析明显看出,该小区泥石流的自然危险度等级很高,具有造成巨大灾祸的能力,但除两个县城外,其余地区经济发展水平较低,二者耦合后,就构成了泥石流次高度综合危险区。

2. 第二小区(II₂)

该小区位于金沙江上游大拐弯河段(见区划图),包括云南省迪庆藏族自治州的香格里拉,丽江市的宁蒗、永胜和玉龙纳西族自治县,四川省凉山彝族自治州的木里等县的大部分、部分或小部分地区(表 5.2)。

该小区总面积 5 910.4 km²,自然因素对泥石流形成和活动十分有利;社会经济发展相对滞后,泥石流危害对象相对较少。

从泥石流形成和活动的基本条件分析,区内地貌条件利于泥石流极强烈活动的分布面积占小区面积的 39.1%,利于泥石流强烈活动的分布面积占 54.0%,利于泥石流中等活动的分布面积占 6.9%;地质条件利于泥石流极强烈活动的分布面积占小区面积的 40.7%,利于泥石流强烈活动的分布面积占 43.0%,利于泥石流中等活动的分布面积占 7.5%,利于泥石流一般活动的分布面积占 8.7%;气温条件利于泥石流一般活动的分布面积占小区面积的 98.3%,利于泥石流微弱活动的分布面积占 1.7%;降水条件利于泥石流中等活动的分布面积占 13.5%,利于泥石流微弱活动的分布面积占 86.5%。

从泥石流形成和活动的复合条件分析,区内地质地貌条件利于泥石流极强烈活动的分布面积占 72.2%,利于泥石流强烈活动的分布面积占 20.9%,利于泥石流中等活动的分布面积占 6.9%;气候条件利于泥石流中等活动的分布面积占小区面积的 9.5%,利于泥石流一般活动的分布面积占 90.0%,利于泥石流微弱活动的分布面积占 0.5%。

从泥石流自然危险度区划结果分析,区内泥石流高度自然危险区的分布面积占小区面积的 71.7%,次高度自然危险区的分布面积占 21.4%,中度自然危险区的分布面积占 6.9%。

由上述分析看出,该小区的自然条件是有利于泥石流极强烈和强烈活动的。

从社会经济水平分区结果分析,该小区社会经济发展相对滞后,区内社会经济水平主要为待发展区(其分布面积占小区面积的 99.8%)和极少量一般发展区(占 0.2%)。

上述分析说明,该小区泥石流的自然危险度等级很高,具有很大的破坏能力,但区内社会经济水平较低,承灾体相对较少,泥石流能造成的危害相对较轻,二者耦合后,便使该小区成为泥石流次高度综合危险区。

3. 第三小区(II₃)

该小区跨金沙江(含雅砻江)和大渡河流域(见区划图),包括四川省:凉山彝族自治州的木里、盐源、冕宁、越西、喜德、西昌市、昭觉、普格、美姑、会理、会东、宁南、金阳、雷波,甘孜藏族自治州的泸定、康定、丹巴,攀枝花市的盐边,宜宾市的屏山,雅安市的石棉;云南省:昆明市的禄劝,昭通市的昭阳区、巧家、鲁甸、会泽、永善、绥江、水富等县(市、区)的全部、大部分、部分或小部分地区(表 5.2)。

该小区总面积 53 126.0 km²,区内自然地理环境各要素组合复杂,社会经济发展水平相对较低,但分异较大。

从泥石流形成和活动的基本条件分析,区内地貌条件利于泥石流极强烈活动的分布面积占小区面积的 12.2%,利于泥石流强烈活动的分布面积占 61.5%,利于泥石流中等活动的分布面积占 25.9%,利于泥石流一般活动的分布面积占 0.4%;地质条件利于泥石流极强烈活动的分布面积占小区面积的 20.2%,利于泥石流强烈活动的分布面积占 17.7%,利于泥石流中等活动的分布面积占 17.6%,利于泥石流一般活动的分布面积占 40.1%,利于泥石流微弱活动的分布面积占 4.4%;气温条件利于泥石流强烈活动的分布面积占小区面积的 26.9%,利于泥石流中等活动的分布面积占 50.5%,利于泥石流一般活动的分布面积占 22.6%;降水条件利于泥石流强烈活动的分布面积占小区面积的 0.3%,利于泥石流中等活动的分布面积占 37.8%,利于泥石流一般活动的分布面积占 61.9%。

从泥石流形成和活动的复合条件分析,区内地质地貌条件利于泥石流极强烈活动的分布面积占小区面积的 24.3%,利于泥石流强烈活动的分布面积占 54.2%,利于泥石流中等活动的分布面积占 19.5%,利于泥石流一般活动的分布面积占 2.0%;气候条件利于泥石流强烈活动的分布面积占小区面积的 0.2%,利于泥石流中等活动的分布面积占 37.4%,利于泥石流一般活动的分布面积占 62.3%。

从泥石流自然危险度区划结果分析,区内泥石流高度自然危险区的分布面积占小区面积的 24.3%,次高度自然危险区的分布面积占 54.2%,中度自然危险区的分布面积占 19.5%,轻度自然危险区的分布面积占 2.0%。

上述数据充分说明,该小区自然地理环境的基本条件和组合结果都十分有利于泥石流的强烈活动和极强烈活动,因此泥石流的自然危险度等级很高:泥石流高度自然危险区和次高度自然危险区的面积之和占小区面积的 78.5%,区内已查明的泥石流沟 769 条,分布密度达 1.45 条/100 km²。受泥石流威胁和危害的县级人民政府驻地有:喜德县的光明镇、普格县的普基镇、会理县的城关镇、宁南县的披砂镇、巧家县的新华镇等城镇。

从社会经济水平分区结果分析,区内社会经济水平属高度发展区的面积占小区面积的 2.4%,次高度发展区的面积占 5.7%,中度发展区的面积占 4.7%,一般发展区的面积占 15.2%,待发展区的面积占 72.0%。

该小区泥石流的自然危险度等级很高,具有极大的潜在破坏能力,其之所以成为泥石流次高度综合危险区,是由于很高的自然危险度与滞后的经济水平相耦合的结果,因此当要在区内开展大规模的或重大的工程建设时,一定要充分考虑对泥石流的预防和治理。

4. 第四小区(Ⅱ₄)

该小区位于大渡河支流青衣江流域(见区划图),包括四川省雅安市雨城区、天全、荥经和芦山等县(区)的全部、大部分、部分或小部分地区(表5.2)。

该小区总面积 4 247.3 km²,区内自然地理环境复杂,社会经济发展水平也相对较高,因此不仅泥石流活动活跃,而且造成的破坏也十分严重。

从泥石流形成和活动的基本条件分析,区内地貌条件利于泥石流极强烈活动的分布面积占小区面积的 14.1%,利于泥石流强烈活动的分布面积占 36.9%,利于泥石流中等活动的分布面积占 48.1%,利于泥石流一般活动的分布面积占 1.0%;地质条件利于泥石流极强烈活动的分布面积占小区面积的 6.3%,利于泥石流强烈活动的分布面积占 31.2%,利于泥石流一般活动的分布面积占 16.2％,利于泥石流微弱活动的分布面积占 46.4％;气温条件 100％的利于泥石流强烈活动;降水条件利于泥石流极强烈活动的分布面积占 21.9％,利于泥石流强烈活动的分布面积占 28.4％,利于泥石流中等活动的分布面积占 36.0％,利于泥石流一般活动的分布面积占 13.7％。

从泥石流形成的复合条件分析,区内地质地貌条件利于泥石流极强烈活动的分布面积占小区面积的 6.3％,利于泥石流强烈活动的分布面积占 34.2％,利于泥石流中等活动的分布面积占 31.8％,利于泥石流一般活动的分布面积占 26.8％,利于泥石流微弱活动的分布面积占 1.0％;气候条件利于泥石流极强烈活动的分布面积占小区面积的 21.5％,利于泥石流强烈活动的分布面积占 27.7％,利于泥石流中等活动的分布面积占 36.8％,利于泥石流一般活动的分布面积占 14.0％。

从泥石流自然危险度分区结果分析,区内泥石流高度自然危险区的分布面积占小区面积的 6.3％,次高度自然危险区的分布面积占 44.5％,中度自然危险区的分布面积占 34.6％,轻度自然危险区的分布面积占 17.6％。

上述分析说明,该小区的自然条件及其组合适宜于泥石流强烈活动和中等活动,因此自然危险度也以次高度和中度为主,区内已查明的泥石流沟 69 条,分布密度平均达 1.62 条/100 km²;雅安市和雨城区人民政府驻地严重遭受泥石流的威胁和危害。

从社会经济发展水平分析,区内社会经济水平属高度发展区的分布面积占小区面积的 20.4％,次高度发展区的分布面积占 40.5％,一般发展区的分布面积占 39.1％,待发展区的分布面积不到 0.1％。

通过自然因素和社会经济因素的分析,揭示了区内自然因素利于泥石流强烈活动和中等活动,但区内社会经济发展较快,水平较高,二者耦合后便构成了泥石流次高度综合危险区。

5. 第五小区(Ⅱ₅)

该小区位于岷江、涪江和嘉陵江上游(见区划图),包括四川省阿坝藏族羌族自治州的汶川、理县、茂县、黑水、松潘、九寨沟,绵阳市的北川、平武、江油,广元市的青川、朝天区、元坝区、市中区,成都市的大邑、邛崃市;甘肃省陇南市的文县;陕西省汉中市的宁强等县(市、区)的全部、大部分、部分或小部分地区(表 5.2)。

该小区总面积 30 302.3 km²,区内自然地理环境各要素及其组合十分复杂,社会经济水平相对较低,但分异较大,也有部分高度发展的区域。因此泥石流活动十分活跃,危害也相当严重,其中对县城的危害尤为突出。

从泥石流形成和活动的基本条件分析,区内地貌条件利于泥石流极强烈活动的分布面积占小区面积的 36.3％,利于泥石流强烈活动的分布面积占 36.1％,利于泥石流中等活动的分布面积占 23.9％,利于泥石流一般活动的分布面积占 3.2％,利于泥石流微弱活动的分布面积占 0.5％;地质条件利于泥石流极强烈活动的分布面积占小区面积的 15.3％,利于泥石流强烈活动的分布面积占 0.2％,利于泥石流中等活动的分布面积占 31.3％,利于泥石流一般活动的分布面积占 42.7％,利于泥石流微弱活动的分布面积占 10.5％;气温条件利于泥石流极强烈活动的分布面积占小区面积的 20.1％,利于泥石流强烈活动的分布面积占 78.3％,利于泥石流中等活动的分布面积占 1.1％,利于泥石流微弱活动的分布面积占 0.5％;降水条件利于泥石流极强烈活动的分布面积占小区面积的 4.1％,利于泥石流强烈活动的分布面积占 19.9%,利于泥石流中等活动的分布面积占 25.2%,利于泥石流一般活动的分布面积占 50.8%。

从泥石流形成和活动的复合条件分析,区内地质地貌条件利于泥石流极强烈活动的分布面积占小区面积的 40.8%,利于泥石流强烈活动的分布面积占 29.3%,利于泥石流中等活动的分布面积占 25.8%,利于泥石流一般活动的分布面积占 3.0%,利于泥石流微弱活动和不利于泥石流活动的分布面积共占 1.0%;气候条件利于泥石流极强烈活动的分布面积占小区面积的 14.8%,利于泥石流强烈活动的分布面积占 18.2%,利于泥石流中等活动的分布面积占 15.6%,利于泥石流一般活动的分布面积占 51.4%。

根据泥石流自然危险度分区结果统计,区内泥石流高度自然危险区的分布面积占小区面积的 41.9%,次高度自然危险区的分布面积占 39.0%,中度自然危险区的分布面积占 17.3%,轻度自然危险区的分布面积占 1.4%,微度自然危险区和基本无泥石流活动区的分布面积共占 0.5%。

上述分析说明,小区内的自然因素及其组合都十分有利于泥石流的形成,因此泥石流分布广泛、活动频繁、规模巨大、危害严重。区内已查明的泥石流沟达 484 条,分布密度平均达 1.6 条/100 km²。区内的汶川、北川、青川、平武、茂县等在 2008 年 5 月 12 日汶川特大地震中位于极震区,地表岩土体和生态遭到极度破坏,形成大量松散碎屑物质,这必将导致该小区泥石流活动范围扩大,数量增多,频率增高,规模加大,危害加重;区内汶川、茂县、理县、九寨沟、北川和文县的人民政府驻地受泥石流的严重威胁和危害。关于上述二点必须引起各级政府和当地群众的高度重视。

根据社会经济水平分区结果统计,区内社会经济水平属高度发展区的分布面积占 14.0%,次高度发展区的分布面积占 0.2%,中度发展区的分布面积占 4.6%,一般发展区的分布面积占 1.5%,待发展区的分布面积占 79.8%。

通过自然因素和社会经济因素的分析可见,该小区的自然因素及其组合十分有利于泥石流形成,因此泥石流活动不仅十分强烈,而且具有巨大的潜在破坏能力,但区内社会经济发展速度相对滞后,二者耦合后只能构成泥石流次高度综合危险区。

6. 第六小区(Ⅱ₆)

该小区位于大渡河下游(见区划图),包括四川省乐山市的峨眉山市、沙湾区、五通桥区、市中区和犍为等县(市、区)的大部分、部分或小部分地区(表 5.2)。

该小区总面积 1 728.1 km²,区内自然条件相对较单一,但经济发展水平很高,泥石流活动能造成很大危害。

从泥石流形成和活动的基本条件分析,区内地貌条件利于泥石流强烈活动的分布面积占小区面积的 23.8%,利于泥石流中等活动的分布面积占 72.6%,利于泥石流微弱活动的分布面积占 3.6%;地质条件利于泥石流强烈活动的分布面积占小区面积的 36.8%,利于泥石流一般活动的分布面积占 42.1%,利于泥石流微弱活动的分布面积占 21.1%;气温条件 100% 的利于泥石流强烈活动;降水条件利于泥石流极强烈活动的分布面积占小区面积的 61.6%,利于泥石流强烈活动的分布面积占 38.2%,利于泥石流中等活动的分布面积占 0.2%。

从泥石流形成和活动的复合条件分析,区内地质地貌条件利于泥石流强烈活动的分布面积占小区面积的 6.3%,利于泥石流中等活动的分布面积占 90.1%,利于泥石流微弱活动的分布面积占 3.6%;由气温条件和降水条件复合而成的气候条件,利于泥石流极强烈活动的分布面积占小区面积的 60.7%,利于泥石流强烈活动的分布面积占 39.0%,利于泥石流中等活动的分布面积占 0.3%。

从泥石流自然危险度区划结果分析,区内泥石流高度自然危险区的分布面积占 0.9%,次高度自然危险区的分布面积占 61.7%,中度自然危险区的面积占 33.8%,微度自然危险区占 3.6%。

上述统计数据表明,该小区自然地理环境的基本因素和复合因素都十分有利于泥石流强烈活动和中等活动,因此区内泥石流自然危险度也以次高度和中度为主,二者之和占小区面积的 95.5%。目前区内已查明的泥石流沟为 17 条,平均分布密度为 0.98 条/100 km²。

从社会经济水平分区结果分析,区内社会经济水平属高度发展区的分布面积占小区面积的 97.9%,一般发展区的分布面积占 2.1%。

上述分析充分表明,该小区社会经济发展水平以高度发展区为主。自然因素和社会经济因素耦合后,致使该小区成为泥石流次高度综合危险区。

7. 第七小区(II_7)

该小区位于嘉陵江江源(见区划图),包括陕西省宝鸡市凤县的大部分地区(表5.2)。

该小区总面积 2 389.4 km²,区内自然条件有利于泥石流强烈活动,社会经济水平较高,泥石流危害严重。

从泥石流形成和活动的基本条件分析,区内地貌条件 100% 利于泥石流中等活动;地质条件利于泥石流极强烈活动的分布面积占 73.4%,利于泥石流强烈活动的分布面积占 22.2%,利于泥石流中等活动的分布面积占 4.4%;气温条件 100% 仅利于泥石流一般活动;降水条件利于泥石流中等活动和一般活动,前者的分布面积占小区面积的 4.1%,后者占 95.9%。

从基本条件组合而成的复合条件分析,区内地质地貌条件利于泥石流强烈活动的分布面积占小区面积的 73.4%,利于泥石流中等活动的分布面积占 26.6%;气候条件利于泥石流中等活动的分布面积占 4.1%,利于泥石流一般活动的分布面积占 95.9%。

从自然危险度分区结果分析,区内泥石流次高度自然危险区的分布面积占小区面积的 73.4%,中度自然危险区的分布面积占 26.6%。

上述分析说明,区内自然条件及其组合有利于泥石流强烈活动和中等活动,因此区内泥石流自然危险度也以次高度和中度为主。目前,区内已查明的泥石流沟为 89 条,平均分布密度为 3.72 条/100 km²,泥石流对宝成铁路危害极大。

从社会经济水平分析,区内社会经济水平属高度发展区的分布面积占小区面积的 99.5%,待发展区的分布面积占 0.5%。

通过自然因素和社会经济因素分析可见,该小区的泥石流自然危险度以次高度为主,其余中度,但社会经济发展水平以高度发展区为主,二者耦合后,便构成了泥石流次高度综合危险区。

8. 第八小区(II_8)

该小区位于渠江和长江一级小支流临御河流域之间的华蓥山区(见区划图),包含四川省广安市的广安区、华蓥市和邻水县;重庆市渝北区、北碚区和合川市(表5.2)。

该小区总面积 789.3 km²,是该级区面积最小的小区,但自然条件复杂,人类活动强烈,泥石流活动活跃,危害严重。

从泥石流形成和活动的基本条件分析,区内地貌条件利于泥石流中等活动的分布面积占小区面积的 97.2%,利于泥石流一般活动的分布面积占 2.8%;地质条件利于泥石流一般活动的分布面积占小区面积的 98.2%,利于泥石流微弱活动的分布面积占 1.8%;气温条件利于泥石流强烈活动的分布面积占小区面积的 100%;降水条件利于泥石流中等活动的分布面积占小区面积的 100%。

从泥石流形成和活动的复合条件分析,区内地质地貌条件利于泥石流中等活动的分布面积占小区面积的 97.2%,利于泥石流一般活动的分布面积占 1.0%,利于泥石流微弱活动的分布面积占 1.8%;气候条件利于泥石流中等活动的分布面积占小区面积的 100%。

从泥石流自然危险度区划结果分析,区内中度自然危险区的分布面积占小区面积的 97.2%,轻度自然危险区的分布面积占 1.0%,微度自然危险区的分布面积占 1.8%。

从上述统计数据清楚看出,该小区的自然条件及其组合,利于泥石流中等活动,因此泥石流的自然危险度以中度为主。目前,区内已查明的泥石流沟为 15 条,平均分布密度为 1.9 条/100 km²,对区内场镇、厂矿和农田危害严重。

从社会经济水平分区结果分析,区内社会经济水平 100% 的为高度发展区。

上述数据充分说明,区内自然地理环境各因素及其组合,仅利于泥石流中等活动,但区内社会经济水平很高,危害对象多而又很重要,二者耦合后,便构成了泥石流次高度综合危险区。

5.3 长江上游泥石流中度综合危险区(Ⅲ)

长江上游泥石流中度综合危险区(Ⅲ)由 9 个小区组成。下面就该级区的基本情况、形成因素、泥石流的活动特征、发展趋势、防治状态和小区概况等进行讨论。

5.3.1 基本情况

该级区面积广大、分布分散,自然地理环境复杂。在地貌上,有的小区位于青藏高原内部的金沙江深切河谷地带,如 $Ⅲ_1$ 小区;有的小区位于横断山北部的金沙江深切河谷地带,如 $Ⅲ_2$ 小区;有的小区位于青藏高原东缘及其向四川盆地过渡的地区,如 $Ⅲ_3$ 小区和 $Ⅲ_5$ 小区;有的小区位于云南高原中北部山原地区,如 $Ⅲ_4$ 小区;有的小区位于四川盆地盆周南部、东部山区和大巴山区、米仓山区及秦岭南坡等地区,如 $Ⅲ_6$ 小区;有的小区位于贵州高原中部,如 $Ⅲ_7$ 小区;有的小区位于川东平行岭谷西部地区,如 $Ⅲ_8$ 小区;有的小区位于我国地貌第二级阶梯向第三级阶梯的过渡地区,如 $Ⅲ_9$ 小区。区内地貌类型十分复杂,有极高山、高山、中山和低山,有高原和山原。它们差异很大,但相对高度大体相近,因此都能为泥石流形成和活动提供足够的能量和能量转化条件。在地质上,区内有的小区位于三江褶皱系与松潘—甘孜褶皱系的交接复合部位,如 $Ⅲ_1$ 小区;有的小区位于松潘—甘孜褶皱系与扬子准地台的交接复合部位,如 $Ⅲ_2$ 小区和 $Ⅲ_3$ 小区;有的小区位于扬子准地台及其与秦岭褶皱系的交接复合部位,如 $Ⅲ_6$ 小区;有的小区位于扬子准地台的康滇地轴与上扬子台褶带的交接复合部位,如 $Ⅲ_4$ 小区和 $Ⅲ_5$ 小区;有的小区位于扬子准地台的上扬子褶皱带($Ⅲ_7$)、四川台坳($Ⅲ_8$)和江汉断坳($Ⅲ_9$)等构造带内;区内出露地层较全,从震旦系至第四系均有出露,但各小区出露地层并不完全相同,必须具体分析;区内岩性复杂,沉积岩、岩浆岩、变质岩,坚硬岩石、半坚硬岩石、软弱岩石均有出露,但各小区出露的岩性分异很大,必须具体对待;区内构造运动活跃,断裂发育,地震震级较高,岩体破碎,各小区均能为泥石流形成和活动提供足够的松散碎屑物质。在气候上,区内有的小区位于东南季风气候区,如Ⅲ$_5$—Ⅲ$_9$小区;有的小区位于西南季风气候区,如Ⅲ$_2$小区和Ⅲ$_4$小区;有的小区位于青藏高原寒区,如Ⅲ$_1$小区。由于各小区分别分布在不同气候区,因此分异十分显著,但也具有突出的共同点,那就是平均气温虽然不同,但气温较差大是相同的,这有利于促进岩体的风化,从而为泥石流活动提供更为丰富的松散碎屑物质,各小区降水数量虽然不同,但时有暴雨、大暴雨,甚至特大暴雨发生这一点是相同的,因此均能为泥石流活动提供足够的水体成分和必要的水动力条件,致使区内泥石流活动仍较为活跃。

该级区总面积 238 133.0 km²,已查明的泥石流沟 1 105 条,分布密度平均为 0.46 条/100 km²,每年均有数条、十数条,乃至数十条沟谷暴发泥石流,给区内造成中等危害,在局部地区甚至造成严重危害。该级区各小区的面积、已查明的泥石流沟数量、所涉及的行政区域、水系、自然危险度等级和社会经济水平等级等,见表 5.3。

表 5.3　泥石流中度危险区基本状况统计表

小区	涉及的县(市、区)的名称	涉及水系	泥石流沟(条)	县级及以上政府驻地名称	面积(km²)	泥石流自然危险度级别	社会经济发展水平级别
Ⅲ$_1$	西藏自治区:昌都地区的江达、贡觉、芒康;四川省:甘孜藏族自治州的德格、白玉、巴塘、理塘	金沙江	11	德格、白玉、巴塘	16 289.3	1$_2$、1$_3$	2$_5$
Ⅲ$_2$	云南省:丽江市的古城区、玉龙纳西族自治县、永胜、华坪,迪庆藏族自治州的德钦、香格里拉、维西傈僳族自治县,大理白族自治州的鹤庆、洱源、宾川,楚雄彝族自治州的大姚、永仁、元谋、牟定、禄丰;四川省:甘孜藏族自治州的得荣	金沙江	67	丽江市及古城区、玉龙、鹤庆、永仁	2 237.3	1$_3$、1$_2$、1$_4$	2$_5$、2$_4$
Ⅲ$_3$	四川省:阿坝藏族羌族自治州的黑水、茂县、理县、马尔康、红原、金川、小金,甘孜藏族自治州的康定、丹巴、炉霍、新龙、道孚、雅江、九龙、理塘、稻城,凉山彝族自治州的木里,雅安市的宝兴;云南省:丽江市的宁蒗彝族自治县	岷江、金沙江	360	黑水、马尔康、金川、小金、宝兴、炉霍、道孚、雅江、九龙	62 944.3	1$_2$、1$_4$、1$_3$、1$_1$、1$_5$	2$_1$、2$_3$、2$_2$
Ⅲ$_4$	云南省:昆明市的禄劝、寻甸,曲靖市的沾益、会泽、宣威市	金沙江	9	—	6 419.8	1$_1$、1$_2$、1$_3$、1$_4$、1$_5$	2$_3$、2$_1$、2$_2$
Ⅲ$_5$	四川省:凉山彝族自治州的布拖、昭觉、美姑、雷波,乐山市的马边、沐川、峨边、金口河,眉山市的洪雅	金沙江、岷江	210	峨边、马边、美姑、昭觉、布拖	12 401.6	1$_2$、1$_3$、1$_4$、1$_1$、1$_5$	2$_1$、2$_3$、2$_5$、2$_2$

(续表)

小区	涉及的县(市、区)的名称	涉及水系	泥石流沟(条)	县级及以上政府驻地名称	面积(km²)	泥石流自然危险度级别	社会经济发展水平级别
III$_6$	云南：昭通市的鲁甸、昭阳区、大关、盐津；贵州省：遵义市的习水、桐梓；重庆市的江津、綦江、万盛区、巴南区、南川市、武隆、涪陵区、丰都、忠县、石柱、黔江区、万州区、开县、巫溪、城口；四川省：宜宾市的筠连、高县、宜宾、翠屏区、高县、兴文、泸州市的叙永、古蔺、达州市的通川区、达县、宣汉县、万源市、巴中市的南江、广元市的旺苍、朝天区、青川、绵阳市的平武、阿坝藏族羌族自治州的九寨沟、松潘；湖北省：恩施土家族苗族自治州的利川市；陕西省：汉中市的镇巴、西乡、南郑、宁强、略阳；甘肃省：陇南市的两当、徽县、文县、武都区、宕昌，甘南藏族自治州的舟曲、迭部	金沙江、长江(干流)、嘉陵江	442	陇南市及武都区、宕昌、舟曲、略阳、青川、南江、万源市、达州市及通川区、巫溪、宣汉、万州区、忠县、石柱、万盛区、习水、古蔺、叙永、兴文、珙县、高县、筠连、盐津、大关、昭通市及昭阳区、鲁甸、水富	97 007.9	1$_4$、1$_2$、1$_3$、1$_1$、1$_5$	2$_5$、2$_3$、2$_4$、2$_1$、2$_2$
III$_7$	贵州省：遵义市的汇川区、红花岗区、遵义县、息峰县，贵阳市的云岩区、南明区、乌当区、白云区、花溪区、小河区、开阳、修文、清镇市	乌江	—	贵州省,贵阳市及云岩区、南明区、乌当区、花溪区、白云区、小河区、修文、息峰、开阳、遵义市及汇川区、红花岗区、遵义(县)	11 794.6	1$_4$、1$_3$、1$_{5a}$、1$_{5b}$	2$_1$、2$_3$、2$_2$
III$_8$	四川省：广安市的华蓥市、邻水、岳池，达州市的大竹；重庆市的渝北区、北碚区、合川市	嘉陵江	6	华蓥市	1 319.2	1$_3$、1$_{5a}$、1$_4$、1$_{5b}$	2$_1$
III$_9$	湖北省：宜昌市的西陵区、伍家岗区、点军区、夷陵区、兴山、安远,恩施土家族苗族自治州的巴东	长江干流	0	宜昌市及西陵区、点军区、伍家岗区、夷陵区、兴山	7 219.3	1$_2$、1$_1$、1$_4$	2$_1$、2$_2$、2$_5$、2$_4$
合计			1 105		238 133.1		

5.3.2 中度综合危险区的形成

该级区成为泥石流中度综合危险区的决定因素,是自然因素、社会经济因素及其二者的耦合作用。

1. 自然因素

该级区成为泥石流中度综合危险区的自然因素,包括基本因素及其组合而成的各级复合因素及其综合作用。

(1) 基本因素

基本因素包括地貌、地质、气温和降水等因素。

该级区地貌指标属于 a_1 级的分布面积占该级区面积的 2.8%，属于 a_2 级的分布面积占 38.1%，属于 a_3 级的分布面积占 47.7%，属于 a_4 级的分布面积占 11.0%，属于 a_{5a} 级的分布面积占 0.4%。可见，区内地貌因素最利于泥石流中等活动，其次利于泥石流强烈活动。

地质指标属于 b_1 级的分布面积占该级区面积的 7.1%，b_2 级的分布面积占 12.6%，b_3 级的分布面积占 16.6%，b_4 级的分布面积占 44.7%，b_5 级的分布面积占 19.0%。可见，区内地质因素最利于泥石流一般活动，其次利于泥石流微弱活动，再次利于泥石流中等活动。

气温指标属于 c_1 级的分布面积占该级区面积的 19.2%，c_2 级的分布面积占 49.7%，c_3 级的分布面积占 9.7%，c_4 级的分布面积占 20.3%，c_5 级的分布面积占 1.1%。可见，区内气温条件最利于泥石流强烈活动，其次利于泥石流一般活动，再次利于泥石流极强烈活动。

降水指标属于 d_1 级的分布面积占 0.3%，d_2 级的分布面积占 12.3%，d_3 级的分布面积占 32.2%，d_4 级的分布面积占 55.0%，d_5 级的分布面积占 0.2%。可见，区内降水因素最利于泥石流一般活动，其次利于泥石流中等活动，再次利于泥石流强烈活动。

(2) 复合因素

复合因素包括由地貌因素与地质因素组合而成的地质地貌因素和由气温因素与降水因素组合而成的气候因素。

该级区地质地貌指标属于 A_1 级的分布面积占该级区面积的 4.1%，A_2 级的分布面积占 32.7%，A_3 级的分布面积占 43.6%，A_4 级的分布面积占 17.8%，A_{5a} 级的分布面积占 1.6%，A_{5b} 级的分布面积占 0.2%。可见，该区的地质地貌因素最利于泥石流中等活动，其次利于泥石流强烈活动，再次利于泥石流一般活动。

气候指标属于 B_1 级的分布面积占该级区面积的 5.5%，属于 B_2 级的分布面积占 10.5%，属于 B_3 级的分布面积占 39.0%，属于 B_4 级的分布面积占 43.8%，属于 B_5 级的分布面积占 1.2%。可见，该级区的气候指标最利于泥石流一般活动，其次利于泥石流中等活动，再次利于泥石流强烈活动。

(3) 自然危险度因素

根据地质地貌指标和气候指标复合成的自然危险度分区指标的分区结果统计：区内泥石流高度自然危险区的分布面积占该级区面积的 3.6%，次高度自然危险区的分布面积占 34.8%，中度自然危险区的分布面积占 45.9%，轻度自然危险区的分布面积占 14.3%，微度自然危险区和基本无泥石流活动区的分布面积共占 1.4%。

上述分析充分说明，在该级区内无论自然因素的基本因素、还是自然因素的复合因素，一般都有利于泥石流中等活动。

2. 社会经济因素

该级区面积广大，自然地理环境极其复杂，加之资源分布不均，开发建设程度不一致，因此社会经济水平很不平衡。

根据社会经济水平分区结果统计，区内社会经济水平高度发展区的分布面积占该级区面积的 12.2%，次高度发展区的分布面积占 5.1%，中度发展区的分布面积占 12.5%，一般发展区的分布面积占 10.5%，待发展区的分布面积占 59.7%。由上可见，该级区的社会经济水平以待发展区为主。

3. 自然因素与社会经济因素的耦合作用

通过上述分析不难看出,该级区内自然因素对泥石流形成和活动的贡献,虽以利于泥石流中等活动的区域为主,但也有 38.4% 的面积利于泥石流强烈活动和极强烈活动;社会经济水平虽以待发展区为主,但也有 17.3% 的高度发展区和次高度发展区。二者在耦合时,往往泥石流高度自然危险区与社会经济水平待发展区相结合,低度自然危险区与社会经济水平高度发展区相结合,中度自然危险区与社会经济水平中度发展区相结合。二者的这几种耦合方式,在该级区泥石流综合危险等级的形成中起着重要作用。

5.3.3 泥石流活动特征

该级区面积广大,分布区域广泛,从综合危险度来分析虽然处于同一危险区,但从自然地理环境来看,其分异却是十分显著的,因此该级区的泥石流活动也具有其自身的特征。

1. 泥石流活动强度分异明显

根据泥石流自然危险度分区结果,该级区内虽以中度自然危险区为主,但次高度自然危险区的分布面积也很大,轻度自然危险区还占有一定比例,加之还存在部分高度自然危险区、少量微度自然危险区和基本无泥石流活动区,因此区内泥石流的活动频率、暴发规模、危害范围、危害程度和防治的难易程度等都有明显的分异。鉴于此,区内各级政府和人民群众,既要注意小规模泥石流的防治,更要注意中、大规模泥石流的防治。

2. 区域泥石流的危害相对较轻、但部分单沟泥石流的危害仍然严重

该级区为泥石流中度综合危险区,泥石流危险程度中等,这从区域泥石流分布密度可以得到有力的证明,如流域内泥石流高度综合危险区的泥石流分布密度达 2.65 条/100 km²,次高度综合危险区的泥石流分布密度达 1.36 条/100 km²,前者为该级区泥石流分布密度的 5.8 倍,后者为该级区泥石流分布密度的 3.0 倍,可见,该级区的泥石流活跃程度和危害程度均次于前二者。尽管从区域角度分析,该级区的泥石流综合危险程度属中等,但部分单沟或者因泥石流规模大,或者因保护对象重要,泥石流危险性很大,如区内危害德格、马尔康、金川、宝兴、炉霍、昭觉、布拖、武都区、高县和松潘等县级及以上人民政府驻地的泥石流沟,常造成十分严重的危害,有的甚至造成毁灭性的危害。对于这一点,必须引起当地各级政府和人民群众的高度关注。

3. 影响泥石流活动韵律的因素分异显著

由于该级区具有 9 个小区,其中Ⅲ₁—Ⅲ₃小区位于青藏高原及其向四川盆地和云南高原过渡的地带内。在这些小区内,泥石流活动既受地震的强烈影响,又受暴雨(或大雨)的约束,因此这些小区的泥石流活动便在地震和暴雨的共同作用下,有韵律的,而且周而复始的发生发展;Ⅲ₄—Ⅲ₉小区位于我国地貌的第二级阶梯及其向第三级阶梯过渡的地区,区内泥石流活动受地震影响相对较轻,但受暴雨作用强烈,因此这些小区内泥石流活动的韵律主要受暴雨制约。

4. 人类对泥石流形成和活动的影响显著增强

该级区人类对泥石流形成和活动的影响日益增强的这一特征,主要表现为两个方面。

(1) 随着经济建设的发展,泥石流的危害将日益加重

该级区社会经济水平以待发展区为主,发展相对滞后,但区内矿产资源、水利水电资源、森林资源、农业与农业气候资源、旅游资源和人力资源等都十分充足,是开发建设的新区,是

经济发展的新的增长极。随着经济建设的蓬勃发展,区内经济的质量和数量将获得极大提升,一场相同规模的泥石流造成的危害,可能是过去的数倍、数十倍,乃至成百上千倍。关于这一点,必须引起人们的高度重视。

(2) 人类对泥石流活动的影响分异显著

该级区面积大、分布广,其中Ⅲ₁小区、Ⅲ₂小区和Ⅲ₃小区分布在青藏高原及其向四川盆地和云南高原过渡的地带内,区内资源与环境承载能力有限,人口密度较小,加之泥石流规模较大、危害较重,因此除少数地区,如青藏高原向四川盆地和向云南高原过渡的区域内,危害县城和极少量危害农田的泥石流得到治理外,其余广大地区人类对泥石流的正向性影响和负向性影响都相对较小,即人类通过不合理的经济活动激发或促进泥石流发生发展的事件较少,人类通过泥石流防治抑制或减少泥石流发生发展的事件也较少。Ⅲ₄—Ⅲ₉小区主要分布在四川盆地盆周山区、云贵高原、秦岭与米仓山南坡和我国地貌第二级阶梯向第三级阶梯过渡的地区,区内资源与环境的承载能力较高,人口密度较大,加之泥石流规模相对较小、危害相对较轻,因此人类对泥石流活动的负向影响和正向影响都较大,即人类通过不合理的经济活动,造成环境,尤其是造成生态环境的严重退化,导致或促进泥石流的发生发展和人类通过对环境和泥石流治理,促进环境的进化,抑制泥石流的发生发展或减轻泥石流所造成灾害的事件较多,并将继续增多。

5.3.4 泥石流的发展趋势

决定泥石流发展趋势的,主要是自然地理环境和人类经济活动的现状及其演化方向。

1. 泥石流将有一个长期的活动过程

该级区虽为泥石流中度综合危险区,那是由于社会经发展相对滞后所致。实际上,该级区的泥石流自然危险度等级还是较高的,中度及以上自然危险区的分布面积占该级区面积的84.3%,这些区域形成泥石流的自然环境将长期存在,因此区内的泥石流将有一个长期的活动过程,并给区内社会经济造成中等危害,甚至在局部地区造成严重危害。

2. 各小区泥石流活动韵律的控制因素分异显著

由于该级区的部分小区(Ⅲ₁—Ⅲ₃小区)既受地震控制,又受暴雨约束,而地震和暴雨均具有(准)周期性,导致这些区域的泥石流活动也具有(准)周期性,由于地震和暴雨的周期是不同步的,因此致使这些区域的泥石流活动变得十分复杂,给泥石流的预测预报带来许多困难;部分小区(Ⅲ₄—Ⅲ₉小区)受地震影响相对较小,但受暴雨影响相对较大,致使这些区域的泥石流仅在暴雨的作用下,按一定周期做有韵律的活动,这相对有利于泥石流的预测预报。

3. 人为因素对泥石流活动的影响强度加大

该级区的各小区尽管处于不同的地貌类型区,但随着相对高度的减小,泥石流的活动强度相对减弱,其自然危险度以中度和次高度为主。随着山区资源开发和经济建设的蓬勃发展,区内人口将不断增多,人类经济活动强度将不断加大,其结果将是:在Ⅲ₁小区、Ⅲ₂小区的西北部和Ⅲ₃小区的西部,由于海拔很高,生态环境十分脆弱,人类经济活动加大后,一旦造成环境退化,泥石流活动将迅速获得发展并造成严重危害,因为在这些地区生态环境一旦遭到破坏,要修复其难度是很大的;在Ⅲ₂小区的东南部、Ⅲ₃小区的东部和Ⅲ₄—Ⅲ₉小区等区域,虽然海拔相对较低,生态环境条件相对较好,生态遭破坏后,其修复的难度相对较小,但这些地区人口密度本来就较大,随着资源开发和经济建设强度的加大,人口将增长很快,因此对生态环境的影响程度也将不断加大,当生态环境遭破坏的程度超过其自身的修复能力时,必将引起生态环境的严重退化,从而激起泥石流的强烈发展,当然,在这些小区若人类能控制不合理的经济活动,并注意保护生态环境和加强泥石流治理,做到人类与环境和谐相处,那么泥石流活动将得到抑制,其活动强度可降低到自然状态的活动水平以下。

5.3.5 泥石流防治

该级区包含 9 个小区,面积很大,分布分散,自然地理环境极其复杂,人为因素作用强烈,泥石流防治意义重大。

1. 泥石流防治现状

该级区各小区几乎处于深切河谷地区、四川盆地盆周山区和云贵高原地区,区内不仅自然条件极其复杂,而且社会经济发展相对滞后,因此泥石流防治工作处于初级阶段。近几十年来,区内主要针对危害县级及以上人民政府驻地城镇的泥石流进行防治,如Ⅲ$_1$小区德格县的更庆镇,Ⅲ$_3$小区马尔康县的马尔康镇、金川县的金川镇、小金县的美兴镇和黑水县的芦花镇,Ⅲ$_6$小区高县的文江镇、武都的城关镇等城镇的泥石流都进行了防治。在进行城镇泥石流防治的同时,在部分地区也对重要的公路泥石流、铁路泥石流和农田泥石流进行了防治,如Ⅲ$_6$小区的甘川公路泥石流、宝成铁路泥石流和陇南地区的农田泥石流都得到了较好的预防和治理。虽然这些获得治理区域的面积和该级区的面积相比,是微不足道的,但都取得了很好的治理效果,为该级区今后的泥石流治理树立了良好的榜样。

2. 泥石流的防治意见

该级区的泥石流防治,和Ⅰ级区与Ⅱ级区的泥石流防治基本一致,但也有所差异,下面做一简要讨论。

(1) 加强泥石流的预防工作

该级区加强泥石流的预防工作,应从以下几个方面入手:一是要严格控制人类不合理的经济活动,切实保护自然地理环境和加强生态建设;二是要加强泥石流的预测预报,尽可能做到保障人民生命和重要财产的安全;三是要加强重点泥石流地段和泥石流沟谷监测体系的建设,以保障这些地段和沟谷内的人员和重大设备的安全;四是要加强泥石流灾害的保险工作,做到在灾害发生时,灾民的损失能转由社会承担大部分,从而保障灾区的稳定和重建家园的顺利进行;五是要加强泥石流灾害的宣传普及工作,让山区广大干部和群众在泥石流灾害发生时,能有序地转移和避灾。

在该级区内,Ⅲ$_1$—Ⅲ$_3$小区与Ⅲ$_4$—Ⅲ$_9$小区的自然地理环境有所差异,因此在进行泥石流预防时,应根据具体条件进行具体分析,然后再采用最有效、合理的措施进行预防,这样能收到事半功倍的效果。

(2) 加强泥石流的治理工作

该级区的泥石流治理工作,应十分重视下列几个方面:一是应根据各泥石流流域的具体情况,采取单项措施、多项措施或综合措施进行治理,由于该级区泥石流的规模和危害都次于Ⅰ级区和Ⅱ级区,因此泥石流的治理可多采取单项措施和多项措施,只有那些危害重要居民点和重大设施的泥石流才采取综合措施进行治理;二是应根据泥石流流域具体的自然地理环境条件、泥石流的性质和类型以及社会经济条件,合理地选择工程类型、结构和组合形式进行治理,以保障防治经费的合理使用;三是应加强社会措施的力度,确保治理工程能按时、保质保量完成,并能稳定地发挥治理效益。

5.3.6 小区概述

该级区包含 9 个小区:泥石流中度综合危险区第一小区(III_1),第二小区(III_2),…,第八小区(III_8)和第九小区(III_9)。

1. 第一小区(III_1)

该小区总面积 16 289.3 km²,占该级区面积的 6.8%,位于青藏高原内金沙江深切河谷两岸(见区划图),包含四川省的德格、巴塘和白玉,西藏自治区的江达、贡觉和芒康等县的大部分、部分或小部分地区(表 5.3)。

该级区的自然地理环境利于泥石流强烈活动和中等活动。

该区内地貌条件利于泥石流强烈活动的分布面积占小区面积的 81.4%,利于泥石流中等活动的分布面积占 18.6%;地质条件利于泥石流极强烈活动的分布面积占小区面积的 0.1%,利于泥石流强烈活动的分布面积占 41.6%,利于泥石流中等活动的分布面积占 33.2%,利于泥石流一般活动的分布面积占 25.1%;气温条件利于泥石流极强烈活动的分布面积占小区面积的 16.5%,利于泥石流强烈活动的分布面积占 83.5%;降水条件仅利于泥石流一般活动和微弱活动,前者占小区面积的 97.2%,后者占 2.8%。

据区内由地貌条件和地质条件组合而成的地质地貌条件来看,利于泥石流极强烈活动的分布面积占小区面积的 0.1%,利于泥石流强烈活动的分布面积占 81.3%,利于泥石流一般活动的分布面积占 18.6%;据由气温条件和降水条件组合而成的气候条件来看,利于泥石流中等活动的分布面积占小区面积的 15.9%,利于泥石流一般活动的分布面积占 81.5%,利于泥石流微弱活动的分布面积占 2.6%。

按地质地貌条件和气候条件组合而成的自然危险度的分区指标所划分的分区结果统计,区内泥石流次高度自然危险区的分布面积占小区面积的 79.0%,中度自然危险区的分布面积占 21.0%。

由上述分析可见,该小区的基本条件一般利于泥石流强烈活动和中等活动,由基本条件组合而成的复合条件和由复合条件组合而成的自然危险度区划条件来看,也均利于泥石流强烈活动和中等活动。目前,区内已查明的泥石流沟 11 条,分布密度平均为 0.07 条/100 km²,严重危害德格县人民政府驻地更庆镇的泥石流,目前已得到了较好地治理。

该小区的社会经济水平相对较低,100%的为待发展区。

该小区的泥石流自然危险度虽以次高度区和中度区为主,但社会经济发展却相对滞后,为待发展区,二者耦合后,使该小区成了泥石流中度综合危险区。

2. 第二小区(III_2)

该小区总面积 22 737.3 km²,占该级区面积的 9.5%,分布在金沙江中游深切河谷两岸和金沙江支流龙川江左岸(见区划图),包含云南省丽江市的古城区、华坪、永胜、玉龙纳西族自治县,迪庆藏族自治州的香格里拉、德钦、维西傈僳族自治县,楚雄彝族自治州的永仁、元谋、大姚、牟定、禄丰,大理白族自治州的洱源、鹤庆、宾川;四川省甘孜藏族自治州的得荣等县(市、区)的全部、大部分、部分或小部分地区(表 5.3)。

该级区的自然条件利于泥石流中等活动和强烈活动;社会经济条件相对滞后,危害对象相对较少。

从泥石流形成和活动的基本条件分析,区内地貌指标为 a_1 级的分布面积占小区面积的 2.2%,为 a_2 级的分布面积占 40.3%,为 a_3 级的分布面积占 48.8%,为 a_4 级的分布面积占 8.7%;地质指标为 b_1 级的分布面积占小区面积的 4.4%,为 b_2 级的分布面积占 20.0%,为 b_3 级的分布面积占 14.2%,为 b_4 级的分布面积占 46.9%,为 b_5 级的分布面积占 14.5%;气温指标为 c_2 级的分布面积占小区面积的 0.9%,为 c_3 级的分布面积占 5.2%,为 c_4 级的分布面积占 82.6%,为 c_5 级的分布面积占 11.3%;降水指标为 d_3 级的分布面积占 2.6%,为 d_4 级的分布面积占 97.4%。

从泥石流形成和活动的复合条件分析,区内地质地貌指标为 A_1 级的分布面积占小区面积的 6.6%,A_2 级的分布面积占 33.9%,A_3 级的分布面积占 38.4%,A_4 级的分布面积占 21.1%;气候指标为 B_3 的分布面积占小区面积的 2.3%,B_4 级的分布面积占 86.5%,B_5 级的分布面积占 11.2%。

据泥石流自然危险度区划结果分析,区内泥石流自然危险度为 1_1 级的分布面积占 0.8%,1_2 级的分布面积占 36.0%,1_3 级的分布面积占 40.6%,1_4 级的分布面积占 22.6%。

通过上述分析可见,该级区的自然地理环境条件十分有利于泥石流中等活动和强烈活动,区内已查明的泥石流沟 67 条,分布密度平均均为 0.3 条/100 km²,从总体来看,泥石流危害中等,但对居民集中区的危害还是相当严重的,应引起当地政府和广大群众的高度重视。

据社会经济水平分析,该小区社会经济发展滞后,以待发展区为主。据统计,区内社会经济水平为 2_1 级的分布面积占 0.5%,为 2_2 级的分布面积占 2.9%,为 2_4 级的分布面积占 5.8%,为 2_5 级的分布面积占 90.9%。

通过上述分析不难看出,该小区的泥石流自然危险性虽以中度区和次高度区为主,但社会经济水平相对较低,以待发展区为主,二者耦合后,使该小区成了泥石流中度综合危险区。

3. 第三小区($\mathbb{III}_3$)

该小区总面积 62 944.1 km²,占该级区总面积的 26.4%,横跨雅砻江中、上游,岷江支流大渡河、杂谷脑河和黑水河上游(见区划图),包含四川省甘孜藏族自治州的康定、丹巴、炉霍、新龙、道孚、雅江、九龙、理塘、稻城,阿坝藏族羌族自治州的马尔康、黑水、茂县、理县、红原、金川、小金、凉山彝族自治州的木里,雅安市的宝兴;云南省丽江市的宁蒗彝族自治县等县(市、区)的全部、大部分、部分或小部分地区(表 5.3)。

该小区的自然地理环境条件利于泥石流中等活动和强烈活动;社会经济水平以待发展区为主,成灾对象相对较少。

从泥石流形成和活动的基本条件分析,该小区的地貌条件利于泥石流极强烈活动的分布面积占小区面积的 7.8%,利于泥石流强烈活动的分布面积占 65.2%,利于泥石流中等活动的分布面积占 27.0%;地质条件利于泥石流极强烈活动的分布面积占小区面积的 3.8%,利于泥石流强烈活动的分布面积占 5.4%,利于泥石流中等活动的分布面积占 19.0%,利于泥石流一般活动的分布面积占 35.0%,利于泥石流微弱活动的分布面积占 36.8%;气温条件利于泥石流极强烈活动的分布面积占小区面积的 35.1%,利于泥石流强烈活动的分布面积占 55.0%,利于泥石流中等活动的分布面积占 7.1%,利于泥石流一般活动的分布面积占 2.8%;降水条件利于泥石流中等活动的分布面积占 1.2%,利于泥石流微弱活动分布面积占 98.8%。

从泥石流形成和活动的复合条件分析,该小区的地质地貌条件利于泥石流极强烈活动的分布面积占小区面积的 7.2%,利于泥石流强烈活动的分布面积占 38.8%,利于泥石流中等活动的分布面积占 47.8%,利于泥石流一般活动的分布面积占 6.2%;由气温条件和降水条件组合而成的气候条件利于泥石流中等活动的分布面积占小区面积的 35.2%,利于泥石流一般活动的分布面积占 64.8%

据由地质地貌条件和气候条件组合而成的泥石流自然危险度分区指标所划分的结果统计:区内泥石流高度自然危险区的分布面积占小区面积的 7.2%,次高度自然危险区的分布面积占 38.8%,中度自然危险区的分布面积占 47.8%,轻度自然危险区的分布面积占 6.2%。

上述分析说明,该小区自然地理环境的基本条件、复合条件都有利于泥石流的中等活动和强烈活动,因此泥石流活动强度较大。区内已查明的泥石流沟 360 条,分布密度平均为 0.58 条/100 km²,虽然从区域角度分析,泥石流一般造成中等或较严重危害,但对局部地区却能造成严重危害,如泥石流对县级及以上人民政府驻地马尔康镇、芦花镇、金川镇、美兴镇、穆坪镇和新都镇的严重危害就是有力的佐证。

该小区的社会经济水平从纵向比较来看,其发展还是很快的,但从横向比较来看,却相对滞后,几乎 100% 为待发展区。

通过综合分析可见,该级区泥石流的自然危险度虽以中度区和次高度区为主,但社会经济水平却以待发展区为主,因此二者耦合后,仍只能构成泥石流中度综合危险区。

4. 第四小区(Ⅲ₄)

该小区总面积 6 419.8 km²,占该级区面积的 2.7%,分布在金沙江支流普渡河中下游、小江和牛栏江上游的云南高原北部(见区划图),包含云南省昆明市的禄劝、寻甸,曲靖市的沾益、会泽、宣威市等县(市、区)的全部、部分或小部分地区(表 5.3)。

该小区的自然地理环境利于泥石流中等活动和强烈活动;社会经济发展分异较显著。

从泥石流形成和活动的基本条件分析,小区内地貌指标为 a_1 级的分布面积占小区面积的 1.2%,a_2 级的分布面积占 5.2%,a_3 级的分布面积占 74.1%,a_4 级的分布面积占 18.1%,a_{5a} 级的分布面积占 1.3%;地质指标为 b_1 级的分布面积占小区面积的 46.2%,b_2 级的分布面积占 25.5%,b_3 级的分布面积占 6.2%,b_4 级的分布面积占 22.1%;气温指标 100% 的面积为 c_4 级;降水指标为 d_3 级的分布面积占小区面积的 46.3%,d_4 级的分布面积占 53.7%。

从泥石流形成和活动的复合条件分析,小区内的地质地貌指标为 A_1 级的分布面积占小区面积的 1.9%,A_2 级的分布面积占 32.6%,A_3 级的分布面积占 63.1%,A_4 级的分布面积占 1.1%,A_{5a} 级的分布面积占 1.3%;由气温指标和降水指标组合而成的气候指标为 B_3 级的分布面积占 46.0%,B_4 级的分布面积占 54.0%。

据统计,小区内泥石流自然危险度的分区结果为:高度自然危险区的分布面积占小区面积的 1.9%,次高度自然危险区的分布面积占 32.6%,中度自然危险区的分布面积占 63.1%,轻度自然危险区的分布面积占 1.1%,微度自然危险区的分布面积占 1.3%。

上述分析清楚表明,小区内自然地理环境的主要因素利于泥石流中等活动和强烈活动。目前,已查明的泥石流沟 7 条,分布密度平均为 0.11 条/100 km²,从区域总体来看,泥石流危害中等,但在局部区域仍较严重。

该小区社会经济水平区划结果为,次高度发展区的分布面积占小区面积的 14.2%,中度发展区的分布面积占 44.1%,一般发展区的分布面积占 14.3%,待发展区的分布面积占 27.4%。

据泥石流自然危险度和社会经济水平相耦合的资料分析,区内二者耦合的基本形式有两种:泥石流次高度自然危险区与社会经济水平待发展区和一般发展区相结合,泥石流中度自然危险区与社会经济水平次高度发展区和中度发展区相结合。这两种形式的耦合,都只能构成泥石流中度综合危险区。

5. 第五小区(Ⅲ₅)

该小区总面积 12 401.6 km²,占该级区面积的 5.2%,分布在金沙江支流西溪河、溜筒河和岷江支流马边河中上游及大渡河中游(见区划图),包含四川省凉山彝族自治州的布拖、昭觉、美姑、雷波,乐山市的马边、沐川、峨边、金口河,眉山市的洪雅等县(市、区)的全部、大部分、部分或小部分地区(表5.3)。

该小区的自然地理环境条件利于泥石流强烈活动和中等活动;社会经济发展相对滞后。

从泥石流形成和活动的基本条件分析,小区内地貌条件利于泥石流极强烈活动的分布面积占小区面积的 7.9%,利于泥石流强烈活动的分布面积占 56.6%,利于泥石流中等活动的分布面积占 35.3%,利于泥石流微弱活动的分布面积占 0.2%;地质条件利于泥石流极强烈活动的分布面积占小区面积的 9.1%,利于泥石流强烈活动的分布面积占 8.8%,利于泥石流中等活动的分布面积占 11.6%,利于泥石流一般活动的分布面积占 59.6%,利于泥石流微弱活动的分布面积占 10.9%;气温条件利于泥石流强烈活动的分布面积占 93.9%,利于泥石流中等活动的分布面积占 6.1%;降水条件利于泥石流极强烈活动的分布面积占小区面积的 6.2%,利于泥石流强烈活动的分布面积占 7.8%,利于泥石流中等活动的分布面积占 51.5%,利于泥石流一般活动的分布面积占 34.5%。

从泥石流形成和活动的复合条件分析,小区内的地质地貌条件利于泥石流极强烈活动的分布面积占小区面积的 9.6%,利于泥石流强烈活动的分布面积占 56.4%,利于泥石流中等活动的分布面积占 28.8%,利于泥石流一般活动的分布面积占 5.0%,利于泥石流微弱活动的分布面积占 0.2%;由气温条件和降水条件组合而成的气候条件,利于泥石流极强烈活动的分布面积占小区面积的 6.2%,利于泥石流强烈活动的分布面积占 7.4%,利于泥石流中等活动的分布面积占 51.9%,利于泥石流一般活动的分布面积占 34.5%。

据由地质地貌指标和气候指标组合而成的泥石流自然危险度区划指标所划分的危险区分析,区内泥石流高度自然危险区的分布面积占小区面积的 9.7%,次高度自然危险区的分布面积占 61.5%,中度自然危险区的分布面积占 24.5%,轻度自然危险区的分布面积占 4.2%,微度自然危险区的分布面积占 0.1%。

通过自然条件及其构成的泥石流自然危险度分析,能明显看出区内泥石流自然危险度,以次高度和中度为主,因此泥石流活动强烈或中等,目前已查明的泥石流沟 210 条,分布密度平均为 1.73 条/100 km²,常给区内造成较严重危害或中等危害,但在局部地区能造成严重危害,如泥石流对昭觉县和布拖县人民政府驻地新城镇和特木里镇,以及美姑县乐约乡则租地区的危害都是十分严重的。

该级区的社会经济水平以待发展区和一般发展区为主,前者占小区面积的 66.9%,后者占 29.2%。其余各等级区的分布面积为:高度发展区占 0.6%,次高度发展区占 3.2%。这充分说明,该小区社会经济发展相对滞后。

通过泥石流自然危险度和社会经济发展水平的耦合,区内各区域都构成了泥石流中度综合危险区。

6. 第六小区(Ⅲ₆)

该小区总面积 97 007.9 km²,占该级区面积的 40.7%,是该级区面积最大的小区,分布在滇东北地区、四川盆地盆周山区、陕南、陇南和甘南等地区(见区划图),包含云南省昭通市的鲁甸、昭阳、大关、盐津;贵州省遵义市的习水、桐梓;重庆市的江津市、綦江、万盛区、巴南区、南川市、武隆、涪陵区、丰都、忠县、石柱、黔江区、万州区、开县、巫溪、城口;四川省宜宾市的筠连、高县、珙县、宜宾(县)、翠屏区、兴文,泸州市的叙永、古蔺,达州市的通川区、宣汉、万源市,巴中市的南江,广元市的旺苍、朝天区,绵阳市的平武,阿坝藏族羌族自治州的九寨沟、松潘;湖北省恩施土家族苗族自治州的利川市;陕西省汉中市的镇巴、西乡、南郑、宁强、略阳;甘肃省陇南市的两当、徽县、文县、武都区、宕昌,甘南藏族自治州的舟曲、迭部等县(市、区)的全部、大部分、部分或小部分地区(表5.3)。

该小区面积广大,自然地理环境复杂,但总体来说利于泥石流中等活动和强烈活动;社会经济发展分异显著。

从泥石流形成和活动的基本条件分析,区内地貌指标利于泥石流极强烈活动的分布面积占小区面积的 0.1%,利于泥石流强烈活动的分布面积占 20.0%,利于泥石流中等活动的分布面积占 68.2%,利于泥石流一般活动的分布面积占 11.7%;地质条件利于泥石流极强烈活动的分布面积占小区面积的 5.0%,利于泥石流强烈活动的分布面积占 9.3%,利于泥石流中等活动的分布面积占 10.0%,利于泥石流一般活动的分布面积占 58.2%,利于泥石流微弱活动的分布面积占 17.5%;气温条件利于泥石流极强烈活动的分布面积占小区面积的 19.7%,利于泥石流强烈活动的分布面积占 50.3%,利于泥石流中等活动的分布面积占 7.9%,利于泥石流一般活动的分布面积占 22.1%;降水条件利于泥石流强烈活动的分布面积占小区面积的 27.9%,利于泥石流中等活动的分布面积占 48.3%,利于泥石流一般活动的分布面积占 23.8%。

从泥石流形成和活动的复合条件分析,小区内地质地貌条件利于泥石流极强烈活动的分布面积占小区面积的 2.4%,利于泥石流强烈活动的分布面积占 21.4%,利于泥石流中等活动的分布面积占 50.4%,利于泥石流一般活动的分布面积占 22.8%,利于泥石流微弱活动的分布面积占 3.0%;由气温条件和降水条件组合而成的气候条件利于泥石流极强烈活动的分布面积占小区面积的 12.7%,利于泥石流强烈活动的分布面积占 21.8%,利于泥石流中等活动的分布面积占 42.0%,利于泥石流一般活动的分布面积占 23.5%。

据由地质地貌条件和气候条件组合而成的泥石流自然危险度区划指标所划分的泥石流自然危险区分析,区内泥石流高度自然危险区的分布面积占小区面积的 2.7%,次高度自然危险区的分布面积占 25.8%,中度自然危险区的分布面积占 52.5%,轻度自然危险区的分布面积占 17.1%,微度自然危险区的分布面积占 1.9%。

上述分析表明,该小区的自然地理环境利于泥石流中等活动和强烈活动,目前已查明的泥石流沟442条,分布密度平均为 0.47 条/100 km²,能给区内造成中等危害和较严重危害,局部地区甚至能造成严重危害。

该小区社会经济水平区划结果为:社会经济高度发展区的分布面积占小区面积的 14.7%,次高度发展区的面积占 8.0%,中度发展区的分布面积占 26.2%,一般发展区的分布面积占 19.1%,待发展区的分布面积占 31.9%。可见,区内社会经济发展不平衡,但仍以中度及以下各类发展区为主。

小区内泥石流自然危险度和社会经济发展水平的耦合方式为:第一种是泥石流高度或次高度自然危险区与社会经济待发展区相组合,第二种是中度自然危险区与社会经济水平中度或一般发展区相组合,第三种是轻度自然危险区与社会经济水平高度或次高度发展区相结合。这三种耦合方式,保障了该小区成为泥石流中度综合危险区。此外,小区内还有少量泥石流微度自然危险区与社会经济水平高度发展区相结合和少量轻度自然危险区与社会经济水平一般发展区相结合的状况,这是为了合并碎块或分区中某种过渡的需要造成的。不过面积很小,不会对分区造成影响。

7. 第七小区(III_7)

该小区总面积 11 794.6 km²,占该级区面积的 5.0%,主体分布在乌江中上游两岸,部分分布在赤水河上游(见区划图),包含贵州省贵阳市的南明区、云岩区、白云区、乌当区、小河区、花溪区、开阳、修文、息烽、清镇市,遵义市的汇川区、红花岗区、遵义(县)等县(市、区)的全部、部分或小部分地区(表 5.1)。

该小区的自然地理环境条件利于泥石流一般活动和中等活动;社会经济水平较高,以高度发展区为主。

从泥石流形成和活动的基本条件分析,该小区的地貌指标为 a_3 级的分布面积占小区面积的 7.0%,a_4 级的分布面积占 86.6%,a_{5a} 级的分布面积占 6.4%;地质指标为 b_1 级的分布面积占小区面积的 27.6%,b_2 级的分布面积占 13.0%,b_3 级的分布面积占 40.3%,b_4 级的分布面积占 19.1%;气温指标为 c_2 级的分布面积占小区面积的 22.3%,c_3 级的分布面积占 77.7%;降水指标为 d_2 级的分布面积占小区面积的 9.8%,为 d_3 级的分布面积占 90.2%。

从泥石流形成和活动的复合条件分析,小区内的地质地貌指标为 A_3 级的分布面积占小区面积的 34.6%,A_4 级的分布面积占 59.0%,A_{5a} 级的分布面积占 3.7%,A_{5b} 级的分布面积占 2.7%;由气温指标和降水指标组合而成的气候指标为 B_2 级的分布面积占小区面积的 9.6%,B_3 级的分布面积占 90.4%。

根据地质地貌指标和气候指标组合而成的泥石流自然危险度区划指标所划分的结果分析,区内中度自然危险区的分布面积占小区面积的 34.6%,轻度自然危险区的分布面积占 59.0%,微度自然危险区的分布面积占 3.7%,基本无泥石流活动区的分布面积占 2.7%。

上述分析显示,区内自然地理环境利于泥石流一般活动和中等活动,能给区内造成一般危害和中等危害。

据资料,该小区社会经济水平甚高,以高度发展区为主,其分布面积占小区面积的 86.6%,其次为中度发展区,其分布面积占小区面积的 13.2%。此外,还有次高度发展区和一般发展区分布,但所占比例甚小,均在 0.1% 左右。

区内泥石流自然危险度与社会经济水平的耦合形式,以泥石流轻度自然危险区与社会经济水平高度发展区相结合为主,以中度自然危险区与社会经济水平中度发展区和高度发展区相结合为次,微度自然危险区与社会经济水平高度发展区相结合的形式也占有一定比率。这几种结合形式,均利于构成泥石流中度综合危险区。此外,还有少量泥石流轻度自然危险区与社会经济水平中度发展区相结合,以及极少量微度自然危险区与基本无泥石流活动区相结合的形式,这是分区中为合并碎块或某些分区技术要求形成的,但不会对分区结果造成影响。

8. 第八小区(Ⅲ₈)

该小区总面积 1 319.2 km²,占该级区面积的 0.6%,是该级区面积最小的小区,分布在川东平行岭谷西部华蓥山的西北侧、渠江左岸(见区划图),包含四川省广安市的华蓥市、邻水、岳池,达州市的大竹;重庆市的渝北区、北碚区、合川市等县(市、区)的全部、部分或小部分地区(表5.1)。

该小区的自然地理环境仅利于泥石流中等及以下各等级的活动;社会经济水平高,危害对象多。

从泥石流形成和活动的基本条件分析,该小区地貌条件利于泥石流中等活动的分布面积占小区面积的 49.9%,利于泥石流一般活动的分布面积占 44.7%,利于泥石流微弱活动的分布面积占 5.4%;地质条件利于泥石流一般活动的分布面积占小区面积的 64.9%,利于泥石流微弱活动的分布面积占 35.1%;气温条件 100%的利于泥石流强烈活动;降水条件100%的利于泥石流中等活动。

从泥石流形成和活动的复合条件分析,小区内的地质地貌条件利于泥石流中等活动的分布面积占 49.9%,利于泥石流一般活动的分布面积占 15.1%,利于泥石流微弱活动的分布面积占 29.6%,基本无泥石流活动的分布面积占 5.4%;气候条件 100%的利于泥石流中等活动。

该小区由地质地貌条件和气候条件组合而成的泥石流自然危险度区划指标所划分的结果显示:区内泥石流中度自然危险区的分布面积占小区面积的 49.9%,轻度自然危险区的分布面积占 15.1%,微度自然危险区的分布面积占 29.6%,基本无泥石流活动区的分布面积占 5.4%。

上述分析充分说明,该小区的自然地理环境条件利于泥石流中等活动、一般活动和微弱活动。区内已查明的泥石流沟 6 条,分布密度平均为 0.46 条/100 km²,能给区内造成中等危害和一般危害,但区内矿产资源和农业气候资源丰富,人类活动强烈,因此局部地区在人为作用下,也能造成严重,甚至十分严重的危害。

该小区的社会经济发展程度很高,100%的为社会经济高度发展区。

小区内泥石流的自然危险度和社会经济水平的耦合方式,主要为泥石流中度自然危险区与社会经济高度发展区相组合,其次为轻度自然危险区与社会经济高度发展区相组合,这两种耦合形式都构成泥石流中度综合危险区。此外,还有泥石流微度综合危险区与基本无泥石流活动区存在,但这些地区紧邻泥石流中度和轻度自然危险区,当前两类地区发生泥石流时,往往强烈波及这些地区,并造成轻度、中度,甚至较严重的危害,因此在通过分析后,将这些地区也划入泥石流中度综合危险区。

9. 第九小区(Ⅲ₉)

该小区总面积 7 219.3 km²,占该级区面积的 3.0%,位于长江中上游结合部的长江上游左岸(见区划图),包含湖北省宜昌市的西陵区、点军区、伍家岗区、夷陵区、兴山、安远,恩施土家族苗族自治州的巴东和神农架林区等县(市、区)的全部、大部分或部分地区(表5.3)。

该级区的自然地理环境条件利于泥石流中等活动;社会经济水平分异明显,但以高度和次高度发展区为主。

从泥石流形成和活动的基本条件分析,区内地貌条件利于泥石流强烈活动的分布面积占小区面积的 19.7%,利于泥石流中等活动的分布面积占 70.8%,利于泥石流一般活动的分布面积占 9.5%;地质条件利于泥石流极强烈活动的分布面积占小区面积的 16.3%,利于泥石流强烈活动的分布面积占 27.3%,利于泥石流中等活动的分布面积占 37.4%,利于泥石流一般活动的分布面积占 18.4%,利于泥石流微弱活动的分布面积占 0.6%;气温条件利于泥石流极强烈活动的分布面积占小区面积的 24.6%,利于泥石流强烈活动的分布面积占 75.4%;降水条件 100% 的利于泥石流中等活动。

从泥石流形成和活动的复合条件分析,区内地质地貌条件利于泥石流强烈活动的分布面积占小区面积的 36.0%,利于泥石流中等活动的分布面积占 53.8%,利于泥石流一般活动的分布面积占 10.2%;气候条件利于泥石流强烈活动的分布面积占小区面积的 24.6%,利于泥石流中等活动的分布面积占 75.4%。

根据泥石流自然危险度区划结果统计,小区内泥石流次高度自然危险区的分布面积占小区面积的 35.7%,中度自然危险区的分布面积占 54.1%,轻度自然危险区的分布面积占 10.2%。

上述分析揭示,该小区的自然地理环境利于泥石流中等活动和强烈活动,能给区内造成中等危害和较严重危害。

根据社会经济水平区划结果统计,区内社会经济水平高度发展区的分布面积占小区面积的 41.3%,次高度发展区的分布面积占 32.3%,一般发展区的分布面积占 10.1%,待发展区的分布面积占 16.3%。

小区内泥石流自然危险度与社会经济水平的耦合形式,多为泥石流中度自然危险区与社会经济高度发展区和次高度发展区相结合,次高度自然危险区与社会经济一般发展区相结合,轻度自然危险区与社会经济次高度发展区相结合等,这几种耦合形式均构成泥石流中度综合危险区。

5.4 长江上游泥石流轻度综合危险区(Ⅳ)

长江上游泥石流轻度综合危险区(Ⅳ)由 13 个小区组成。下面就该级区的基本情况、形成因素、活动特征、发展趋势、防治现状与防治建议和小区概况等进行讨论。

5.4.1 基本情况

该级区地貌条件十分复杂,有的小区虽分布在青藏高原原面,但由于遭河流切割,因此仍具有一定的相对高度,如Ⅳ₁小区;有的小区虽分布于横断山区以及青藏高原向云贵高原和四川盆地过渡的高山深谷地区,但由于位于分水岭地带,因此也只具有一定的相对高度,如Ⅳ₂小区、Ⅳ₃小区、Ⅳ₄小区和Ⅳ₇小区;有的小区虽分布于云贵高原,但由于高原面受到外营力切割而形成沟壑,因此也具有一定的相对高度,如Ⅳ₅小区和Ⅳ₈小区;有的小区虽位于四川盆地盆周山区、平原上的独立山区和三峡地区,但由于受海拔的制约,这些地区也只具有一定的相对高度,如Ⅳ₉—Ⅳ₁₃小区等。这说明该级区各小区的地貌类型差异虽然很大,但相对高度的差异却相对较小,各小区的地貌条件均能为泥石流活动提供一定的能量条件。

该级区地质条件分异显著:从构造来看,有的小区分布在地壳活动相对活跃的地区,如IV_1小区、IV_2小区和IV_6小区分布在松潘—甘孜褶皱系和三江褶皱系,IV_{11}小区主体分布在秦岭褶皱系,部分分布在松潘—甘孜褶皱系,有的小区分布在地壳相对稳定的地区,如IV_5小区、IV_8小区、IV_9小区、IV_{10}小区和IV_{13}小区分布在扬子准地台地区,有的小区分布在上述两大构造体系的过渡带,如IV_3小区、IV_7小区和IV_{12}小区等位于三江褶皱系、松潘—甘孜褶皱系和秦岭褶皱系与扬子准地台的交接复合部位,各小区虽分布在不同构造区,但各区内均发育有断层,其中以位于两大构造体系过渡带的小区断层分布较为密集;从地层岩性来看,各小区地层出露均较齐全,从元古界至第四系均有分布,当然也存在较显著的分异,岩性则变化多端,坚硬岩石、半坚硬岩石和软弱岩石,以及沉积岩、岩浆岩和变质岩均有分布;该级区受地震影响分异显著,位于两大构造体系过渡带的各小区,如IV_3小区、IV_4小区、IV_6小区、IV_7小区和IV_9小区等受地震影响较强烈,其余各区受地震影响相对较轻微。该级区各小区地质条件虽然分异显著,但在内外营力作用下,都能为泥石流活动提供一定数量的松散碎屑物质。

从气候条件来看,该级区气候复杂多变。有的小区,如IV_{13}小区、IV_{12}小区、IV_{10}小区和IV_8小区位于东南季风气候区;有的小区,如IV_1小区和IV_2小区位于青藏高原寒区;有的小区,如IV_3小区、IV_4小区和IV_5小区,位于西南季风气候区;有的小区,如IV_6小区和IV_{11}小区,位于东南季风气候区向西北干旱区过渡的地区;有的小区,如IV_7小区位于东南季风气候区向青藏高原寒区过渡的地区;有的小区,如IV_9小区位于东南季风气候区向西南季风气候区过渡的地区。可见,该级区的气候分异是十分显著的,不过它们也具有足够的共同点,其一是气温较差较大,有利于加速岩体风化,从而为泥石流活动提供更多的固相物质,其二是时有大雨、暴雨、大暴雨,甚至特大暴雨发生,这些雨水形成的地表径流既是泥石流形成的组成成分,又为泥石流形成提供水动力条件。

该级区总面积274 570.6 km²,已查明的泥石流沟为460条,分布密度平均为0.17条/100 km²。区内泥石流活动强度一般在中等以下,危害相对较轻,但仍有玉树(含州政府)、稻城、松潘、迭部、康县、彝良、奉节和巴东等县级人民政府驻地城镇遭受泥石流危害,应引起当地政府及上级政府的高度重视。各小区的面积、涉及的行政区、区内县级及以上人民政府驻地、已查明的泥石流沟数量、泥石流自然危险度等级和社会经济水平等级等状况见表5.4。

表5.4 泥石流轻度综合危险区基本情况统计表

小区	涉及的县(市、区)的名称	涉及水系	泥石流沟数量(条)	县级及以上政府驻地名称	面积(km²)	泥石流自然危险度等级	社会经济发展水平等级
IV_1	四川省:甘孜藏族自治州的石渠、德格、甘孜、白玉、新龙、色达、炉霍、道孚、巴塘、理塘、乡城、稻城,阿坝藏族羌族自治州的金川、马尔康、壤塘、阿坝、红原;青海省:玉树藏族自治州的玉树、治多、称多、班玛;西藏自治区:昌都地区的江达、贡觉、芒康、昌都、察雅;云南省:迪庆藏族自治州的德钦、香格里拉	金沙江(含通天河、雅砻江)、大渡河	100	玉树藏族自治州及玉树、称多、江达、贡觉、芒康、甘孜、新龙、班玛、阿坝、稻城、香格里拉	111 102.6	1_3、1_4、1_2、1_{5a}、1_1	2_5

(续表)

小区	涉及的县(市、区)的名称	涉及水系	泥石流沟数量(条)	县级及以上政府驻地名称	面积(km²)	泥石流自然危险度等级	社会经济发展水平等级
IV₂	云南省:丽江市的玉龙纳西族自治县,迪庆藏族自治州的维西傈僳族自治县	金沙江	—	—	5 354.2	1_3、1_4、1_2	2_5
IV₃	云南省:大理白族自治州的宾川、祥云,楚雄彝族自治州的南华、姚安、大姚、牟定、楚雄市	金沙江	—	宾川、大姚、姚安、牟定、南华、楚雄彝族自治州及楚雄市	10 419.7	1_4、1_{5a}、1_3、1_2	2_5、2_2、2_4
IV₄	云南省:丽江市的华坪、宁蒗;四川省:凉山彝族自治州的盐源、木里	金沙江	—	华坪、宁蒗	6 241.4	1_3、1_2、1_1、1_4	2_5、2_3、2_1
IV₅	云南省:昆明市的五华区、盘龙区、西山区、官渡区、安宁市、呈贡、禄劝、寻甸、嵩明、富民、晋宁,楚雄彝族自治州的禄丰、武定,曲靖市的马龙、沾益	金沙江	—	武定、禄劝、富民、昆明市及五华区、盘龙区、西山区、官渡区、嵩明、寻甸、马龙、呈贡、安宁市、晋宁	13 266.9	1_4、1_3、1_{5b}、1_{5a}、1_2、1_1	2_1、2_5、2_4、2_2、2_3
IV₆	四川省:阿坝藏族羌族自治州的松潘、黑水、茂县、九寨沟、若尔盖;甘肃省:迭部、碌曲	岷江、嘉陵江	48	松潘、迭部	8 646.6	1_3、1_4、1_1、1_2	2_5
IV₇	四川省:雅安市的雨城区、名山县、芦山县、宝兴县、天全县,成都市的邛崃市	青衣江	—	芦山	1 882.3	1_4、1_3、1_{5a}	2_4、2_1、2_5
IV₈	云南省:曲靖市的会泽、沾益、宣威市,昭通市的巧家、彝良、盐津、威信;贵州省:毕节地区的威宁彝族回族苗族自治县、赫章、纳雍、毕节市、大方、织金、黔西、金沙,六盘水市的钟山区、水城、六枝特区,遵义市的仁怀市、桐梓、绥阳、正安、务川、余庆,铜仁地区的德江、沿河土家族自治县、思南、印江土家族苗族自治县、石阡、松桃苗族自治县,黔南布依族苗族自治州的瓮安、福泉市、贵定、龙里,黔东南苗族侗族自治州的施秉、黄平,贵阳的开阳;重庆市:彭水苗族土家族自治县、酉阳土家族苗族自治县;湖北省:恩施土家族苗族自治州的咸丰、利川市、恩施市	乌江、长江(干流)、金沙江	22	会泽、威宁、赫章、纳雍、镇雄、彝良、威信、毕节地区及毕节市、大方、黔西、金沙、仁怀市、桐梓、镇安、道真、务川、德江、彭水、沿河、印江、余庆、瓮安、贵定、龙里、六盘水市及钟山区	74 902.4	1_3、1_4、1_2	2_5、2_4、2_2、2_3、2_1
IV₉	四川省:乐山市的沐川、犍为,宜宾市的宜宾、屏山	岷江、金沙江	34	沐川、犍为	3 065.9	1_4、1_{5b}、1_{5a}、1_3、1_2	2_2、2_4、2_5、2_1

（续表）

小区	涉及的县(市、区)的名称	涉及水系	泥石流沟数量(条)	县级及以上政府驻地名称	面积(km²)	泥石流自然危险度等级	社会经济发展水平等级
IV₁₀	四川省：德阳市的旌阳区、中江，成都市的金堂、新都区、龙泉驿区，资阳市的简阳市，眉山市的仁寿	沱江	—	中江、金堂、龙泉驿区、仁寿	3 908.7	1_4、1_{5b}、1_{5a}	2_1、2_2
IV₁₁	甘肃省：陇南市的成县、武都区、礼县、宕昌、徽县	嘉陵江	6	成县、康县	11 883.7	1_3、1_2、1_4	2_5、2_4、2_2
IV₁₂	四川省：广元市的元坝区、旺苍，巴中市的南江、巴中区、通江，达州市的万源市、宣汉	嘉陵江	6	旺苍、通江	8 304.1	1_3、1_4、1_{5a}、1_2、1_{5b}	2_5、2_3、2_4、2_1
IV₁₃	湖北省：恩施土家族苗族自治州的利川市、始建、巴东，宜昌市的秭归、长阳；重庆市：云阳、奉节、巫山	长江(干流)	244	云阳、奉节、巫山、巴东、秭归	15 592.1	1_3、1_4、1_2	2_4、2_3、2_5、2_1、2_2
合计			460		274 570.6		

5.4.2　泥石流轻度综合危险区的成因

该级区成为泥石流轻度综合危险区的因素，主要有以下几个方面。

1. 自然因素

决定该级区成为泥石流轻度综合危险区的自然因素，包括基本因素、复合因素和综合因素。

（1）基本因素

基本因素包括地貌、地质、气温和降水等几个重要方面。

该级区地貌因素利于泥石流极强烈活动的分布面积仅 21.2 km²，占该级区面积的比率不到 1/10 000，利于泥石流强烈活动的分布面积占该级区面积的 9.4%，利于泥石流中等活动的分布面积占 69.9%，利于泥石流一般活动的分布面积占 19.5%，利于泥石流微弱活动的分布面积占 1.1%，基本无泥石流活动的分布面积占 0.1%。可见，该级区地貌条件有利于泥石流中等活动和一般活动。

地质因素利于泥石流极强烈活动的分布面积占该级区面积的 5.0%，利于泥石流强烈活动的分布面积占 12.7%，利于泥石流中等活动的分布面积占 21.7%，利于泥石流一般活动的分布面积占 44.1%，利于泥石流微弱活动的分布面积占 16.5%。可见，地质因素有利于泥石流一般活动和中等活动。

气温因素利于泥石流极强烈活动的分布面积占该级区面积的 14.3%，利于泥石流强烈活动的分布面积占 43.1%，利于泥石流中等活动的分布面积占 18.6%，利于泥石流一般活动的分布面积占 23.1%，利于泥石流微弱活动的分布面积占 3.7%。可见，气温因素利于泥石流强烈活动和一般活动。

降水因素利于泥石流极强烈活动的分布面积占该级区面积的 0.1%，利于泥石流强烈活动的分布面积占 6.1%，利于泥石流中等活动的分布面积占 36.9%，利于泥石流一般活动的分布面积占 54.5%，利于泥石流微弱活动的分布面积占 2.4%。可见，降水因素利于泥石流一般活动和中等活动。

（2）复合因素

复合因素包括地质地貌因素和气候因素。

该级区由地貌因素和地质因素复合而成的地质地貌因素,利于泥石流极强烈活动的分布面积占该级区面积的 0.6%,利于泥石流强烈活动的分布面积占 7.8%,利于泥石流中等活动的分布面积占 62.7%,利于泥石流一般活动的分布面积占 26.3%,利于泥石流微弱活动的分布面积占 1.6%,基本无泥石流活动的分布面积占 1.0%。可见,该级区的地质地貌条件有利于泥石流中等活动和一般活动。

该级区由气温因素和降水因素复合而成的气候因素,利于泥石流极强烈活动的分布面积占该级区面积的 1.7%,利于泥石流强烈活动的分布面积占 4.8%,利于泥石流中等活动的分布面积占 48.5%,利于泥石流一般活动的分布面积占 38.9%,利于泥石流微弱活动的分布面积占 6.1%。可见,该级区的气候条件有利于泥石流中等活动和一般活动。

（3）综合因素

综合因素是指由地质地貌因素和气候因素组合而成的,基本能代表自然综合体作用于泥石流的因素,它当之无愧地成为泥石流自然危险度的区划指标。根据这一指标区划的结果,该级区内泥石流高度自然危险区的分布面积占该级区面积的 0.4%,次高度自然危险区的分布面积占 5.3%,中度自然危险区的分布面积占 64.7%,轻度自然危险区的分布面积占 26.4%,微度自然危险区的分布面积占 2.3%,基本无泥石流活动区的分布面积占 0.9%。由上可见,该级区在综合因素作用下的泥石流自然危险度,以中度为主,轻度为次,二者的分布面积达 91.1%。

2. 社会经济因素

社会经济因素涉及面十分宽广,这在前文已有详尽讨论。这里仅根据社会经济水平区划结果,讨论区内的社会经济态势及其与泥石流的相互作用。

根据社会经济水平区划结果统计,该级区社会经济水平属高度发展区的分布面积占该级区面积的 4.6%,次高度发展区的分布面积占 7.1%,中度发展区的分布面积占 6.7%,一般发展区的分布面积占 13.2%,待发展区的分布面积占 68.4%。由上可见,该级区的社会经济水平以待发展区为主,一般发展区为次,二者的分布面积占该级区面积的 81.4%。这说明该级区的社会经济现状,对增大泥石流综合危险度的贡献还相当有限。

3. 自然因素和社会经济因素的耦合作用

自然因素和社会经济因素的耦合作用,是最终决定该级区成为泥石流轻度综合危险区的关键因素。前述分析揭示,该级区的泥石流自然危险度以中度为主、轻度为次,而社会经济发展水平以待发展区为主、一般发展区为次,而二者的组合形式往往是:中度及以上的泥石流自然危险区与社会水平经济待发展区相组合,泥石流轻度自然危险区与社会经济水平一般发展区和中度或次高度发展区相组合,泥石流微度自然危险区与社会经济水平高度发展区相组合,这些组合形式均构成泥石流轻度综合危险区。此外,在区划的各次综合过程中,碎块的合并也并入少量基本无泥石流活动区。

5.4.3　泥石流活动特征

该级区的泥石流活动具有如下特征。

1. 泥石流的危害程度相对较低

该该区泥石流的自然危险度等级高于综合危险度等级。前文已述,区内约 64.7％的区域利于泥石流中等活动,5.7％的区域利于泥石流强烈和极强烈活动,可见泥石流具有中等及以上的破坏能力,只是由于区内社会经济水平较低,危害对象相对较少,才导致该级区从总体来看泥石流的活动强度较低,但在局部的一些点上,由于经济相对较发达,也能造成较重的危害,如 IV_1、IV_6、IV_8、IV_{11}、IV_{13} 等小区都有县城受到泥石流的危害或威胁,当地政府应给予高度重视。

2. 泥石流分布不均

该级区已查明的泥石流沟 460 条,分布密度平均为 0.17 条/100 km^2,分布极不均匀。据统计:IV_1 小区有泥石流沟 100 条,分布密度为 0.09 条/100 km^2,IV_{13} 小区有泥石流沟 244 条,分布密度为 1.56 条/100 km^2,后者的分布密度为前者的 17.3 倍。

3. 人为因素在泥石流活动中的作用进一步增强

该级区的自然地理环境一般仅适宜泥石流中等活动和一般活动,虽然活动强度较低,破坏能力较小,但泥石流形成的基本条件依然存在,因此若人类经济活动不按自然规律办事,照样引起人为泥石流的发生发展,但毕竟泥石流活动强度低,人类对泥石流的正向影响相对容易实现。可见,在这一区域的人类经济活动,应进一步增强其对泥石流的正向影响作用。

5.4.4 泥石流的发展趋势

该级区泥石流的发展趋势,仍然决定于泥石流形成条件的演化状态和人类经济活动的影响方向。

1. 自然泥石流将以中度或轻度危害长期活动

该级区自然地理环境为泥石流形成创造的基本条件将长期存在,因此区内的泥石流活动也将长期存在,并以中等或一般的危害强度进行活动,在当前社会经济条件下,仅综合性地给人类及其劳动成果和生存环境造成轻度危害。

2. 泥石流主要在暴雨控制下呈现有韵律的活动

该级区的泥石流活动虽未脱离地震的影响,但其强度却大为降低,因此泥石流活动主要受暴雨控制,并且在暴雨周期的影响下,将呈现出有韵律的周期活动。

3. 人为因素的正向影响作用显著增强

该级区内人为因素对泥石流的负向影响虽仍然存在,但影响程度已大为降低,因为在这样的自然地理环境条件下,只要人类活动对自然资源的索取速度控制在自然环境自身的修复能力之内,那么人类对泥石流活动的负向影响,即可控制在允许的范围之内;与此同时,人类对泥石流的正向影响却显著加强,因为在这样的自然地理环境条件下,只要人类对泥石流活动加以合理干预,泥石流活动就会受到显著抑制。

5.4.5 泥石流防治

该级区泥石流的防治工作处于初级起步阶段,下面进行讨论。

1. 泥石流的防治现状

由于该级区为泥石流轻度综合危险区,尽管区内有约 70％的区域的泥石流自然危险度达到中度及以上,但区内社会经济的密度和质量都较低,能造成的危害较小,因此泥石流防治工作刚起步,只是对个别遭受泥石流危害的县城进行了治理,如松潘县城的泥石流治理等。在这里要强调的一点是,该级区虽然目前为泥石流轻度综合危险区,但在 70% 的区域泥石流具有中等及以上的活动强度,随着山区经济建设的蓬勃发展,区内社会经济的密度和质量将大为提高,泥石流的危害对象将显著增加,危害将显著增大。届时,区内约 70% 的区域,泥石流的综合危险度将提高到中度及以上。关于这一点应有足够的认识。

2. 泥石流的防治意见

该级区泥石流活动的危害相对较轻,但泥石流的防治工作仍不能掉以轻心,必须给予足够重视,才能保障位于泥石流危害范围内人民生命财产的安全。区内的泥石流防治工作仍应在下列两个方面展开。

(1) 加强泥石流的预防工作

区内加强泥石流的预防工作,仍应从下列几方面入手:一是要控制人类不合理的经济活动;二是要加强泥石流的预测预报,尤其要加强对危害县城的泥石流的预测预报;三是要加强对未经治理的危害县城的泥石流的监测体系的建设;四是要开展泥石流灾害保险,逐步实现由社会来承担泥石流给灾区群众带来的巨大损失;五是要加强泥石流防灾减灾的宣传普及工作,让当地群众充分掌握泥石流灾害的基本知识,从而自觉地参与泥石流灾害的防灾减灾工作。关于如何具体加强泥石流的预防工作,前文已有翔实讨论,这里不再赘述。

(2) 合理开展泥石流的治理工作

该级区的泥石流活动强度虽然相对较低,但治理工作仍不能放松,应根据泥石流的活动状况,合理地开展治理工作,否则该级区的大部分地区可能在经济发展后泥石流的危害加重,从而演化为泥石流中度综合危险区。该级区泥石流的治理措施包括:对多数沟谷而言,可通过生物措施进行治理;对活动强度中等、流域内社会经济发展前景较大的泥石流沟谷,可采用生物措施与为其服务的小型工程措施相结合的措施进行治理;只有对危害对象重要(如城镇)的泥石流沟,才采取多项措施或综合措施进行治理。在采取多项措施或综合措施进行治理时,应根据流域的泥石流活动强度和危害程度,合理地选择防治工程的类型、结构和组合形式。总之,治理工作要达到既安全可靠,又经济合理的目的。关于泥石流的治理措施和工程的类型、结构与组合形式等,在前文已进行了详细讨论,这里不再详加分析。

5.4.6 小区概述

该级区包含 13 个小区:泥石流轻度综合危险区第一小区(IV_1),第二小区(IV_2),…,第十三小区(IV_{13}),下面分别进行讨论。

1. 第一小区(IV_1)

该小区位于金沙江上游(含通天河与雅砻江中、上游)和大渡河河源等广大地区(见区划图),包含青海省玉树藏族自治州,四川省甘孜藏族自治州、阿坝藏族羌族自治州,西藏自治区昌都地区,云南省迪庆藏族自治州等地(州)的相关各县的全部、部分或小部分区域(表5.4)。

该小区总面积 111 102.6 km²,区内自然地理环境利于泥石流中等活动和一般活动,但由于社会经济发展相对滞后,因此危害相对轻微。

从泥石流形成和活动的基本条件来看,区内地貌条件利于泥石流强烈活动的分布面积占小区面积的 15.6%,利于泥石流中等活动的分布面积占 78.5%,利于泥石流一般活动的分布面积占 5.9%;地质条件利于泥石流极强烈活动的分布面积占小区面积的 3.6%,利于泥石流强烈活动的分布面积占 14.6%,利于泥石流中等活动的分布面积占 26.8%,利于泥石流一般活动的分布面积占 39.7%,利于泥石流微弱活动的分布面积占 15.3%;气温条件利于泥石流极强烈活动的分布面积占小区面积的 29.2%,利于泥石流强烈活动的分布面积占 50.3%,利于泥石流中等活动的分布面积占 17.3%,利于泥石流一般活动的分布面积占 3.2%;降水条件利于泥石流一般活动的分布面积占小区面积的 94.1%,利于泥石流微弱活动的分布面积占 5.9%。

从泥石流形成和活动的复合条件来看,区内地质地貌条件利于泥石流极强烈活动的分布面积占小区面积的 1.0%,利于泥石流强烈活动的分布面积占 12.2%,利于泥石流中等活动的分布面积占 71.0%,利于泥石流一般活动的分布面积占 15.4%,利于泥石流微弱活动的分布面积占 0.5%;气候条件利于泥石流中等活动的分布面积占 29.2%,利于泥石流一般活动的分布面积占 64.9%,利于泥石流微弱活动的分布面积占 5.9%。

从综合条件,即从泥石流自然危险度区划分区结果来看,区内泥石流高度自然危险区的分布面积占小区面积的 0.5%,次高度自然危险区的分布面积占 9.1%,中度自然危险区的分布面积占 73.0%,轻度自然危险区的分布面积占 17.0%,微度自然危险区的分布面积占 0.5%。

上述分析显示,区内自然地理环境各因素及其综合作用,均利于泥石流中等活动和一般活动,二者的分布面积占小区面积的 90.0%,但尚有 9.6% 的面积利于泥石流强烈和极强烈活动,这部分地区泥石流活动仍很活跃。目前,区内已查明的泥石流沟为 100 条,分布密度平均为 0.09 条/100 km²,是局部区域泥石流活动比较活跃的小区;区内玉树藏族自治州和玉树县人民政府驻地结古镇遭受泥石流危害相对较严重。

该小区社会经济发展相对滞后,100% 为待发展区,泥石流危害对象较少,危害程度相对轻微。

上述分析显示:区内泥石流自然危险度和社会经济发展程度耦合后,绝大部分区域应为泥石流轻度综合危险区;同时由于该级区面积巨大,内部有深切河谷,在这些河谷区域存在泥石流综合危险度较高的小块,这些独立小块只能作为碎块并入小区内,这是区划工作的通常作法。

2. 第二小区(Ⅳ₂)

该小区位于金沙江中上游右岸的分水岭地带(见区划图),包含云南省丽江市的玉龙纳西族自治县,迪庆藏族自治州的德钦和维西傈僳族自治县的部分地区或小部分地区(表5.4);总面积 5 241.0 km²,区内自然地理环境综合作用的结果利于泥石流中等活动和一般活动。

从泥石流形成和活动的基本条件分析,区内地貌因素利于泥石流强烈活动的分布面积占小区面积的 71.3%,利于泥石流中等活动的分布面积占 28.7%;地质条件利于泥石流强烈活动的分布面积占小区面积的 18.8%,利于泥石流中等活动的分布面积占 39.3%,利于泥石流一般活动的分布面积占 41.9%;气温条件利于泥石流一般活动的分布面积占小区面积的 0.2%,利于泥石流微弱活动的分布面积占 99.8%;降水条件利于泥石流一般活动的分布面积占小区面积的 100%。

从泥石流形成和活动的复合条件分析,区内地质地貌因素利于泥石流强烈活动的分布面积占 71.3%,利于泥石流中等活动的分布面积占 28.7%;气候因素 100%的仅利于泥石流微弱活动。

根据地质地貌指标和气候指标综合而成的泥石流自然危险度区划指标所划分的自然危险区统计,区内泥石流次高度自然危险区的分布面积占该级区面积的 0.2%,中度自然危险区的分布面积占 71.5%,轻度自然危险区的分布面积占 28.3%。

上述分析显示,该小区的自然地理环境条件利于泥石流中等活动和一般活动。由于该小区位置偏远,区内又无重要保护对象,因此泥石流研究工作滞后,目前尚缺乏已查明的泥石流沟谷。

该小区社会经济发展滞后,全为待发展区,因此泥石流危害对象稀少、危害程度较轻。

综合上述分析可见,该级区自然因素和社会经济因素耦合后,必然构成泥石流轻度综合危险区。

3. 第三小区(Ⅳ₃)

该小区位于金沙江中游下段南岸的分水岭地带(见区划图),包含云南省大理白族自治州的宾川、祥云,楚雄彝族自治州的南华、姚安、大姚、牟定、楚雄市等县(市)的全部、大部分、部分或小部分地区(表 5.4);总面积 10 419.7 km²,区内自然地理环境条件利于泥石流一般活动、微弱活动和中等活动。

从泥石流形成和活动的基本条件分析,区内地貌条件利于泥石流强烈活动的分布面积占小区面积的 0.6%,利于泥石流中等活动的分布面积占 62.5%,利于泥石流一般活动的分布面积占 36.9%;地质条件利于泥石流中等活动的分布面积占小区面积的 25.5%,利于泥石流一般活动的分布面积占 48.7%,利于泥石流微弱活动的分布面积占 25.8%;气温条件利于泥石流一般活动的分布面积占 53.4%,利于泥石流微弱活动的分布面积占 46.6%;降水条件 100%利于泥石流一般活动。

从泥石流形成和活动的复合条件分析,区内地质地貌条件利于泥石流强烈活动的分布面积占小区面积的 0.6%,利于泥石流中等活动的分布面积占 46.1%,利于泥石流一般活动的分布面积占 43.8%,利于泥石流微弱活动的分布面积占 9.5%;气候条件利于泥石流一般活动的分布面积占小区面积的 53.6%,利于泥石流微弱活动的分布面积占 46.5%。

据泥石流自然危险度分区结果统计:区内次高度自然危险区的分布面积占小区面积的 0.6%,中度自然危险区的分布面积占 26.1%,轻度自然危险区的分布面积占 37.8%,微度自然危险区的分布面积占 35.5%。

通过上述自然因素分析显示,区内自然地理环境各因素综合作用的结果,首先利于泥石流一般活动和微弱活动,其次利于泥石流中等活动。

据社会经济水平分区结果统计:区内社会经济水平属次高度发展区的分布面积占小区面积的 28.2%,一般发展区的分布面积占 7.8%,待发展区的分布面积占 64.0%。

区内自然因素和社会经济因素的耦合形式,往往为泥石流中度(含极少量次高度)自然危险区与社会经济待发展区相结合,泥石流轻度自然危险区与社会经济待发展区和一般发展区相结合,泥石流微度自然危险区与社会经济次高度发展区相结合。这些耦合形式都十分有利于泥石流轻度综合危险区的生成。

4. 第四小区(Ⅳ₄)

该小区位于金沙江中游下段和雅砻江下游的分水岭地带(见区划图),包含四川省凉山

101

彝族自治州的盐源、木里,云南省丽江市的宁蒗、华坪(表5.4),总面积6 241.4 km²。

从泥石流形成和活动的基本条件分析,区内地貌条件利于泥石流强烈活动的分布面积占小区面积的21.4%,利于泥石流中等活动的分布面积占78.6%;地质条件利于泥石流极强烈活动的分布面积占小区面积的7.5%,利于泥石流强烈活动的分布面积占39.8%,利于泥石流中等活动的分布面积占34.7%,利于泥石流一般活动的分布面积占14.9%,利于泥石流微弱活动的分布面积占3.1%;气温条件利于泥石流中等活动的分布面积占小区面积的19.6%,利于泥石流一般活动的分布面积占80.4%;降水条件利于泥石流中等活动的分布面积占小区面积的63.4%,利于泥石流一般活动的分布面积占36.6%。

从泥石流形成和活动的复合条件分析,区内地质地貌条件利于泥石流极强烈活动的分布面积占小区面积的7.5%,利于泥石流强烈活动的分布面积占13.9%,利于泥石流中等活动的分布面积占75.5%,利于泥石流一般活动的分布面积占3.1%;气候条件利于泥石流中等活动的分布面积占小区面积的62.8%,利于泥石流一般活动的分布面积占37.2%。

据统计,区内泥石流高度自然危险区的分布面积占小区面积的7.5%,次高度自然危险区的分布面积占13.9%,中度自然危险区的分布面积占75.5%,轻度自然危险区的分布面积占3.1%。

通过上述自然因素的分析揭示,在自然地理环境各因素综合的作用下,区内绝大部分地区利于泥石流中等活动,少量地区利于泥石流一般活动,部分地区利于泥石流强烈活动和极强烈活动。由于该小区处于高山峡谷区的分水岭地带,资源开发和经济建设滞后,危害对象较少,因此泥石流研究程度较低。随着山区,尤其是偏远地区资源开发和经济建设的崛起,今后将成为泥石流研究的重要区域之一。

据区内社会经济水平区划结果统计:区内社会经济水平属高度发展区的分布面积占小区面积的0.1%,中度发展区的分布面积占0.3%,待发展区的分布面积占99.6%。

区内自然因素和社会经济因素的耦合形式,与IV₃小区基本一致,有利于泥石流轻度综合危险区的生成。

5. 第五小区(IV_5)

该小区位于金沙江一级支流普渡河和牛栏江的上游地区(见区划图),包含昆明市城区和安宁市、禄劝、寻甸、嵩明、富民、晋宁,楚雄彝族自治州的武定、禄丰,曲靖市的马龙、沾益等县(市)的全部、部分或小部分地区(表5.4),总面积13 266.9 km²。

从泥石流形成和活动的基本条件分析,区内地貌条件利于泥石流强烈活动的分布面积占小区面积的0.2%,利于泥石流中等活动的分布面积占30.4%,利于泥石流一般活动的分布面积占58.3%,利于泥石流微弱活动的分布面积占11.2%;地质条件利于泥石流极强烈活动的分布面积占小区面积的8.1%,利于泥石流强烈活动的分布面积占5.3%,利于泥石流中等活动的分布面积占6.6%,利于泥石流一般活动的分布面积占44.1%,利于泥石流微弱活动的分布面积占36.0%;气温条件100%利于泥石流一般活动;降水条件利于泥石流中等活动的分布面积占小区面积的63.2%,利于泥石流一般活动的分布面积占36.8%。

从泥石流形成和活动的复合条件分析,区内地质地貌条件利于泥石流极强烈活动的分布面积占小区面积的0.2%,利于泥石流强烈活动的分布面积占0.4%,利于泥石流中等活动的分布面积占34.1%,利于泥石流一般活动的分布面积占54.1%,利于泥石流微弱活动的分布面积占4.7%,基本无泥石流活动的分布面积占6.5%;气候条件利于泥石流中等活动的分布面积占小区面积的 62.6%,利于泥石流一般活动的分布面积占 37.4%。

据泥石流自然危险度区划资料分析,区内泥石流高度自然危险区的分布面积占小区面积的 0.2%,次高度自然危险区的分布面积占 0.4%,中度自然危险区的分布面积占 33.7%,轻度自然危险区的分布面积占 54.6%,微度自然危险区的分布面积占 4.7%,基本无泥石流活动区的分布面积占 6.5%。

由上述自然因素分析可知,区内自然地理环境各要素整体作用的结果,利于泥石流一般活动和中等活动。

据区内社会经济发展水平区划资料分析,区内社会经济水平属高度发展区的分布面积占小区面积的 38.9%,次高度发展区的分布面积占 12.5%,中度发展区的分布面积占 6.5%,一般发展区的分布面积占 13.3%,待发展区的分布面积占 28.8%。

区内自然因素和社会经济因素的耦合方式为:泥石流轻度自然危险区与社会经济水平高度发展区相结合,中度自然危险区与社会经济水平一般发展区和待发展区结合,这些结合方式,致使该小区成为泥石流轻度综合危险区。当然,在合并碎块时,也有少量的其他结合方式,但对小区成为泥石流轻度综合危险区基本不产生影响。

6. 第六小区(Ⅳ₆)

该小区位于大渡河和白龙江上游(见区划图),包含四川省阿坝藏族羌族自治州的松潘、黑水、茂县、九寨沟、若尔盖;甘肃省甘南藏族自治州的迭部、碌曲等县的大部分、部分或小部分地区(表 5.6),总面积 97 007.9 km²。

从泥石流形成和活动的基本条件分析,区内地貌条件利于泥石流极强烈活动的分布面积占小区面积的 0.2%,利于泥石流强烈活动的分布面积占 11.9%,利于泥石流中等活动的分布面积占 87.9%;地质条件利于泥石流极强烈活动的分布面积占小区面积的 1.1%,利于泥石流强烈活动的分布面积占 8.5%,利于泥石流中等活动的分布面积占 30.6%,利于泥石流一般活动的分布面积占 48.7%,利于泥石流微弱活动的分布面积占 11.1%;气温条件利于泥石流极强烈活动的分布面积占小区面积的 11.9%,利于泥石流强烈活动的分布面积占 59.5%,利于泥石流中等活动的分布面积占 5.0%,利于泥石流一般活动的分布面积占 23.6%;降水条件 100% 的仅利于泥石流一般活动。

从泥石流形成和活动的复合条件分析,区内地质地貌条件利于泥石流极强烈活动的分布面积占小区面积的 1.4%,利于泥石流强烈活动的分布面积占 1.1%,利于泥石流中等活动的分布面积占 96.0%,利于泥石流一般活动的分布面积占 1.5%;气候条件利于泥石流中等活动的分布面积占小区面积的 6.6%,利于泥石流一般活动的分布面积占 93.4%。

据区内泥石流自然危险度区划结果统计,泥石流高度自然危险区的分布面积占小区面积的 1.4%,次高度自然危险区的分布面积占 1.1%,中度自然危险区的分布面积占 96.0%,轻度自然危险区的分布面积占 1.5%。

由自然因素分析显示,区内自然地理环境利于泥石流中等活动,但在极少数地区利于泥石流极强烈活动和强烈活动,并造成较严重的危害。目前区内已查明的泥石流沟 48 条,分布密度平均均为 0.05 条/100 km²,受泥石流危害的县级人民政府驻地有迭部县电尕镇和松潘县进安镇。

社会经济水平区划结果显示,区内 100% 的区域属于待发展区。

据自然因素和社会经济因素的耦合状态分析,全区基本为泥石流中度自然危险区与社会经济待发展区相结合,这致使该小区成为泥石流轻度综合危险区。当然其中还有少量其他结合形式,但为数甚少,对泥石流综合危险度等级的划分基本不产生影响。

7. 第七小区(IV_7)

该小区位于青衣江的上游地区(见区划图),包含四川省雅安市的雨城区、名山、芦山、宝兴、天全,成都市的邛崃市等县(市)的大部分、部分或小部分地区,总面积 1 882.3 km^2。

从泥石流形成和活动的基本条件分析,区内地貌条件利于泥石流强烈活动的分布面积占小区面积的 40.6%,利于泥石流中等活动的分布面积占 52.6%,利于泥石流一般活动的分布面积占 6.8%;地质条件利于泥石流微弱活动的分布面积占 100%;气温条件利于泥石流强烈活动的分布面积占 100%;降水条件利于泥石流极强烈活动的分布面积占小区面积的 2.3%,利于泥石流强烈活动的分布面积占 41.3%,利于泥石流中等活动的分布面积占 56.4%。

从泥石流形成和活动的复合条件分析,区内地质地貌条件利于泥石流中等活动的分布面积占 40.6%,利于泥石流一般活动的分布面积占 52.6%,利于泥石流微弱活动的分布面积占 6.8%;气候条件利于泥石流极强烈活动的分布面积占小区面积的 2.6%,利于泥石流强烈活动的分布面积占 42.0%,利于泥石流中等活动的分布面积占 55.4%。

据泥石流自然危险度区划结果分析,区内中度自然危险区的分布面积占小区面积的 40.7%,轻度自然危险区的分布面积占 55.0%,微度自然危险区的分布面积占 4.3%。

由上述自然因素分析可知,区内自然地理环境条件利于泥石流一般活动和中等活动。

据社会经济水平区划结果分析,区内社会经济水平属高度发展区的分布面积占小区面积的 26.0%,一般发展区的分布面积占 57.6%,待发展区的分布面积占 16.5%。

区内自然因素与社会经济的耦合,往往为泥石流微度自然危险区和轻度自然危险区与社会经济水平高度发展区和一般发展区相组合,泥石流中度自然危险区与社会经济水平待发展区和一般发展区相结合。这种耦合方式利于泥石流轻度综合危险区的形成。

8. 第八小区(IV_8)

该级区的主体位于乌江流域,部分位于赤水河、南广河和关河上游地区(见区划图),包含云南省曲靖市、昭通市,贵州省毕节地区、六盘水市、遵义市、铜仁地区、黔南布依族苗族自治州、黔东南苗族侗族自治州、贵阳市,重庆市彭水、酉阳,湖北省恩施土家族苗族自治州等市(地、州)相关县(市、区)的全部、大部分、部分或小部分地区,总面积 74 902.4 km^2。

该小区面积广大,区内自然因素和社会经济因素分异相对较显著,但泥石流综合危险度基本一致,下面分别进行讨论。

从泥石流形成和活动的基本条件分析,区内地貌条件利于泥石流强烈活动的分布面积占小区面积的 0.3%,利于泥石流中等活动的分布面积占 59.6%,利于泥石流一般活动的分布面积占 40.1%;地质条件利于泥石流极强烈活动的分布面积占小区面积的 8.6%,利于泥石流强烈活动的分布面积占 15.5%,利于泥石流中等活动的分布面积占 21.4%,利于泥石流一般活动的分布面积占 54.6%;气温条件利于泥石流强烈活动的分布面积占小区面积的 41.0%,利于泥石流中等活动的分布面积占 29.0%,利于泥石流一般活动的分布面积占 30.0%;降水条件利于泥石流强烈活动的分布面积占小区面积的 6.7%,利于泥石流中等活动的分布面积占 85.6%,利于泥石流一般活动的分布面积占 7.7%。

从泥石流形成和活动的复合条件分析,区内地质地貌条件利于泥石流强烈活动的分布面积占小区面积的 0.9%,利于泥石流中等活动的分布面积占 66.9%,利于泥石流一般活动的分布面积占 32.2%;气候条件利于泥石流强烈活动的分布面积占小区面积的 6.4%,利于泥石流中等活动的分布面积占 86.0%,利于泥石流一般活动的分布面积占 7.6%。

从泥石流自然危险度区划结果分析,区内泥石流次高度自然危险区的分布面积占 0.9%,中度自然危险区的分布面积占 66.9%,轻度自然危险区的分布面积占 32.2%。

自然因素分析结果显示,区内自然地理环境条件利于泥石流中等活动和一般活动,目前已查明的泥石流沟 22 条,分布密度平均 0.03 条/100 km²,受威胁和危害的县级人民政府驻地有彝良县角奎镇。

从社会经济水平分区结果分析,区内社会经济水平属高度发展区的分布面积占小区面积的 4.7%,次高度发展区的分布面积占 17.4%,中度发展区的分布面积占 14.1%,一般发展区的分布面积占 28.5%,待发展区的分布面积占 35.3%。

区内自然因素和社会经济因素的耦合方式,往往为轻度自然危险区与社会经济水平一般发展区、中度发展区和次高度发展区相组合,中度自然危险区与社会经济水平待发展区和一般发展区相组合,这些组合形式,有利于泥石流轻度综合危险区的形成。

9. 第九小区(IV₉)

该小区位于岷江下游右岸、金沙江下游左岸(见区划图),包含四川省乐山市的沐川、犍为、五通桥区,宜宾市的宜宾、屏山等县(区)的全部、部分或小部分地区(表 5.4),总面积 3 065.9 km²。

从泥石流形成和活动的基本条件分析,区内地貌条件利于泥石流中等活动的分布面积占小区面积的 71.6%,利于泥石流一般活动的分布面积占 9.1%,利于泥石流微弱活动的分布面积占 19.0%,基本无泥石流活动的分布面积占 0.3%;地质条件利于泥石流一般活动的分布面积占小区面积的 19.4%,利于泥石流微弱活动的分布面积占 80.6%;气温条件利于泥石流强烈活动的分布面积占小区面积的 97.4%,利于泥石流中等活动的分布面积占 2.6%;降水条件利于泥石流极强烈活动的分布面积占小区面积的 2.5%,利于泥石流强烈活动的分布面积占 16.8%,利于泥石流中等活动的分布面积占 80.7%。

从泥石流形成和活动的复合条件分析,区内地质地貌条件利于泥石流中等活动的分布面积占小区面积的 3.7%,利于泥石流一般活动的分布面积占 74.1%,利于泥石流微弱活动的分布面积占 3.0%,基本无泥石流的分布面积占 19.3%;气候条件利于泥石流极强烈活动的分布面积占小区面积的 2.1%,利于泥石流强烈活动的分布面积占 16.9%,利于泥石流中等活动的分布面积占 81.0%。

从泥石流自然危险度区划结果分析,区内泥石流次高度自然危险区的分布面积占小区面积的 0.4%,中度自然危险区的分布面积占 3.3%,轻度自然危险区的分布面积占 74.1%,微度自然危险区的分布面积占 4.7%,基本无泥石流活动区的分布面积占 17.5%。

通过上述自然因素分析可知,区内自然地理环境利于泥石流轻度活动,目前已查明的泥石流沟 34 条,分布密度平均为 1.11 条/100 km²,不过由于当前承灾体的重要性相对较小,尚未显现出较严重的危害。

从社会经济水平分区结果分析,区内社会经济水平为高度发展区的分布面积占小区面积的 5.0%,次高度发展区的分布面积占 38.9%,一般发展区的分布面积占 31.3%,待发展区分布面积占 24.8%。

区内自然因素和社会经济因素的耦合方式,多半为泥石流轻度自然危险区与社会经济一般发展区和待发展区相结合,微度自然危险区与社会经济高度发展区相结合,这些结合方式,有利于泥石流轻度综合危险区的生成。当然,由于合并碎块和合理修正边界等,也会出现其他结合方式,但已不对泥石流综合危险度分区产生多大影响。

10. 第十小区(Ⅳ₁₀)

该小区位于沱江流域,少部分地区属涪江和岷江流域,由成都平原和川中丘陵的界山龙泉山构成(见区划图),包含四川省德阳市的中江,成都市的金堂、新都区、龙泉驿区,资阳市的简阳市,眉山市的仁寿等县(市、区)的大部分、部分或小部分地区(表 5.4),总面积3 908.7 km²。

从泥石流形成和活动的基本条件分析,区内地貌条件利于泥石流一般活动的分布面积占小区面积的 71.1%,利于泥石流微弱活动的分布面积占 20.0%,基本无泥石流活动的分布面积占 8.9%;地质条件利于泥石流中等活动的分布面积占小区面积的 18.8%,利于泥石流一般活动的分布面积占 72.6%,利于泥石流微弱活动的分布面积占 8.6%;气温条件利于泥石流强烈活动的分布面积占小区面积的 100%;降水条件利于泥石流中等活动的分布面积占小区面积的 100%。

从泥石流形成和活动的复合条件分析,区内地质地貌条件利于泥石流一般活动的分布面积占小区面积的 71.3%,利于泥石流微弱活动的分布面积占 1.2%,基本无泥石流活动的分布面积占 27.7%;气候条件利于泥石流中等活动的分布面积占小区面积的 100%。

从泥石流自然危险度区划结果分析,区内泥石流轻度自然危险区的分布面积占 71.1%,微度自然危险区的分布面积占 1.2%,基本无泥石流活动区的分布面积占 27.7%。

由上述自然因素分析可知,区内的自然地理环境利于泥石流一般活动,但也有部分地区其本身基本无泥石流活动,但一旦相邻地区发生泥石流,其也将受到相应的危害,因此也将这一部分区域归并到这一小区内。

从社会经济水平分区结果分析,区内社会经济水平属高度发展区的分布面积占小区面积的 81.8%,属次高度发展区的分布面积占 18.2%,经济发展水平相对较高。

区内自然因素和社会经济因素的耦合方式,多为泥石流轻度自然危险区与社会经济次高度发展区和部分高度发展区相组合,微度自然危险区(含受邻近区域泥石流灾害影响的基本无泥石流活动区)与社会经济高度发展区相组合。这些组合方式,有利于泥石流轻度综合危险区的生成。

11. 第十一小区(Ⅳ₁₁)

该小区位于嘉陵江左岸,白龙江右岸,西汉水纵贯流域中部(见区划图),包含甘肃省陇南市的康县、成县、武都区、礼县、宕昌、徽县等县(区)的大部分、部分或小部分地区(表5.4),总面积 11 883.7 km²。

从泥石流形成和活动的基本条件分析,区内地貌条件利于泥石流强烈活动的分布面积占小区面积的 0.5%,利于泥石流中等活动的分布面积占 97.7%,利于泥石流一般活动的分布面积占 1.8%;地质条件利于泥石流极强烈活动的分布面积占小区面积的 14.6%,利于泥石流强烈活动的分布面积占 17.3%,利于泥石流中等活动的分布面积占 13.3%,利于泥石流一般活动的分布面积占 54.8%;气温条件利于泥石流中等活动的分布面积占小区面积的 3.8%,利于泥石流一般活动的分布面积占 96.2%;降水条件利于泥石流中等活动的分布面积占小区面积的 34.1%,利于泥石流一般活动的分布面积占 65.9%。

从泥石流形成和活动的复合条件分析,区内地质地貌条件利于泥石流强烈活动的分布面积占小区面积的 15.1%,利于泥石流中等活动的分布面积占 83.1%,利于泥石流一般活动的分布面积占 1.8%;气候条件利于泥石流中等活动的分布面积占小区面积的 33.1%,利于泥石流一般活动的分布面积占 66.9%。

从泥石流自然危险度区划结果分析,区内泥石流次高度自然危险区的分布面积占小区面积的 15.1%,中度自然危险区的分布面积占 83.1%,轻度自然危险区的分布面积占 1.8%。

通过自然因素各层次的分析看出,该级区的自然地理环境条件利于泥石流中等活动,目前已查明的泥石流沟 6 条,分布密度平均为 0.05 条/100 km²,受泥石流威胁和危害的县级人民政府驻地有康县的城关镇。

从社会经济水平分区结果分析,区内社会经济水平属次高度发展区的分布面积占小区面积的 0.4%,一般发展区的分布面积占 12.8%,待发展区的分布面积占 86.8%。

区内自然因素和社会经济因素的耦合形式,多为泥石流中度自然危险区与社会经济水平待发展区和一般发展区相结合,这种结合方式有利于泥石流轻度综合危险区的形成。当然为了合并碎块和分区连接的需要,也出现了其他的组合形式,但已不足以对分区构成大的影响。

12. 第十二小区(Ⅳ₁₂)

该小区主体位于渠江上游、部分位于嘉陵江上游(见区划图),包含达州市的宣汉、万源市,巴中市的南江、通江、巴中区,广元市的旺苍、元坝区等县(市、区)的大部分、部分或小部分地区(表 5.4),总面积 8 304.1 km²。

从泥石流形成和活动的基本条件分析,区内地貌条件利于泥石流中等活动的分布面积占小区面积的 75.1%,利于泥石流一般活动的分布面积占 23.7%,利于泥石流微弱活动的分布面积占 1.2%;地质条件利于泥石流一般活动的分布面积占小区面积的 14.3%,利于泥石流微弱活动的分布面积占 85.7%;气温条件利于泥石流极强烈活动的分布面积占小区面积的 54.0%,利于泥石流强烈活动的分布面积占 43.1%,利于泥石流中等活动的分布面积占 2.9%;降水条件利于泥石流强烈活动的分布面积占小区面积的 100%。

从泥石流形成和活动的复合条件分析,区内地质地貌条件利于泥石流中等活动的分布面积占小区面积的 14.3%,利于泥石流一般活动的分布面积占 60.8%,利于泥石流微弱活动的分布面积占 23.7%,基本无泥石流活动的分布面积占 1.2%;气候条件利于泥石流极强烈活动的分布面积占小区面积的 54.5%,利于泥石流强烈活动的分布面积占 45.5%。

从泥石流自然危险度区划结果分析,区内泥石流次高度自然危险区的分布面积占小区面积的 4.1%,中度自然危险区的分布面积占 50.5%,轻度自然危险区的分布面积占 30.5%,微度自然危险区的分布面积占 13.7%,基本无泥石流活动区的分布面积占 1.2%。

通过对自然因素的逐层分析显示,该小区的自然地理环境利于泥石流中等活动和一般活动,目前已查明的泥石流沟 6 条,分布密度平均为 0.07 条/100 km²,对局部地区有相对较严重的危害。

从社会经济水平分区结果分析,区内社会经济水平属高度发展区的分布面积占小区面积的 0.4%,中度发展区的分布面积占 27.9%,一般发展区的分布面积占 8.7%,待发展区的分布面积占 63.0%。

区内自然因素和社会经济因素的耦合形式,多为泥石流中度自然危险区或轻度自然危险区与社会经济待发展区或一般发展区相组合,这样的组合方式有利于泥石流轻度综合危险区的形成。

13. 第十三小区(Ⅳ₁₃)

该小区位于长江干流三峡河段南北两岸(见区划图),包含重庆市的云阳、巫山、奉节;湖北省恩施土家族苗族自治州的利川市、始建、巴东,宜昌市的秭归、长阳土家族自治县等县(市)的大部分、部分或小部分地区(表 5.4),总面积 15 592.1 km²。

从泥石流形成和活动的基本条件分析,区内地貌条件利于泥石流强烈活动的分布面积占小区面积的 7.0%,利于泥石流中等活动的分布面积占 93.0%;地质条件利于泥石流中等活动的分布面积占小区面积的 7.3%,利于泥石流一般活动的分布面积占 41.8%,利于泥石流微弱的分布面积占 50.9%;气温条件利于泥石流极强烈活动的分布面积占小区面积的 9.5%,利于泥石流强烈活动的分布面积占 90.5%;降水条件利于泥石流强烈活动的分布面积占小区面积的 14.1%,利于泥石流中等活动的分布面积占 85.9%。

从泥石流形成和活动的复合条件分析,区内地质地貌条件利于泥石流强烈活动的分布面积占小区面积的 4.1%,利于泥石流中等活动的分布面积占 47.9%,利于泥石流一般活动的分布面积占 48.0%;气候条件利于泥石流极强烈活动的分布面积占小区面积的 0.5%,利于泥石流强烈活动的分布面积占 21.9%,利于泥石流中等活动的分布面积占 77.6%。

从泥石流自然危险度区划结果分析,区内泥石流次高度自然危险区的分布面积占小区面积的 4.0%,中度自然危险区的分布面积占 48.5%,轻度自然危险区的分布面积占 47.5%。

通过上述对自然因素的逐层剖析显示,区内的自然地理环境条件利于泥石流中等活动和一般活动。由于该小区处在巨型水电站三峡电站库区,位置特殊,因此曾对区内泥石流做过专题研究,查明区内有泥石流沟 244 条,分布密度平均为 1.56 条/100 km²,其密度之大,在该级区是罕见的。区内泥石流直接对三峡水库造成危害,应引起各级政府和相关部门的高度重视。

从社会经济水平分区结果分析,区内社会经济水平属高度发展区的面积占小区面积的0.3%,次高度发展区的分布面积占 0.1%,中度发展区的分布面积占 29.2%,一般发展区的分布面积占 51.0%,待发展区的分布面积占 19.5%。

区内自然因素和社会经济因素的耦合方式,有泥石流轻度自然危险区与社会经济水平中度发展或一般发展区相组合,泥石流中度自然危险区与社会经济水平待发展区或一般发展区相组合等。这些组合形式,有利于泥石流轻度综合危险区的形成。

5.5 长江上游泥石流微度危险区(Ⅴₐ)和基本无泥石流活动(危险)区(Ⅴ_b)

长江上游泥石流微度危险区(Ⅴₐ)由 9 个小区[泥石流微度综合危险区第一小区(Ⅴₐ₁)、

第二小区(V_{a2})、第三小区(V_{a3})、第四小区(V_{a4})、第五小区(V_{a5})、第六小区(V_{a6})、第七小区(V_{a7})、第八小区(V_{a8})和第九小区(V_{a9})]组成,基本无泥石流活动(危险)区(V_b)由 3 个小区[基本无泥石流活动(危险)区第一小区(V_{b1})、第二小区(V_{b2})和第三小区(V_{b3})]组成。

5.5.1　基本情况

长江上游泥石流微度危险区(V_a)总面积 157 860.8 km^2,基本无泥石流活动(危险)区(V_b)总面积 186 317.7 km^2,两者面积合计 344 178.5 km^2。其主要分布在地势相对平缓的区域,地貌条件相对于前面几类泥石流危险区的来说要简单得多。V_a 区以低山和丘陵(包括高原和山原)地貌为主,有少量属中低山区;V_b 区的地貌则以平原(包括高原、山原)和丘陵为主。因此,这两类区的主要分布特征比较接近,大部分相随相连,较为集中地分布在青藏高原的高原面上和四川盆地及其周围等地,其次零星分布于云贵高原(V_{a8})和陇南山地(V_{a9})。

其地貌分布特征如下。

V_a 区:V_{a1}—V_{a3} 区分布在青藏高原上,其中 V_{a1} 区主要沿走向近东西向的巴颜喀拉山的南坡和雀儿山的北坡分布,V_{a2} 区主要分布在走向近南北的沙鲁里山的南段东坡,V_{a3} 区主要分布在走向南北的岷山西坡;V_{a4}—V_{a6} 区分布在四川盆地边缘丘陵与盆周山地的过渡地带,其中 V_{a4} 区分布在四川盆地西南部边缘与峨眉山的过渡地带,V_{a5} 区分布在四川盆地西北部边缘与龙门山的过渡地带,V_{a6} 区分布在四川盆地东部及川东平行岭谷区和盆地南部边缘与云贵高原的过渡地带;V_{a7} 区分布在秦岭西段南坡;V_{a8} 和 V_{a9} 区分别分布在云贵高原的东部和中部,其中 V_{a8} 区分布在大娄山和武陵山之间。

V_b 区:V_{b1} 区主要分布在东西向的昆仑山以西、唐古拉山以北、可可西里山和乌兰乌拉山以东的长江源头区,V_{b2} 区主要分布在近东西向的巴颜喀拉山中段南坡,V_{b3} 区主要分布在四川盆地中部和成都平原。总体上,V_a 和 V_b 区处于我国三级地貌阶梯的第一级阶梯和第二级阶梯上。由于区内地形高差较小、坡度较缓,地形提供给泥石流发育的能量条件有限或不足,泥石流发育差或不发育。

从地质条件看,V_{a1}、V_{a2}、V_{a3}、V_{a7} 区和 V_{b1}、V_{b2} 在大地构造上处于不稳定的地槽区,而 V_{a4}、V_{a5}、V_{a6}、V_{a8}、V_{a9} 区和 V_{b3} 区则处于较稳定的地台区。具体而言,V_{a1} 区位于三江褶皱系北部,V_{b1} 和 V_{b2} 位于三江褶皱系及其与松潘—甘孜褶皱系的交接复合部位,V_{a3} 区位于松潘—甘孜褶皱系北部,V_{a2} 区位于松潘—甘孜褶皱系与扬子准地台的交接复合部位,V_{a7} 区位于扬子准地台及其与秦岭褶皱系的交接复合部位,V_{a4}、V_{a5}、V_{a6} 区和 V_{b3} 区主要位于扬子准地台内,V_{a8}、V_{a9} 区位于扬子准地台的上扬子褶皱带。位于青藏高原上的 V_{a1}、V_{a2}、V_{a3} 区和 V_{b1}、V_{b2} 区,出露的地层主要是中生代三叠系巴颜喀拉山群,岩性以碎屑岩、板岩和石灰岩等较多,由于处于地槽区,岩浆活动较为剧烈,中条期、晋宁期、澄江期、华力西期、印支期、燕山期、喜马拉雅期都有岩浆侵入,形成了种类繁多的岩浆岩。位于四川盆地及其周围的 V_{a4}、V_{a5}、V_{a6} 区和 V_{b3} 区,出露的地层主要是侏罗系、白垩系和第四系,侏罗系和白垩系岩性以红色碎屑岩为主,第四系主要是松散的冲积、洪积物;位于云贵高原的 V_{a8}、V_{a9} 区,前者出露的地层主要是中生代三叠系和古生代二叠系,岩性以石灰岩、白云岩等碳酸盐岩为主,还有泥岩、页岩等碎屑岩,后者出露的地层主要是中生代三叠系和古生代二叠系、奥陶系、志留系,岩性主要为碳酸盐岩和碎屑岩。V_a 和 V_b 区地质构造运动相对较弱,断裂发育较少,活动性弱,并且多数区仅为强烈地震的波及区,受地震的影响较小。

V_a 和 V_b 区分布的地域较广,既有青藏高原、云贵高原,又有四川盆地和西秦岭山地,气候条件差异很大,V_{a1}、V_{a2}、V_{a3} 区和 V_{b1}、V_{b2} 区位于青藏高原寒区,主要属大陆性高原气候,高寒干旱,日照时间长,太阳辐射强,昼夜温差大,年平均气温温差大,降水少,不太利于泥石流发育;V_{a4}、V_{a5}、V_{a6}、V_{a8}、V_{a9} 区和 V_{b3} 区位于四川盆地、云贵高原和西秦岭南坡,属西南季风气候区,降水丰沛,夏季时有暴雨、大暴雨,甚至特大暴雨发生,能为泥石流活动提供足够的水源和水动力条件,但绝大部分地形相对高度小,地形条件一般不能满足泥石流形成的需要,泥石流仅零星发育,甚至基本不发育。

V_a 区已查明的泥石流沟仅 6 条,分布密度平均为 0.004 条/100 km²;V_b 区无泥石流沟。该级区各小区的面积、已查明的泥石流沟数量、所涉及的行政区域、水系、自然危险度等级和社会经济发展水平等级等,见表 5.5、表 5.6。

表 5.5 泥石流微度危险区(V_a)基本状况统计表

小区	涉及的县(市、区)的名称	涉及水系	泥石流沟(条)	县级及以上政府驻地名称	面积(km²)	泥石流自然危险度级别	社会经济发展水平级别
V_{a1}	青海省:玉树藏族自治州的治多、曲麻莱、称多,果洛藏族自治州的久治、达日、班玛;四川省:甘孜藏族自治州的石渠、德格、白玉、甘孜、色达、壤塘,阿坝藏族羌族自治州的阿坝	通天河、雅砻江、大渡河	1	治多、曲麻莱、石渠、色达	65 806.4	1_4,1_3,1_{5a},1_{5b},1_2	2_5
V_{a2}	四川省:甘孜藏族自治州的理塘、雅江、稻城	雅砻江	—	理塘	7 241.2	1_3,1_4,1_2,1_{5a}	2_5
V_{a3}	四川省:阿坝藏族羌族自治州的若尔盖、松潘、红原、黑水	岷江、大渡河、嘉陵江上游(白龙江)	1	—	4 305.3	1_4,1_3,1_{5a}	2_5
V_{a4}	四川省:乐山市的市中区、五通桥区、夹江、峨眉山市、井研,眉山市的东坡区、丹棱、洪雅、青神,雅安市的雨城区、名山,成都市的蒲江,内江市的威远	大渡河、岷江	—	丹棱、夹江、洪雅、峨眉山市、井研、名山、蒲江、青神	4 904.0	1_{5a},1_4,1_3,1_{5b},1_2	2_1,2_2,2_4
V_{a5}	四川省:绵阳市的江油市、涪城区、游仙区、安县、北川、梓潼,德阳市的旌阳区、广汉市、罗江、绵竹市、什邡市,成都市的都江堰市、新都区,广元市的剑阁	岷江、沱江、涪江、嘉陵江	—	江油市、安县、剑阁、绵竹市、什邡市、彭州市	5 180.0	1_{5b},1_4,1_3,1_2,1_{5a}	2_1,2_4,2_2,2_3,2_5

（续表）

小区	涉及的县(市、区)的名称	涉及水系	泥石流沟(条)	县级及以上政府驻地名称	面积(km²)	泥石流自然危险度级别	社会经济发展水平级别
V$_{a6}$	四川省：达州市的渠县、大竹、达县、开江，广安市的邻水、岳池，宜宾市的翠屏区、长宁、江安、南溪，泸州市的江阳区、合江、纳溪区、泸县、古蔺，南充市的营山，内江市的隆昌； 贵州省：遵义市的习水、赤水市； 重庆市：梁平、永川市、璧山、九龙坡区、沙坪坝区、渝中区、大渡口区、江北区、渝北区、长寿区、丰都、涪陵区、垫江、忠县、江津市、巴南区、北碚区、荣昌、万州区、大足、双桥区、铜梁、綦江、南川市、合川市	长江、沱江、嘉陵江、乌江	3	渠县、开江、达县、大竹、梁平、垫江、长寿区、丰都、涪陵区、北碚区、渝北区、渝中区、九龙坡区、沙坪坝区、大渡口区、江北区、璧山、江津市、双桥区、荣昌、永川市、泸县、江阳区、纳溪区、合江、长宁、江安、古蔺、赤水市	45 301.4	1$_{5a}$,1$_{5b}$,1$_4$,1$_3$	2$_1$,2$_3$,2$_2$,2$_4$
V$_{a7}$	甘肃省：天水市的秦城区、北道区，陇南市的徽县、两当、成县、西和、礼县	嘉陵江上游	1	徽县、西和、礼县	7 334.4	1$_4$,1$_3$	2$_5$,2$_2$,2$_4$,2$_1$
V$_{a8}$	贵州省：遵义市的湄潭、凤冈、绥阳、务川、正安、余庆，铜仁地区的思南、石阡、德江，黔南布依族苗族自治州的瓮安	乌江	—	湄潭、凤冈、思南、绥阳、石阡	11 825.2	1$_4$,1$_3$	2$_4$,2$_5$,2$_3$,2$_1$,
V$_{a9}$	贵州省：安顺市的西秀区、普定、平坝，贵阳市的清镇，黔南布依族苗族自治州的长顺，六盘水市的六枝特区，毕节地区的织金	乌江上游	—	安顺市及西秀区、普定、平坝、织金、清镇	5 804.8	1$_4$,1$_{5b}$,1$_3$,1$_{5a}$,	2$_1$,2$_4$,2$_2$,2$_5$,2$_3$
合计			6		157 860.8		

表 5.6 基本无泥石流活动(危险)区(V$_b$)基本状况统计表

小区	涉及的县(市、区)的名称	涉及水系	泥石流沟(条)	县级及以上政府驻地名称	面积(km²)	泥石流自然危险度级别	社会经济发展水平级别
V$_{b1}$	青海省：玉树藏族自治州的治多、杂多、曲麻莱，格尔木市	通天河、沱沱河、当曲	—	—	101 394.8	1$_{5a}$,1$_{5b}$,1$_4$,1$_3$	2$_5$
V$_{b2}$	四川省：甘孜藏族自治州的石渠、甘孜； 青海省：果洛藏族自治州的达日	雅砻江源头	—	—	7 132.8	1$_{5b}$,1$_{5a}$,1$_4$	2$_5$

（续表）

小区	涉及的县(市、区)的名称	涉及水系	泥石流沟(条)	县级及以上政府驻地名称	面积(km²)	泥石流自然危险度级别	社会经济发展水平级别
V_{b3}	四川省：广元市的元坝区、苍溪、旺苍、剑阁,巴中市的巴州区、平昌、南江,南充市的营山、仪陇、阆中、南部、蓬安、高坪区、嘉陵区、西充,遂宁市的船山区、安居区、大英、射洪、蓬溪、广安市的武胜、岳池,绵阳市的涪城区、游仙区、梓潼、三台、盐亭,德阳市的旌阳区、罗江、中江、广汉,成都市的武侯区、青羊区、金牛区、锦江区、新都区、青白江区、龙泉驿区、金堂、郫县、双流、新津、温江区、崇州市、大邑、邛崃市、蒲江,眉山市的东坡区、彭山、仁寿、青神,资阳市的雁江区、乐至、安岳、简阳,自贡市的自流井区、大安区、贡井区、沿滩区、荣县、富顺,内江市的市中区、东兴区、隆昌、资中、威远,乐山市的市中区、井研、犍为,宜宾市的翠屏区、宜宾县、南溪; 重庆市：合川区、大足、铜梁、荣昌	岷江、沱江、涪江、嘉陵江、长江	0	苍溪、巴中市及巴州区、平昌、营山、仪陇、阆中市、南部、蓬安、南充市及顺庆区、高坪区、嘉陵区、西充、遂宁市及船山区、安居区、大英、射洪、蓬溪、广安市、武胜、岳池、绵阳市及涪城区、游仙区、梓潼、三台、盐亭、德阳市及旌阳区、罗江、广汉市、成都市及锦江区、武侯区、青羊区、金牛区、新都区、温江区、青白江区、龙泉驿区、金堂、郫县、双流、新津、崇州市、大邑、邛崃市、蒲江、眉山市及东坡区、彭山、仁寿、青神、资阳市及雁江区、乐至、安岳、简阳、自贡市及自流井区、大安区、贡井区、沿滩区、荣县、富顺、内江市及市中区、东兴区、隆昌、资中、威远、五通桥区、宜宾市及翠屏区、宜宾、南溪、合川区、大足、铜梁、荣昌	77 790.1	1_{5a},1_4,1_3,1_{5b}	2_1,2_3,2_2,2_4,2_1
合计			0		186 317.7		

5.5.2 泥石流微度危险区和基本无泥石流活动(危险)区的形成

形成泥石流微度危险区(V_a)和基本无泥石流活动(危险)区(V_b)的因素,包括自然因素和社会经济因素,以及两者耦合形成的综合危险度因素。

1. 自然因素

自然因素包括基本因素和由基本因素组合而成的复合因素,以及由复合因素耦合而成的自然危险度因素。

(1) 基本因素

基本因素由地貌、地质、气温和降水等因素组成。

泥石流微度危险区(V_a)地貌指标属于 a_2 级的分布面积占该级区面积的 0.7%,属于 a_3 级的分布面积占 22.9%,属于 a_4 级的分布面积占 66.3%,属于 a_{5-1} 级的分布面积占 8.7%,属于 a_{5-2} 级的分布面积占 1.3%。即区内的地貌因素以利于泥石流一般活动的为主,其次利于泥石流中等活动,再次利于泥石流微活动。

基本无泥石流活动(危险)区(V_b)地貌指标属于 a_2 级的分布面积仅占该级区面积的 0.1%,属于 a_3 级的分布面积占该区面积的 6.1%,属于 a_4 级的分布面积占 40.0%,属于 a_{5-1} 级的分布面积占 37.3%,属于 a_{5-2} 级的分布面积占 16.5%。即区内的地貌因素以利于泥石流一般活动为主,其次为利于泥石流微活动,再次为不利于泥石流活动。

泥石流微度危险区(V_a)地质指标属于 b_1 级的分布面积仅占该级区面积 0.4%,属于 b_2 级的分布面积占 9.0%,属于 b_3 级的分布面积占 9.8%,属于 b_4 级的分布面积占 40.6%,属于 b_5 级的分布面积占 40.2%。可见,区内地质因素以利于泥石流一般活动为主,其次利于泥石流微活动的,再次利于泥石流中等活动。

基本无泥石流活动(危险)区(V_b)地质指标属于 b_1 级的分布面积仅占该级区面积 0.01%,属于 b_2 级的分布面积占 0.9%,属于 b_3 级的分布面积占 4.4%,属于 b_4 级的分布面积占 29.9%,属于 b_5 级的分布面积占 64.8%。可见,区内地质因素以利于泥石流微活动的为主,其次利于泥石流一般活动,再次利于泥石流中等活动。

泥石流微度危险区(V_a)气温指标属于 c_1 级的分布面积占该级区面积的 14.5%,属于 c_2 级的分布面积占 57.0%,属于 c_3 级的分布面积占 23.5%,属于 c_4 级的分布面积占 5.0%。可见,区内的气温条件最利于泥石流强烈活动,其次利于泥石流中等活动,再次利于泥石流极强烈活动。

基本无泥石流活动(危险)区(V_b)气温指标属于 c_1 级的分布面积占该级区面积的 3.6%,属于 c_2 级的分布面积占 41.9%,属于 c_3 级的分布面积占 54.4%。可见,区内的气温条件最利于泥石流中等活动,其次利于泥石流强烈活动,再次利于泥石流极强烈活动。

泥石流微度危险区(V_a)降水指标属于 d_1 级的分布面积占该级区面积的 2.2%,属于 d_2 级的分布面积占 11.0%,属于 d_3 级的分布面积占 33.1%,属于 d_4 级的分布面积占 53.6%,属于 d_5 级的分布面积仅占该级区面积的 0.08%,可忽略不计。可见,区内降水因素最利于泥石流一般活动,其次利于泥石流中等活动,再次利于泥石流强烈活动。

基本无泥石流活动(危险)区(V_b)降水指标属于 d_1 级的分布面积占该级区面积的 0.2%,属于 d_2 级的分布面积占 12.3%,属于 d_3 级的分布面积占 29.3%,属于 d_4 级的分布面积占 5.3%,属于 d_5 级的分布面积占 52.9%。即区内降水因素最利于泥石流微活动,其次利于泥石流中等活动,再次利于泥石流强烈活动。

(2) 复合因素

复合因素包括由地貌因素与地质因素组合而成的地质地貌因素和由气温因素与降水因素组合而成的气候因素。

泥石流微度危险区(V_a)地质地貌指标属于 A_1 级的分布面积不足 0.1 km²,忽略不计;属于 A_2 级的分布面积仅占该级区面积的 0.6%,属于 A_3 级的分布面积占 12.6%,属于 A_4 级的分布面积占 52.7%,属于 A_{5a} 级的分布面积占 25.3%,属于 A_{5b} 级的分布面积占 8.8%。

可见,该区的地质地貌条件以利于泥石流一般活动为主,其次为利于泥石流微活动,再次为利于泥石流中等活动。

基本无泥石流活动(危险)区(V_b)地质地貌指标属于 A_2 级的分布面积仅占该级区面积的 0.002%,可忽略不计,属于 A_3 级的分布面积占 2.9%,属于 A_4 级的分布面积占 24.0%,属于 A_{5a} 级的分布面积占 20.3%,属于 A_{5b} 级的分布面积占 52.8%。可见,该区的地质地貌条件以不利于泥石流活动为主,其次为利于泥石流一般活动,再次为利于泥石流微活动。

泥石流微度危险区(V_a)气候指标属于 B_1 级的分布面积占该级区面积的 3.0%,属于 B_2 级的分布面积占 10.2%,属于 B_3 级的分布面积占 46.4%,属于 B_4 级的分布面积占 40.4%,属于 B_5 级的分布面积所占比例仅 0.02%,极其微小,可以忽略不计。可见,该级区的气候指标最利于泥石流中等活动,其次利于泥石流一般活动,再次利于泥石流强烈活动。

基本无泥石流活动(危险)区(V_b)气候指标属于 B_1 级的分布面积占该级区面积的 0.4%,属于 B_2 级的分布面积占 14.3%,属于 B_3 级的分布面积占 27.9%,属于 B_4 级的分布面积占 4.4%,属于 B_5 级的分布面积占 52.9%。可见,该级区的气候条件以最利于泥石流微活动的为主,其次利于泥石流中等活动,再次利于泥石流强烈活动。

(3) 自然危险度因素

由地质地貌指标和气候指标耦合成自然危险度分区指标。根据自然危险度分区结果:第一,泥石流微度危险区(V_a)内泥石流高度自然危险区的分布面积不足 0.0001%,忽略不计,次高度自然危险区的分布面积仅占该级区面积占 1.0%,中度自然危险区的分布面积占 12.6%,轻度自然危险区的分布面积占 53.5%,微度自然危险区分布面积占 25.4%,无泥石流活动区的分布面积占 7.5%;第二,基本无泥石流活动(危险)区(V_b)内泥石流次高度自然危险区的分布面积占该级区面积的 0.02%,极小,忽略不计,中度自然危险区的分布面积占 0.1%,轻度自然危险区的分布面积占 5.3%,微度自然危险区分布面积占 28.7%,无泥石流活动区的分布面积占 65.2%。

以上对各种自然因素的分析结果显示,泥石流微度危险区(V_a)和基本无泥石流活动(危险)区(V_b)内,无论是自然因素的基本因素、复合因素,还是自然危险度因素,V_a 区以仅利于泥石流一般活动和微弱活动为主,V_b 区以不利于泥石流活动为主。

2. 社会经济因素

泥石流微度危险区(V_a)和基本无泥石流活动(危险)区(V_b),分布范围广,其分布区既有青藏高原,又有四川盆地,还有云贵高原等,自然地理条件差异很大,开发建设程度差异也很大,因此社会经济发展水平也有很大的差异,社会经济水平高度发展区、次高度发展区、中度发展区、一般发展区和待发展区都有。

根据社会经济发展水平分区结果:第一,在泥石流微度危险区(V_a)内,社会经济水平高度发展区的分布面积占该级区面积的 27.3%;次高度发展区的分布面积占 6.6%;中度发展区的分布面积占 3.9%;一般发展区的分布面积占 7.3%;待发展区的分布面积占 55.0%。结果表明,该级区的社会经济水平,以待发展区为主,其次为高度发展区,再次为一般发展区。第二,在基本无泥石流活动(危险)区(V_b)内,社会经济水平高度发展区的分布面积占该级区面积的 21.1%;次高度发展区的分布面积占 9.4%;中度发展区的分布面积占 9.7%;一般发展区的分布面积占 1.3%;待发展区的分布面积占 58.6%。可见,该级区的社会经济水平,与泥石流微度危险区(V_a)相似,以待发展区为主,次为高度发展区,再次为中度发展区。

3. 自然因素与社会经济因素的耦合作用

从上面的分析结果可知,在泥石流微度危险区(V_a)内,自然因素对泥石流形成和活动的贡献,以利于泥石流一般活动的轻度自然危险区为主(占 53.5%),但还有 32.9% 的面积仅利于泥石流微弱活动和不利于泥石流活动;社会经济水平虽以待发展区为主(55.0%),但还有 33.9% 的高度发展区和次高度发展区。在基本无泥石流活动(危险)区(V_b)内,以无泥石流活动区为主(65.2%),还有 28.7% 的面积仅利于泥石流微弱活动;社会经济水平虽以待发展区为主(58.6%),但还有 30.5% 的高度发展区和次高度发展区。由此,将自然因素和社会经济因素耦合以后,得到泥石流微度危险区(V_a)和基本无泥石流活动(危险)区(V_b)。

5.5.3 泥石流活动特征与危害

泥石流微度危险区(V_a)和基本无泥石流活动(危险)区(V_b)的分布区域,地貌差异不太大,以高原、丘陵和平原为主,从泥石流综合危险度分析,轻度和微度甚至无泥石流危险的区域占主导地位,泥石流基本不发育,仅在个别小区有零星的泥石流活动。

根据泥石流自然危险度分区结果,泥石流微度危险区(V_a)和基本无泥石流活动(危险)区(V_b)总体对泥石流发育不利,一般无泥石流活动,但区内局部地方还存在泥石流自然危险度的次高度危险区和中度危险区,因此少数小区内还有个别地方有泥石流零星活动,但频率很低,暴发的规模小,危害不大。其中的 V_{a4}、V_{a6}、V_{b3} 小区位于四川盆地及其边缘,都曾有过零星泥石流活动,并造成了人员伤亡,如 V_{b3} 小区的四川省苍溪县、渠县、开江县和 V_{a6} 小区的重庆市双桥区等。区内泥石流活动最显著的特征,几乎全是因为人为工程作用不当而引起的。但由于区域内的人口稠密,即使是个别沟谷暴发泥石流,也造成了严重危害。最为典型的事例是,1982 年 7 月四川省苍溪县白坪塘因水库溃决形成人为泥石流,导致 29 人死亡。因此防范工程建设不当而引起的人为泥石流灾害,是防灾工作的主要内容。

此外,处于四川盆地内的 V_a 和 V_b 各小区,还须警惕其邻近的外围区域发生的泥石流灾害波及本区。如受 2008 年"5.12"汶川大地震的影响,2009 年 7 月 17 日,I_4 小区内的四川省都江堰市虹口一带岷江支流白沙河流域内多处暴发泥石流,使白沙河径流中的泥沙含量急剧增大,并随之被携带汇入岷江,大量泥沙进入岷江后,导致岷江河水被严重污染。与之相毗邻的成都市主城区位于 V_{b3} 小区内,其城市供水水源来自岷江,因水源被严重污染,自来水厂无法正常生产,使成都市这个城区近 500 万人口的特大城市市区供水中断达 30 余小时,给城市的居民生活和工业生产都造成了严重影响。对 V_{b3} 小区而言,虽然受到的只是泥石流的间接危害,但危害和影响却是巨大的。

5.5.4 泥石流防治

泥石流微度危险区(V_a)和基本无泥石流活动(危险)区(V_b)共包括了 12 个小区,总面积 344 178.5 km^2,虽面积较大,但到目前为止,仅在个别地方出现过泥石流直接危害的现象发生,总体泥石流危害不严重,故区内无泥石流防治工程。

在该级区中,有个别小区(如 V_{a2}、V_{a3}、V_{a5}、V_{a7})内有较大面积属于泥石流自然危险度的中度区及次高度区,泥石流具有中等及以上的危害能力,但因其大多处于人烟稀少的边远地区,经济欠发达,泥石流危害对象少,总体上讲目前危害不严重,因此暂时还无必要进行专门的泥石流防治工作。但今后随着经济建设的不断发展,人类活动对环境的影响逐渐加强,在区内的居民点和交通干线等重要部位可能受到泥石流威胁的时候,仍然需要进行泥石流防治。其他小区一般不需要进行泥石流防治,但需要警惕类似于 2009 年 7 月 17 日成都市城区因邻区泥石流灾害而带来的间接危害在该级区内再次发生。

5.5.5 小区概述

V级区(V_a和V_b)共包含V_{a1}、V_{a2}、V_{a3}、V_{a4}、V_{a5}、V_{a6}、V_{a7}、V_{a8}、V_{a9}和V_{b1}、V_{b2}、V_{b3}小区。下面将各小区的情况概述于下。

1. 泥石流微度综合危险区第一小区(V_{a1})

该小区总面积 65 806.4 km²,占 V 级区总面积的 19.1%,占 V_a 亚区面积的 41.7%,位于青藏高原腹地的巴颜喀拉山南麓,以高原和山原地貌为主,在河谷地带切割较深,处于通天河上游、雅砻江上游和大渡河河源地带,行政区划上涉及青海省玉树藏族自治州的治多、曲麻莱、称多,果洛藏族自治州的久治、达日、班玛,四川省甘孜藏族自治州的石渠、德格、白玉、甘孜、色达、壤塘,阿坝藏族羌族自治州的阿坝等县。

该小区的自然地理环境复杂,有利于泥石流强烈活动、中等活动、一般活动、微活动和不利于泥石流活动的区域都有,以有利于泥石流中等活动的区域为主。

从泥石流形成和活动的基本条件分析,区内地貌条件利于泥石流一般活动的分布面积占小区面积的 72.0%,利于泥石流中等活动的分布面积占 27.1%,利于泥石流微活动的分布面积占 0.9%;地质条件利于泥石流一般活动的分布面积占小区面积的 68.6%,利于泥石流微弱活动的分布面积占 21.9%,利于泥石流中等活动的分布面积占 6.9%,利于泥石流强烈活动的分布面积占 2.4%;气温条件利于泥石流中等活动的分布面积占小区面积的 46.4%,利于泥石流极强烈活动和强烈活动的分布面积各占 26.8%;降水气温条件利于泥石流一般活动的分布面积占小区面积的 99.8%,利于泥石流微活动的分布面积占 0.2%。

从泥石流形成和活动的复合条件分析,区内由地貌条件和地质条件组合而成的地质地貌条件,利于泥石流一般活动的分布面积占小区面积的 77.9%,利于泥石流中等活动的分布面积占 12.9%,利于泥石流微活动的分布面积占 8.0%,不利于泥石流活动的分布面积占 0.8%,利于泥石流强烈活动的分布面积占 0.4%;由气温条件和降水条件组合而成的气候条件,利于泥石流一般活动的分布面积占小区面积的 73.1%,利于泥石流中等活动的分布面积占 26.9%。

按地质地貌条件和气候条件组合而成的自然危险度的分区指标所划分结果统计,区内泥石流轻度自然危险区的分布面积占小区面积的 77.8%,中度自然危险区的分布面积占 12.9%,泥石流微度自然危险区的分布面积占小区面积的 8.1%,无泥石流活动区的分布面积占小区面积的 0.8%,泥石流次高度自然危险区的分布面积占小区面积的 0.4%。

从上述数据可知,该小区的自然条件主要以利于泥石流一般活动的为主,其次是利于泥石流中等活动,再次为利于泥石流微弱活动,还有近 1% 的无泥石流活动区。

该级区社会经济水平发展相对低,全部为经济待发展区。

该小区的泥石流自然危险性以轻度自然危险区为主,其次为中度自然危险区,泥石流危险性相对不高,加之社会经济水平低,为待发展区,二者耦合后,即构成了泥石流微度综合危险区。

2. 泥石流微度综合危险区第二小区(V_{a2})

该小区总面积 7 241.2 km²,面积小,仅占 V 级区总面积的 2.1%,占 V_a 亚区面积的 4.6%,主要分布在雅砻江支流木里河上游无量河两岸、金沙江支流水洛河源头,以及雅砻江中游右岸局部等地,处于横断山区的沙鲁里山脉的东坡,以山原和高原地貌为主,属四川省甘孜藏族自治州的理塘、雅江、稻城等县。

该小区的自然条件利于泥石流强烈活动、中等活动、一般活动和微弱活动,以有利于泥石流中等和一般活动的为主。

从泥石流形成和活动的基本条件分析,区内地貌条件利于泥石流中等活动的分布面积占小区面积的 64.0%,利于泥石流一般活动的分布面积占 28.3%,利于泥石流强烈活动的分布面积占 7.7%;地质条件利于泥石流一般活动的分布面积占小区面积的 51.4%,利于泥石流中等活动的分布面积占 40.6%,利于泥石流微弱活动的分布面积占 8.1%;气温条件利于泥石流强烈活动的分布面积占小区面积的 91.1%,利于泥石流极强烈活动的分布面积占 8.9%;区内的降水条件仅利于泥石流一般活动。

从泥石流形成和活动的复合条件分析,区内由地貌条件和地质条件组合而成的地质地貌条件,利于泥石流中等活动的分布面积占小区面积的 59.2%,利于泥石流一般活动的分布面积占 29.9%,利于泥石流强烈活动的分布面积占 7.7%,利于泥石流微弱活动的分布面积占 3.2%;由气温条件和降水条件组合而成的气候条件,利于泥石流一般活动的分布面积占小区面积的 97.4%,利于泥石流中等活动的分布面积占 2.7%。

按地质地貌条件和气候条件组合而成的自然危险度的分区指标所划分结果统计,区内泥石流中度自然危险区的分布面积占小区面积的 59.2%,轻度自然危险区的分布面积占 29.9%,泥石流次高度自然危险区的分布面积占小区面积的 7.7%,泥石流微度自然危险区的分布面积占小区面积的 3.2%。

从上述数据可知,该小区的自然条件主要以利于泥石流中等活动的为主,其次是利于泥石流一般活动,再次为利于泥石流强烈活动,第四为利于泥石流微活动。

该小区社会经济水平发展相对低,全部为经济待发展区。

该小区的泥石流自然危险性以中度自然危险区为主,其次为轻度自然危险区,虽然泥石流危险性相对较高,但由于社会经济水平低,为待发展区,二者耦合后,便构成了泥石流微度综合危险区。

3. 泥石流微度综合危险区第三小区(V_{a3})

该小区总面积 4 305.3 km²,范围很小,只占 V 级区总面积的 1.3%,占 V_a 亚区面积的 2.6%,主要分布在岷江上游支流黑水河上游、小姓沟上游,大渡河支流梭磨河上游,嘉陵江支流白龙江上游等地,处于青藏高原东部山原地带,但受河流切割作用,河谷地带相对高度较大,属四川省阿坝藏族羌族自治州的若尔盖、松潘、红原、黑水等县。

该级区的自然条件利于泥石流微弱活动、一般活动和中等活动,以有利于泥石流一般和中等活动为主。

从泥石流形成和活动的基本条件分析,区内地貌条件利于泥石流中等活动的分布面积占小区面积的 85.1%,利于泥石流一般活动的分布面积占 7.7%,利于泥石流强烈活动的分布面积占 7.2%;地质条件利于泥石流微活动的分布面积占小区面积的 74.1%,利于泥石流中等活动的分布面积占 20.3%,利于泥石流一般活动的分布面积占 5.6%;气温条件利于泥石流极强烈活动的分布面积占小区面积的 73.4%,利于泥石流强烈活动的分布面积占 26.6%;区内降水条件仅利于泥石流一般活动。

从泥石流形成和活动的复合条件分析,区内由地貌条件和地质条件组合而成的地质地貌条件,利于泥石流一般活动的分布面积占小区面积的 59.2%,利于泥石流中等活动的分布面积占 33.1%,利于泥石流微弱活动的分布面积占 7.7%;由气温条件和降水条件组合而成的气候条件,利于泥石流一般活动的分布面积占小区面积的 72.9%,利于泥石流微活动的分布面积占 27.1%。

按地质地貌条件和气候条件组合而成的自然危险度分区指标所划分的结果统计,区内泥石流轻度自然危险区的分布面积占小区面积的 58.9%,中度自然危险区的分布面积占 33.1%,微度自然危险区的分布面积占小区面积的 8.0%。

从上述数据可知,该小区的自然条件主要以利于泥石流一般活动的为主,其次是利于泥石流中等活动,再次为利于泥石流微弱活动。

该小区社会经济水平发展相对低,全部为经济待发展区。

该小区的泥石流自然危险性以轻度自然危险区为主,其次为中度自然危险区,而社会经济水平低,为待发展区,二者耦合后,便构成了泥石流微度综合危险区。

4. 泥石流微度综合危险区第四小区(V_{a4})

该小区总面积 4 904.0 km²,面积很小,仅占 V 级区总面积的 1.4%,占 V_a 亚区面积的 3.1%,主要分布在岷江中游两岸、大渡河支流青衣江中下游两岸等地,处于四川盆地西南部边缘地带,以丘陵地貌为主,属四川省乐山市的市中区、五通桥区、夹江、峨眉山市、井研,眉山市的东坡区、丹棱、洪雅、青神,雅安市的雨城区、名山,成都市的蒲江,内江市的威远等区(县、市)。

该小区的自然条件以利于泥石流微弱活动和一般活动为主,局部利于泥石流中等和强烈活动,还有部分区域内无泥石流活动。

从泥石流形成和活动的基本条件分析,区内地貌条件利于泥石流微弱活动的分布面积占小区面积的 70.5%,利于泥石流一般活动的分布面积占 15.6%,利于泥石流中等活动的分布面积占 9.3%,不利于泥石流活动的分布面积占 3.5%,利于泥石流强烈活动的分布面积占 1.1%;地质条件利于泥石流微弱活动的分布面积占小区面积的 56.5%,利于泥石流中等活动的分布面积占 41.4%,利于泥石流一般活动的分布面积占 2.1%;全区的气温条件利于泥石流强烈活动;降水条件利于泥石流极强烈活动的分布面积占小区面积的 61.1%,利于泥石流中等活动的分布面积占 32.4%,利于泥石流强烈活动的分布面积占 6.5%。

从泥石流形成和活动的复合条件分析,区内由地貌条件和地质条件组合而成的地质地貌条件,利于泥石流微弱活动的分布面积占小区面积的 56.8%,不利于泥石流一般活动的分布面积占 32.7%,利于泥石流一般活动的分布面积占 7.8%,利于泥石流中等活动的分布面积占 2.6%;由气温条件和降水条件组合而成的气候条件,利于泥石流极强烈活动的分布面积占小区面积的 61.2%,利于泥石流中等活动的分布面积占 32.0%,利于泥石流强烈活动的分布面积占 6.9%。

按地质地貌条件和气候条件组合而成的自然危险度分区指标所划分的结果统计,区内泥石流微度自然危险区的分布面积占小区面积的 60.8%,轻度自然危险区的分布面积占 23.5%,泥石流中度自然危险区的分布面积占小区面积的 7.8%,无泥石流活动区的分布面积占 5.4%,次高度自然危险区的分布面积占 2.6%。

从上述数据可知,该小区的自然条件主要以利于泥石流微活动为主,其次是利于泥石流一般活动。

该小区社会经济水平发展相对较高,经济水平高度发展区的分布面积占小区面积的 54.7%,经济水平次高度发展区的分布面积占小区面积的 36.1%,经济水平一般发展区的分布面积占小区面积的 9.2%。

该小区的泥石流自然危险性以微度自然危险区为主,其次为轻度自然危险区,社会经济水平较高,但不平衡,经济水平高度发展区、次高度发展区和一般发展区都有,将经济与自然二者耦合后,便构成了泥石流微度综合危险区。

5. 泥石流微度综合危险区第五小区(V_{a5})

该小区总面积 5 180.0 km²,面积很小,仅占 V 级区面积的 1.5%,占 V_a 亚区面积的 3.3%,主要分布在龙门山东坡山麓与四川盆地的交接地带,以丘陵地貌为主,主要处于涪江和沱江的上游及其支流两岸,局部属嘉陵江支流西河上游和岷江,属四川省绵阳市的江油市、涪城区、游仙区、安县、北川、梓潼,德阳市的旌阳区、广汉市、罗江、绵竹市、什邡市,成都市的都江堰市、新都区,广元市的剑阁等市(区、县)。

该小区的自然条件极为复杂,从无泥石流活动区域到利于泥石流微弱活动区域,再依次到利于泥石流一般活动、中等活动、强烈活动的区域都占有较大比例,但总体以无泥石流活动的区域为主。

从泥石流形成和活动的基本条件分析,区内地貌条件利于泥石流中等活动的分布面积占小区面积的 30.4%,不利于泥石流活动的分布面积占 27.9%,利于泥石流微活动的分布面积占 23.5%,利于泥石流一般活动的分布面积占 14.3%,利于泥石流强烈活动的分布面积占 3.9%;地质条件利于泥石流微活动的分布面积占小区面积的 59.9%,利于泥石流一般活动的分布面积占 32.9%,利于泥石流中等活动的分布面积占 7.1%;气温条件利于泥石流强烈活动的分布面积占小区面积的 74.5%,利于泥石流极强烈活动的分布面积占 25.5%;降水条件利于泥石流强烈活动的分布面积占小区面积的 83.0%,利于泥石流中等活动的分布面积占 9.1%,利于泥石流极强烈活动的分布面积占 8.0%。

从泥石流形成和活动的复合条件分析,区内由地貌条件和地质条件组合而成的地质地貌条件,不利于泥石流活动的分布面积占小区面积的 51.4%,利于泥石流中等活动的分布面积占 20.1%,利于泥石流微弱活动的分布面积占 13.0%,利于泥石流一般活动的分布面积占 11.6%,利于泥石流强烈活动的分布面积占 3.9%;由气温条件和降水条件组合而成的气候条件,利于泥石流强烈活动的分布面积占小区面积的 57.1%,利于泥石流极强烈活动的分布面积占 33.6%,利于泥石流中等活动的分布面积占小区面积的 9.3%。

按地质地貌条件和气候条件组合而成的自然危险度分区指标所划分的结果统计,区内无泥石流活动区的分布面积占 40.1%,泥石流轻度自然危险区的分布面积占小区面积的 22.8%,中度自然危险区的分布面积占 12.8%,泥石流次高度自然危险区的分布面积占小区面积的 12.4%,微度自然危险区的分布面积占 11.9%。

从上述数据可知,该小区的自然条件主要以无泥石流活动区为主,其次为利于泥石流一般活动区,并且还有面积比例大致相当的利于泥石流中等活动、强烈活动和微活动的区域。

该小区社会经济水平发展相对较高,经济水平高度发展区的分布面积占小区面积的64.8%,经济水平一般发展区的分布面积占小区面积的17.6%,经济水平次高度发展区的分布面积占小区面积的16.8%,经济水平中度发展区和待发展区面积之和尚不足1%。

该小区以无泥石流活动区为主,其次为泥石流轻度自然危险区,再次为面积比例大致相当的泥石流中度自然危险区、次高度自然危险区、微度自然危险区,总体社会经济水平较高,但不平衡,经济水平高度发展区、次高度发展区、中度发展区、一般发展区和待发展区都有,其中经济中度发展区和待发展区的范围极小,将经济水平区划与泥石流自然危险度区划二者耦合后,该小区便构成了泥石流微度综合危险区。

6. 泥石流微度综合危险区第六小区(V_{a6})

该小区总面积 45 301.4 km²,占 V 级区总面积的 13.2%,占 V_a 亚区面积的 28.7%,主要分布在四川盆地南部及边缘与云贵高原的过渡地带、四川盆地东部及边缘与川东平行岭谷的交接地带,以丘陵地貌为主,主要处于长江干流两岸和嘉陵江、涪江、沱江等支流两岸,局部属乌江下游;属四川省达州市的渠县、大竹、达县、开江,广安市的邻水、岳池,宜宾市的翠屏、长宁、江安、南溪,泸州市的江阳区、合江、纳溪区、泸县、古蔺,南充市的营山,内江市隆昌,贵州省遵义市的习水、赤水市,重庆市的梁平、永川、壁山、九龙坡区、沙坪坝区、渝中区、大渡口区、江北区、渝北区、长寿区、丰都、涪陵区、垫江、忠县、江津市、巴南区、北碚区、荣昌、万州区、大足、双桥区、铜梁、綦江、南川市、合川市等县(市、区)。

该小区的自然条件较复杂,无泥石流活动区、利于泥石流微弱活动区、利于泥石流一般活动和利于泥石流中等活动区都有,但总体以利于泥石流一般活动的区域为主。虽如此,但在该小区内也曾发生过泥石流造成严重灾害的事件,如 2004 年 9 月 5 日,四川省开江县老河沟源头万家坡滑坡在暴雨作用下激发复活并转化成泥石流,形成地表物质快速迁移灾变过程,导致 4 人死亡及大片农田被淤埋。

从泥石流形成和活动的基本条件分析,区内地貌条件利于泥石流一般活动的分布面积占小区面积的 74.6%,利于泥石流微弱活动的分布面积占 15.0%,利于泥石流中等活动的分布面积占 9.4%,不利于泥石流活动的分布面积占 1.0%;地质条件利于泥石流微弱活动的分布面积占小区面积的 87.1%,利于泥石流一般活动的分布面积占 12.9%;气温条件利于泥石流强烈活动的分布面积占小区面积的 99.8%,利于泥石流极强烈活动的分布面积占0.2%;降水条件利于泥石流中等活动的分布面积占小区面积的 82.6%,利于泥石流强烈活动的分布面积占 17.4%。

从泥石流形成和活动的复合条件分析,区内由地貌条件和地质条件组合而成的地质地貌条件,利于泥石流微弱活动的分布面积占小区面积的 67.4%,不利于泥石流活动的分布面积占 16.0%,利于泥石流一般活动的分布面积占 15.5%,利于泥石流中等活动的分布面积占 1.1%;由气温条件和降水条件组合而成的气候条件,利于泥石流一般活动的分布面积占小区面积的 82.7%,利于泥石流中等活动的分布面积占 17.3%。

按地质地貌条件和气候条件组合而成的自然危险度分区指标所划分的结果统计,泥石流微度自然危险区的分布面积占小区面积的 67.4%,无泥石流活动区的分布面积占 16.0%,轻度自然危险区的分布面积占 15.5%,泥石流中度自然危险区的分布面积占 1.2%。

从上述数据可知,该小区的自然条件主要以泥石流微弱活动区为主,其次为无泥石流活动区和泥石流一般活动区,泥石流中等活动区的分布零星。

该小区总体社会经济水平发展较高,经济水平高度发展区的分布面积占小区面积的75.4%,经济水平中度发展区的分布面积占小区面积的9.2%,经济水平次高度发展区的分布面积占小区面积的8.7%,经济水平一般发展区面积占小区面积的6.7%。

该小区范围内以泥石流微弱活动区为主,其次为无泥石流活动区,再次为泥石流一般活动区,总体社会经济水平较高,但不平衡,经济水平高度发展区、次高度发展区、中度发展区、一般发展区都有,其中经济水平高度发展区的范围最大,将经济区划与自然区划二者耦合后,该小区便构成了泥石流微度综合危险区。

7. 泥石流微度综合危险区第七小区(V_{a7})

该小区总面积 7 334.4 km²,面积小,只占V级区面积的 2.1%,占V_a亚区面积的 4.6%,主要分布在西秦岭南坡的陇南山地,以山地和丘陵地貌为主,主要处于嘉陵江源头地带,属甘肃省天水市的秦城区、北道区,陇南市的徽县、两当、成县、西和、礼县等县(市、区)。

该级区的自然条件相对简单,利于泥石流一般活动和中等活动,以利于泥石流一般活动的区域为主。

从泥石流形成和活动的基本条件分析,区内地貌条件利于泥石流一般活动的分布面积占小区面积的 57.7%,利于泥石流中等活动的分布面积占 42.3%;地质条件利于泥石流一般活动的分布面积占小区面积的 51.4%,利于泥石流强烈活动的分布面积占 37.5%,利于泥石流中等活动的分布面积占 11.1%;气温条件仅利于泥石流一般活动;降水条件利于泥石流一般活动的分布面积占小区面积的 99.3%,利于泥石流中等活动的分布面积仅占 0.7%。

从泥石流形成和活动的复合条件分析,区内由地貌条件和地质条件组合而成的地质地貌条件,利于泥石流一般活动的分布面积占小区面积的 57.8%,利于泥石流中等活动的分布面积占 42.2%;由气温条件和降水条件组合而成的气候条件,利于泥石流一般活动的分布面积占小区面积的 99.4%,利于泥石流中等活动的分布面积占 0.6%。

按地质地貌条件和气候条件组合而成的自然危险度分区指标所划分的结果统计,泥石流轻度自然危险区的分布面积占 57.8%,泥石流中度自然危险区的分布面积占小区面积的 42.2%。

从上述数据可知,该小区的自然条件主要以泥石流一般活动区为主,其次为泥石流中等活动区。

该小区总体社会经济水平发展较低,经济水平待发展区的分布面积占小区面积的62.1%,经济水平次高发展区的分布面积占小区面积的 35.3%,经济水平一般发展区的分布面积占小区面积的 2.5%,经济水平高度发展区面积仅占小区面积的 0.1%。

该小区范围内以泥石流轻度自然危险区为主,其次为中度危险区,虽经济水平高度发展区、次高度发展区、中度发展区、一般发展区都有,但总体社会经济水平不高,以经济水平待发展区的范围最大,将经济区划与自然区划二者耦合后,该小区便构成了泥石流微度综合危险区。

8. 泥石流微度综合危险区第八小区(V_{a8})

该小区总面积 11 825.2 km²,面积较小,只占V级区总面积的 3.4%,占V_a亚区面积的

7.5%,分布在云贵高原东北部,为丘陵山原宽谷盆地地貌,位于乌江中游;属贵州省遵义市的湄潭、凤冈、绥阳、务川、正安、余庆,铜仁地区的思南、石阡、德江,黔南布依族苗族自治州的瓮安等县。

该级区的自然条件相对简单,利于泥石流一般活动和中等活动,以利于泥石流一般活动的区域为主。

从泥石流形成和活动的基本条件分析,区内地貌条件利于泥石流一般活动的分布面积占小区面积的95.6%,利于泥石流中等活动的分布面积占4.4%;地质条件利于泥石流强烈活动的分布面积占小区面积的52.8%,利于泥石流中等活动的分布面积占32.6%,利于泥石流一般活动的分布面积占11.8%,利于泥石流强烈活动的分布面积占2.7%;气温条件利于泥石流强烈活动的分布面积占89.7%,利于泥石流中等活动的分布面积占10.3%;降水条件利于泥石流中等活动的分布面积几乎占小区面积的100%。

从泥石流形成和活动的复合条件分析,区内由地貌条件和地质条件组合而成的地质地貌条件,利于泥石流一般活动的分布面积占小区面积的92.9%,利于泥石流中等活动区的分布面积占7.1%;由气温条件和降水条件组合而成的气候条件,利于泥石流中等活动的分布面积几乎占小区面积的100%。

按地质地貌条件和气候条件组合而成的自然危险度分区指标所划分的结果统计,泥石流轻度自然危险区的分布面积占92.9%,泥石流中度自然危险区的分布面积占小区面积的7.1%。

从上述数据可知,该小区的自然条件主要利于泥石流一般活动,泥石流中等活动区的范围很小。

该小区总体社会经济水平发展较低,社会经济水平一般发展区的分布面积占小区面积的45.1%,社会经济水平待发展区的分布面积占小区面积的38.8%,社会经济水平中度发展区的分布面积占小区面积的15.9%,社会经济水平高度发展区面积占小区面积的比例不足0.2%。

该小区范围内以泥石流轻度自然危险区为主,总体社会经济水平不高,以经济水平一般发展区和待发展区为主,将经济区划与自然区划二者耦合后,该小区便构成了泥石流微度综合危险区。

9. 泥石流微度综合危险区第九小区(V_{a9})

该小区总面积5 804.8 km²,面积小,只占V级区总面积的1.7%,占V_a亚区面积的3.7%,分布在云贵高原中部,为丘陵山原宽谷盆地地貌,位于乌江上游,属贵州省安顺市的西秀区、普定、平坝,贵阳市的清镇,黔南布依族苗族自治州的长顺,六盘水市的六枝特区,毕节地区的织金等县(区)。

该级区的自然条件相对简单,多数区域利于泥石流一般活动,还有近1/3的区域为无泥石流活动区。

从泥石流形成和活动的基本条件分析,区内地貌条件利于泥石流一般活动的分布面积占小区面积的69.1%,利于泥石流微弱活动的分布面积占30.4%,利于泥石流中等活动的分布面积占0.5%;地质条件利于泥石流强烈活动的分布面积占小区面积的60.7%,利于泥石流一般活动的分布面积占37.6%,利于泥石流极强烈活动的分布面积占1.7%;气温条件利于泥石流中等活动的分布面积占92.6%,利于泥石流一般活动的分布面积占7.4%;降水条件利于泥石流强烈活动的分布面积占小区面积的 84.6%,利于泥石流中等活动的分布面积占小区面积的 15.4%。

从泥石流形成和活动的复合条件分析,区内由地貌条件和地质条件组合而成的地质地貌条件,利于泥石流一般活动的分布面积占小区面积的 67.4%,无泥石流活动区的分布面积占 32.1%,利于泥石流微弱活动区的分布面积占 0.5%;由气温条件和降水条件组合而成的气候条件,利于泥石流中等活动的分布面积占小区面积的 84.7%,利于泥石流一般活动的分布面积占小区面积的 15.3%。

按地质地貌条件和气候条件组合而成的自然危险度的分区指标所划分结果统计,泥石流轻度自然危险区的分布面积占小区面积的 67.4%,无泥石流活动区的分布面积占 29.9%,泥石流中度自然危险区的分布面积占 2.2%,泥石流微度自然危险区的分布面积占 0.5%。

从上述数据可知,该小区的自然条件主要以泥石流一般活动区为主,其次是无泥石流活动区。

该级区社会经济水平发展极不平衡,各类社会经济区都有,社会经济水平高度发展区的分布面积占小区面积的 49.7%,社会经济水平一般发展区的分布面积占小区面积的 28.0%,社会经济水平次高度发展区的分布面积占小区面积的 19.6%,社会经济水平待发展区面积占小区面积的 2.5%,社会经济水平中度发展区分布面积占小区面积的 0.3%。

该小区范围内以泥石流轻度自然危险区为主,其次为无泥石流活动区,总体社会经济水平较高,以社会经济水平高度发展区为主,但还存在大片经济水平一般发展区,还有一定面积的经济待发展区,在将社会经济水平区划与泥石流自然危险度区划二者耦合后,该小区便构成了泥石流微度综合危险区。

10. 基本无泥石流活动(危险)区第一小区(V_{b1})

该小区总面积 101 394.8 km²,面积较大,占 V 级区面积的 29.5%,占 V_b 亚区面积的 54.4%,分布在青藏高原腹地的长江源头处,大部分区域海拔在 4 000 m 以上,北侧为昆仑山脉,南面为唐古拉山,西部邻可可西里山和乌兰乌拉山,地势西高东低,格拉丹东峰(6 621 m)位于本小区西南边缘;地貌以平坦高原和丘状高原为主,因河流切割不太明显,相对高度小,高原面较平缓;属青海省玉树藏族自治州的治多、杂多、曲麻莱,格尔木市等县(市)。

该级区的自然条件相对简单,区域内几乎无泥石流。

从泥石流形成和活动的基本条件分析,区内地貌条件利于泥石流一般活动的分布面积占小区面积的 56.6%,利于泥石流微弱活动的分布面积占 28.4%,利于泥石流中等活动的分布面积占 7.9%,不利于泥石流活动的分布面积占 7.1%,利于泥石流强烈活动的分布面积占 0.2%;地质条件利于泥石流一般活动的分布面积占小区面积的 48.0%,利于泥石流微弱活动的分布面积占 43.2%,利于泥石流中等活动的分布面积占 7.1%,利于泥石流强烈活动的分布面积占 1.7%;气温条件利于泥石流中等活动的分布面积占 100%;降水条件利于泥石流微弱活动的分布面积占小区面积的 97.3%,利于泥石流一般活动的分布面积占小区面积的 2.7%。

从泥石流形成和活动的复合条件分析,区内由地貌条件和地质条件组合而成的地质地貌条件,利于泥石流一般活动的分布面积占小区面积的 39.4%,基本无泥石流活动区的分布面积占 34.0%,利于泥石流微弱活动区的分布面积占 22.9%,利于泥石流中等活动区的分布面积占 3.8%;由气温条件和降水条件组合而成的气候条件,利于泥石流微弱活动的分布面积占 97.2%,利于泥石流一般活动的分布面积占 2.8%。

按地质地貌条件和气候条件组合而成的自然危险度分区指标所划分的结果统计,基本无泥石流活动区的分布面积占 57.3%,泥石流微度自然危险区的分布面积占 37.7%,泥石流轻度自然危险区的分布面积占小区面积的 5.0%,泥石流中度自然危险区的分布面积占小区面积的 0.3%。

从上述数据可知,该小区的自然条件主要以无泥石流活动区为主,其次是泥石流微度活动区。

该小区的绝大区域多数为无人区,人烟极为稀少,社会经济水平发展极低,全为社会经济水平待发展区。

该小区范围内以无泥石流活动区为主,其次为泥石流微弱活动区,社会经济水平低,在将经济区划与自然区划二者耦合后,便构成了基本无泥石流活动(危险)区。

11. 基本无泥石流活动(危险)区第二小区(V b2)

该小区总面积 7 132.8 km²,面积小,占 V 级区总面积的 2.1%,占 V b 亚区面积的 3.8%,分布在青藏高原腹地的巴颜喀拉山中段南侧,属雅砻江源头区,巴颜喀拉山主峰(5 267 m)位于该小区的西北端,地势总体北高南低;地貌以平坦高原和丘状高原为主,因河流切割不太明显,相对高度小,高原面较平缓;属四川省甘孜藏族自治州的石渠、甘孜,青海省果洛藏族自治州的达日等县。

该级区的自然条件相对简单,区域内几乎无泥石流活动。

从泥石流形成和活动的基本条件分析,区内地貌条件利于泥石流一般活动的分布面积占小区面积的 61.6%,利于泥石流中等活动的分布面积占 26.9%,利于泥石流微弱活动的分布面积占 4.5%;地质条件利于泥石流微弱活动的分布面积占小区面积的 51.9%,利于泥石流一般活动的分布面积占 48.1%;气温条件简单,利于泥石流强烈活动的分布面积占小区面积的 75.7%,利于泥石流极强烈活动的分布面积占 24.3%;降水条件利于泥石流微弱活动的分布面积占小区面积的 97.3%,利于泥石流一般活动的分布面积占小区面积的 2.7%。

从泥石流形成和活动的复合条件分析,区内由地貌条件和地质条件组合而成的地质地貌条件,利于泥石流微弱活动区的分布面积占小区面积的 43.4%,利于泥石流一般活动区的分布面积占 26.9%,利于泥石流中等活动的分布面积占 18.2%,利于泥石流微弱活动区的分布面积占 11.5%;由气温条件和降水条件组合而成的气候条件,利于泥石流一般活动的分布面积占 75.7%,利于泥石流中等活动的分布面积占 24.3%。

按地质地貌条件和气候条件组合而成的自然危险度分区指标所划分的结果统计,泥石流微度自然危险区的分布面积占小区面积的 43.4%,泥石流轻度自然危险区的分布面积占 26.9%,泥石流中度自然危险区的分布面积占 18.2%,无泥石流活动(危险)区占 11.5%。

从上述数据可知,该小区的自然条件主要以泥石流微度活动区为主,其次是泥石流一般活动区,再次是泥石流中等活动区,并有占该小区面积 11.5% 的无泥石流活动区。

该小区位置海拔高,大部分区域海拔在 4 000 m 以上,除海拔稍低的河谷、草场有少量村落与牧民放牧外,大部分区域为无人区,人烟稀少,社会经济水平发展极低,全为社会经济水平待发展区。

该小区内以泥石流微度活动区为主,其次为泥石流一般活动区,再次为泥石流中等活动区,并有占该小区总面积 11.5% 的无泥石流活动区,其社会经济发展水平极低,泥石流活动对人类及社会经济发展影响极小,在将社会经济水平区划与泥石流自然危险度区划二者耦合后,该小区便构成了基本无泥石流活动(危险)区。

12. 基本无泥石流活动(危险)区第三小区(V_{b3})

该小区总面积 77 790.1 km²,面积较大,占 V 级区总面积的 22.6%,占 V_b 亚区面积的 41.8%,分布在四川盆地与成都平原,以低缓丘陵和平原地貌为主,主要属岷江中游和下游、沱江中游、涪江中游和下游、嘉陵江中游、渠江上游、巴河下游与通江河下游,少部分属于长江干流和金沙江下游,地势总体北高南低;省级行政区划包括了四川省和重庆市的部分区域,为四川省广元市的元坝区、苍溪、旺苍、剑阁,巴中市的巴州区、平昌、南江,南充市的营山、仪陇、阆中、南部、蓬安、高坪区、嘉陵区、西充,遂宁市的船山区、安居区、大英、射洪、蓬溪,广安市的武胜、岳池,绵阳市的涪城区、游仙区、梓潼、三台、盐亭,德阳市的旌阳区、罗江、中江、广汉市,成都市的武侯区、青羊区、金牛区、锦江区、新都区、青白江区、龙泉驿区、金堂、郫县、双流、新津、温江区、崇州市、大邑、邛崃市、蒲江,眉山市的东坡区、彭山、仁寿、青神,资阳市的雁江区、乐至、安岳、简阳,自贡市的自流井区、大安区、贡井区、沿滩区、荣县、富顺,内江市的市中区、东兴区、隆昌、资中、威远,乐山市的市中区、井研、犍为,宜宾市的翠屏区、宜宾县、南溪,重庆市的合川市、大足、铜梁、荣昌等县(区、市)。

该小区的自然条件比较简单,区域内几乎无泥石流活动。

从泥石流的形成和活动的基本条件分析,区内地貌条件利于泥石流微弱活动的分布面积占小区面积的 51.3%,不利于泥石流活动的分布面积占 30.2%,利于泥石流一般活动的分布面积占 16.5%,利于泥石流中等活动的分布面积占 1.8%,利于泥石流强烈活动的分布面积占 0.2%;地质条件利于泥石流微弱活动的分布面积占小区面积的 94.1%,利于泥石流一般活动的分布面积占 4.7%,利于泥石流中等活动的分布面积占 1.2%;气温条件利于泥石流强烈活动的分布面积占 93.5%,利于泥石流极强烈活动的分布面积占 6.5%;降水条件利于泥石流中等活动的分布面积占 70.1%,利于泥石流强烈活动的分布面积占 29.5%,利于泥石流极强烈活动的分布面积占 0.4%。

从泥石流的形成和活动的复合条件分析,区内由地貌条件和地质条件组合而成的地质地貌条件,基本无泥石流活动的分布面积占小区面积的 81.2%,利于泥石流微弱活动的分布面积占 14.8%,利于泥石流一般活动的分布面积占 3.7%,利于泥石流中等活动区的分布面积占 0.3%;由气温条件和降水条件组合而成的气候条件,利于泥石流中等活动的分布面积占 64.7%,利于泥石流强烈活动的分布面积占 34.4%,利于泥石流极强烈活动的分布面积占 0.9%。

按地质地貌条件和气候条件组合而成的自然危险度分区指标所划分的结果统计,泥石流微度自然危险区的分布面积占小区面积的 43.4%,泥石流轻度自然危险区的分布面积占 26.9%,泥石流中度自然危险区的分布面积占 18.2%,基本无泥石流活动区的分布面积占 11.5%。

从上述数据可知,该小区的自然条件主要为泥石流微弱活动区,其次是泥石流轻度自然危险区,再次是泥石流中度自然危险区,第四是无泥石流活动区。

该小区位置海拔较低,大部分区域海拔在 500 m 以下,处于成都与重庆两个特大城市之间,人口稠密,社会经济水平发展总体较高,但发展不平衡,各类经济发展区都有一定比例,其中经济水平高度发展区的分布面积占小区面积的 50.5％,经济水平中度发展区的分布面积占小区面积的 23.2％,经济水平次高度发展区的分布面积占小区面积的 22.5％,经济水平一般发展区面积占小区面积的 3.1％,经济水平待发展区面积占小区面积的 0.7％。

　　该小区内自然条件以不利于泥石流活动的为主,其次为泥石流微度活动区,再次为泥石流一般活动区,社会经济水平高低不一,但以高度发展区为主,在将社会经济水平区划与泥石流自然危险度区划二者耦合后,该小区便构成了基本无泥石流活动(危险)区。

参 考 文 献

[1] 唐帮兴.1981 年四川暴雨泥石流分析//泥石流(2).重庆：科学技术文献出版社重庆
分社,1983：9 - 13.

[2] 王士革,王成华,张金山,等.四川汶川茶园沟"2003 - 08 - 09"泥石流灾害调查.山地
学报,2003,21(5)：63 - 637.

[3] 钟敦伦,刘世建,谢洪.四川境内金沙江下游泥石流活动现状//中国科学院成都山地
灾害与环境研究所.泥石流(4).北京：科学出版社,1995：17 - 25.

[4] 田连权.云南东川因民黑山沟泥石流调查报告//中国科学院成都地理研究所.泥石流
(3).重庆：科学技术文献出版社重庆分社,1986：52 - 57.

[5] 谢洪,韦方强、钟敦伦.哈尔木沟泥石流形成剖析//第四届全国泥石流学术讨论会论
文集.兰州：甘肃文化出版社,1994：214 - 220.

[6] 胡发德,田连权.云南巧家县城郊泥石流概况//中国科学院成都地理研究所.泥石流
(3).重庆：科学技术文献出版社重庆分社,1986：46 - 51.

[7] 杜榕桓,刘新民,袁建模,等.长江三峡工程库区滑坡与泥石流研究.成都：四川科学
技术出版社,1990：177 - 183.

[8] 唐川,朱静,段金凡,等.云南小江泥石流堆积扇研究.山地研究(现山地学报),1991,
3(3)：179 - 184.

[9] 吴积善,康志成,田连权,等.云南东川蒋家沟泥石流观察研究.北京：科学出版社,
1990：3 - 50.

[10] 杜榕桓,康志成,陈循谦,等.云南小江流域泥石流综合考察与防治规划研究.重庆：
科学技术与文献出版社重庆分社,1987：20 - 29.

[11] 钟敦伦,谢洪,韦方强,等.四川与重庆泥石流分布及危险度区划图及其说明书.成都：
成都地图出版社,1997.

[12] 谢洪,钟敦伦,韦方强.长江上游泥石流的灾害及分布.山地研究(现山地学报),1994,
12(2)：71 - 77.

[13] 谢洪,钟敦伦,李泳,等.长江上游泥石流灾害的特征.长江流域资源与环境,2004,
13(1)：94 - 99.

[14] 中国科学院成都山地灾害与环境研究所.泥石流研究与防治.成都：四川科学与技术
出版社,1989：12 - 13,111,114 - 115.

[15] 谢洪,刘世建,钟敦伦.四川境内金沙江下游泥石流发育背景//中国科学院水利部成
都山地灾害与环境研究所.泥石流(4).北京：科学出版社,1995：26 - 31.

[16] 施雅风,苏珍,郑本兴.贡嘎山第四纪冰川遗迹及冰期划分//钟祥浩.青藏高原东缘环
境与生态.成都：四川大学出版社,2002：1 - 13.

[17] 谢洪,钟敦伦,何易平,等.小江流域山地灾害综合研究报告.成都:中国科学院成都山地灾害与环境研究所,2002.

[18] 袁建模,孙恩智,程尊兰.二滩库区的泥石流及其对水库的影响.成都:中国科学院成都地理研究所,1982.

[19] 唐邦兴,柳素清.四川省阿坝藏族羌族自治州泥石流及其防治研究.成都:成都科技大学出版社,1993:11-14.

[20] 杜榕桓,刘新民,袁建模,等.长江三峡工程库区滑坡与泥石流研究.成都:四川科学技术出版社,1990:177-183.

[21] 中科院水利部成都山地灾害与环境研究所.四川省阿坝藏族羌族自治州茂县城区龙洞沟泥石流防治工程可行性研究报告.2002.

[22] 谢洪,王士革,周麟,等.岷江上游干旱河谷区龙洞沟泥石流及其防治.自然灾害学报,2004,13(5):20-25.

[23] 四川省水利电力厅.四川省中小流域暴雨洪水计算手册.1984.

[24] 胡发德,王明龙.贡嘎山地区泥石流分布特征//中国科学院成都地理研究所.泥石流(2).重庆:科学技术文献出版社重庆分社,1983:24-28.

[25] 李逢春,杨康平.陕甘川交界发生5.1级地震.华西都市报,1版,2009-09-20.

[26] 唐荣昌,韩渭宾.四川活动断裂与地震.北京:地震出版社,1993:10-194.

[27] 陈飞.长江流域地质灾害及防治.武汉:长江出版社,2007:24-54.

[28] 谢洪,王士革,孔纪名."5.12"汶川地震次生山地灾害的分布与特点.山地学报,2008,26(4):396-401.

[29] 谢洪,游勇,钟敦伦.长江上游一场典型的人为泥石流.山地研究(现山地学报),1994,12(2):125-128.

[30] 中国科学院水利部成都山地灾害与环境研究所.中国泥石流.北京:商务印书馆,2000:11.

[31] 陈金日.森林植被与泥石流活动//中国科学院成都地理研究所.泥石流论文集(1).重庆:科学技术文献出版社重庆分社,1981:36-39.

[32] 钟敦伦,杨庆溪.四川境内嘉陵江及沱江流域泥石流//中国科学院成都地理研究所.泥石流(2).重庆:科学技术文献出版社重庆分社,1982:14-19.

[33] 谢洪,钟敦伦,矫震,等.2008年汶川地震重灾区的泥石流.山地学报,2009,27(4):501-509.

[34] 谢洪,韦方强,钟敦伦,等.中国山区城镇泥石流及非工程减灾措施研究报告.成都:中国科学院水利部成都山地灾害与环境研究所,2000.

[35] 钟敦伦,谢洪,韦方强.长江上游泥石流危险度区划研究.山地研究(现山地学报),1994,12(2):65-70.

[36] 钟敦伦,韦方强,谢洪.长江上游泥石流危险度区划的原则与指标.山地研究(现山地学报),1994,12(2):78-83.

[37] 钟敦伦,谢洪,韦方强.长江上游泥石流危险度区划的步骤.山地研究(现山地学报),1994,12(2):84-93.

[38] 韦方强,谢洪,钟敦伦.长江上游泥石流最重度危险度区.山地研究(现山地学报),

1994,12(2)：94－98.

[39] 韦方强,谢洪,钟敦伦.长江上游泥石流重度危险度区.山地研究(现山地学报),1994,12(2)：99－103.

[40] 谢洪,韦方强,钟敦伦.长江上游泥石流中度危险度区.山地研究(现山地学报),1994,12(2)：104－108.

[41] 谢洪,韦方强,钟敦伦.长江上游泥石流较轻度危险度区.山地研究(现山地学报),1994,12(2)：109－113.

[42] 谢洪,韦方强,钟敦伦.长江上游泥石流轻度危险区、基本无危险区.山地研究(现山地学报),1994,12(2)：114－118.

[43] 四川省统计局.四川统计年鉴(2005).北京：中国统计出版社,2006：1－480.

[44] 重庆市统计局.重庆统计年鉴(2005).北京：中国统计出版社,2006：1－400.

[45] 云南省统计局.云南统计年鉴(2005).北京：中国统计出版社,2006：1－530.

[46] 西藏自治区统计局.西藏统计年鉴(2005).北京：中国统计出版社,2006：1－435.

[47] 陕西省统计局.陕西统计年鉴(2005).北京：中国统计出版社,2006：1－460.

[48] 甘肃省统计局.甘肃统计年鉴(2005).北京：中国统计出版社,2006：1－500.

[49] 贵州省统计局.贵州统计年鉴(2005).北京：中国统计出版社,2006：1－530.

[50] 湖北省统计局.湖北统计年鉴(2005).北京：中国统计出版社,2006：1－442.

[51] 青海省统计局.青海统计年鉴(2005).北京：中国统计出版社,2006：1－528.